"一带一路"大型系列丛书

总策划　戴佩丽
主　编　孙春光

冯忠文 ◎ 著

新疆是个好地方

挽着故乡行走

中央民族大学出版社

China Minzu University Press

图书在版编目（CIP）数据

挽着故乡行走 / 冯忠文著 . —北京：中央民族大学出版社，2021.4（2023.5重印）
（"一带一路"大型系列丛书 . 新疆是个好地方 . 第三辑）

ISBN 978-7-5660-1896-0

Ⅰ.①挽… Ⅱ.①冯… Ⅲ.①散文集—中国—当代 Ⅳ.①I267

中国版本图书馆 CIP 数据核字（2021）第 025557 号

挽着故乡行走

著　　者	冯忠文
责任编辑	戴佩丽
责任校对	肖俊俊
封面设计	舒刚卫
出版发行	中央民族大学出版社

北京市海淀区中关村南大街 27 号　　邮编：100081

电话：（010）68472815（发行部）　传真：（010）68933757（发行部）

　　　（010）68932218（总编室）　　　　（010）68932447（办公室）

经 销 者	全国各地新华书店
印 刷 厂	北京鑫宇图源印刷科技有限公司
开　　本	787×1092　1/16　印张：17.5
字　　数	231 千字
版　　次	2021 年 4 月第 1 版　2023 年 5 月第 3 次印刷
书　　号	ISBN 978-7-5660-1896-0
定　　价	70.00 元

为大美新疆而写（代序）

这么多年，我放下了许多。唯独没有放下写作。

新疆，是个萌生诗情、触动情怀的地方。广袤独特的新疆人文地理环境，丰富多彩的历史文化资源，相互交融的文化交流体系，让我成了幸运的新疆文人。新疆有大漠戈壁的壮美，有高山湖泊的秀美，有绿洲草原的隽美，无论走到哪里，展现在面前的都是不同的景观；不论哪个季节，都有不同风格的美。每每想到或看到这些，似乎我身上的每一根汗毛都有跳动的欢畅，我已经不能用自己浅薄的语言来表述感激，爱让许许多多的感动一次次涌上心头，兴奋和激动如同决了堤的塔河水，浩浩荡荡，哗哗啦啦地从心里倾泻了出来，奔跑，奔跑，奔跑！作家是需要幻想的。常常是在夜深人静的时候，浮想如同细细碎碎的波纹，在文字的涟漪里逶迤成波澜的遐思，在灵感的世界里跳跃，在灵性的天地里升华，和着键盘的敲击声，泼墨成一页一页、一篇一篇、一册一册散发着馥郁书香的本册。这也许就是读者看到的一篇篇"美文"。

小时侯，我生活在农村。那时，村里没有学校，上学要到公社去念。在小学到初中八年的时间里，我都走在从村里通往公社的土路上，一年四季，周而复始，穿破了几十双奶奶在油灯下眯着眼缝制的鞋子，不知走过了多少个来回。公路两旁树木由小到大发生着变化，我可以见证；我也一年年地长高，两旁的树木同样印证着我的成长经历。八年的学习时光在人

生的历史长河里是短暂的，烙印在记忆深处的印象却是一生也不能忘记的。记得在刚学会走路的时候，我常常会抓起大人正在看得津津有味的书不顾一切地跑，躲到墙角里念着"下定、下定"，因为当时有一句人人皆知的毛主席语录是"下决心，不怕牺牲，排除万难，去争取胜利"。大人们看了，不但不责怪我，反而夸我将来有出息，三岁看大，七岁看老，说我是个才子，从小就知道学习。

后来，我喜欢上了作文课，每周的两节作文课成了我的奢望。而我的作文里也常常写着故乡的小路、故乡的花草树木、纯朴憨厚的农民形象。在我幼小的心灵里，我把对家乡的感情、父亲的爱，乃至像父辈一样辛勤耕耘的那些朴实无华的农民都写进了我的作文里。那时，我的作文被当成范文，在班级、同年级、学校作文课上讲评，这也成为我引以为豪的事了。

从上小学起写日记，到中学写作文，乃至跨入更高的学府直至步入工作，我一直坚持文学创作，从未因其枯燥而放弃，从未因其寂寥而舍弃。抚今追昔，一路走来，有付出的艰辛也有收获的喜悦，更多的是文学带给我的诗情画意。三十多年的坚持不懈，文学照亮了我的人生，丰富了我的业余生活。迄今为止，我在《人民日报》《中国改革报》《中国市场监管报》《诗词世界》《文学月报》《诗中国》《诗意人生》《人民诗界》《中国西部散文选刊》《山东散文》《山东诗歌》《市场监管论坛》《绿洲》《新疆日报》《新疆经济报》《兵团日报》等报刊发表诗歌、散文、小说、杂文等体裁作品数百万字；作品多次在国家级及地方媒体获奖，百余篇作品被国家级文献收录。蝉联第二届、第三届、第四届"全国工商行政管理系统新闻百星·耘墨之星"，成为全疆唯一获此殊荣的个人。著有文化读本《春风化雨，润物无声》、诗集《诗以咏志》、散文集《奶茶》、中篇小说《胡杨情》等著作。散文集《奶茶》荣获全国首届"浩然文学奖"，被"浩然文学馆"永久收藏。还有散文作品被编入高考热点作文美文选粹。参与编撰了《清荷》等数部文学作品集。现为数家杂志社签约作家、签约诗人。个人传略收入《世界名人录》《中华人物辞海》等辞书。在通往文学殿堂的路上，文友的帮助，家人的支持，读者的关注、鼓励、祝福和期待，时常像一股清凉的风掠过心头，让我在文学创作的道路上始终得到慰藉。

记忆犹新的是不久前的一个晚上，我依然像往常一样，沿家乡的天鹅河散步。白玉盘般的月亮挂在天空，倒映在水光潋滟的天鹅河里。闪烁的灯光，就像遥远的天空中眨眼的星星，与五光十色的霓虹灯一起，汇成了美轮美奂的迷人景致。三五成群的人们，有的漫步河岸，有的凭栏远眺，有的摆出各种姿势拍照，还有的走在习习的凉风中，享受着夏夜风儿温柔的抚摸……

田园桥附近的音乐喷泉喷起五颜六色的水雾，给原本寂静的夜晚增添了绚烂灵动的色彩。音乐时快时慢，水雾时缓时急地变幻着光影造型，与河水中的光影交相辉映。远处的风吹来，水雾随风飘来，旁边散步的人犹如穿行雨中惬意清爽。我心无旁骛地欣赏着喷泉，竟然忘记了迎面的行人，与一位女士撞了个满怀。我连声说对不起，她微微一笑："其实，我也有错，看喷泉忘记了看路。"听她这么一说，我忐忑不安的心恢复了平静。她接着说："我就住在附近，天天来这里散步。我感觉咱们梨城特别美，就像本土作家冯忠文在《漫步天鹅河》里描述的那样，简直和上海的外滩、南京的秦淮河一样美。"

听她提到"冯忠文"，我不禁心头一热，就问："你怎么知道冯忠文的？""我喜欢看书、看报，冯忠文写的书、发表的文章我看过好多，尤其他写梨城的文章，我每篇都看。"当我告诉她自己就是冯忠文时，她非常兴奋，一再鼓励我多创作，还说将继续做我的"铁杆粉丝"。她的话就像春天的甘露一样，滋润了我的心田。

我想起了八年前，诗集《诗以咏志》出版后不久，一位读者多方打听，找到了我的办公室。他从包里取出在新华书店购买的那本书，请我签名，还拿出为我买的香蕉、葡萄等水果。他的举动让我感慨万千，深受鼓舞。激动之际，更多的是对读者的感恩。这种"感恩"，我的理解，从广义上讲，就是要创作出更多讴歌家乡、赞美新疆、歌颂祖国的好作品来回馈读者；从狭义上讲，就是抓住读者的所想所思，以读者至上或以读者为本，创作出读者喜闻乐见的作品！

我又想起了散文集《奶茶》出版后不久，有一名学生在家长的带领下找到我，让我签名。她说自己是一名写作爱好者，理想就是当一名作家。我鼓励她只要锲而不舍地坚持下去，就一定能有好的收获。我还将诗集《诗以咏志》签名送给了她。

人们常说，生活中不是缺少美，而是缺少发现美的眼睛。发现美，不光需要一双敏锐的眼睛，更重要的是要有一颗充满爱的心。"不识庐山真面目，只缘身在此山中。"美景离我们远吗？其实，美景就在眼前。就拿梨城来说，有星空朗月、落日黄昏、晴空万里、云舒云卷的自然美；有潺潺流水、树影摇曳、波光倒影、天鹅翩飞的绚丽美；有高楼林立、亭台楼阁、车水马龙、欣欣向荣的现代美。春有繁花，夏有浓绿，秋有硕果，冬有飘雪……美，就在我们低头仰首间，就在我们凝眸回望时，那种发自内心的情感令人浮想联翩……仔细咀嚼，只要我们心中有爱、心境丰富、心神淡定、心情坦然，以发现美的眼光和胸有大爱的情怀去寻觅，你就会或发现或感受或体会到身边平凡真实的山水之美、家乡之美、大地之美，就会收获一份或朴实或沉甸甸的感动。这些镌刻在你脑子里的记忆，或许就蕴含了诗的浪漫、散文的激情、杂文的犀利、小说的深刻……这将是源源不断的创作之泉。

心存感恩，成就美好人生。在创作的漫长岁月里，我遇到了许多关心、关注、鼓励和支持我的读者，正是他们，让我感到创作并不枯燥无味，而是温暖的、坦荡的、充实的；并不仅仅是敲击键盘、抒发情感，而且能让生活更加丰富多彩，让内心更加从容自得，让积淀于心的遐想更加才思泉涌。始终怀着一颗对读者感恩的心，去面对生活，面对工作，面对未来……

　　我在一首诗里写道："总喜欢一抹绿/透过心窗映入眼中/那么舒适/伴着丝风/惬意飞扬/一点一点打开视野/沉淀我飘逸的思绪……我的大新疆/在你爱的诗行/翻开浅蓝的夜/在月光下翻江倒海/在我从未放下的心灵契约间/滚烫成浓烈的爱……最好的风景/是有你的地方/最好的生活/是和你依偎的脚下/你是诗人，你的诗无处不在/而我，有一双发现诗人的眼睛！"这就是新疆，包含悠久古朴苍茫之美，蕴含山清水秀自然风光之美，容纳现代时尚丰富内涵之美。

　　把家乡当作诗，自己就成了诗人。把家乡当成画，自己就成了画家。

　　故此，大美新疆就是我的诗、我的画，已融入我的血液和创作灵感，是我永远的情结！

　　为大美新疆而写！

冯忠文

2020年6月，新疆库尔勒

目 录

"一带一路"大型系列丛书
——新疆是个好地方

第一辑

脱贫攻坚·人物

精准扶贫　庭院经济富了新塔热乡村民

　　"张书记，我昨天到派出所把名字改了。"和硕县新塔热乡新塔热村二组村民马国耀右手握着乡党委书记张军的手，左手捂住快要跳出的心脏说："我现在叫马国耀。有国才有家，国家强大了，日子才有盼头。所以，我希望国家强大，改名马国耀。"作为马国耀的包联乡领导，张军从2017年9月上任伊始，按照乡党委确立的帮扶贫困户机制，肩负起了包联他的重任。

　　起初，张军看到马国耀住着破烂不堪的屋子，进出肮肮脏脏的院子，收入可怜微薄，在故步自封里沦落为弱势群体，想起总书记"2020年小康路上一个都不能少"的庄严承诺，心里五味杂陈，很不是滋味。从那时起，张军成了他家的"常客"。每天下班后，换上迷彩服，开始帮助马国耀家拉运垃圾，帮助规划庭院，解决庭院用水问题，清理菜地，再用多年堆放的木椽子搭建牛羊圈、鸡圈、鸽舍、杂物棚，让庭院空间充分利用。看到张书记用心规划着自己的小院，马国耀起初在想："这或许是上级来检查了，作秀哩！"没想到张书记除去县上开会、重要工作脱不开身等客观原因外，硬是累计在马国耀家干了三个多月的活。张书记手上打起了血泡，脚上磨出了老茧，脸上晒脱了皮，他全然不顾。三个月下来，马国耀家的庭院实现了种植区、养殖区、生活区、杂物区"四区分离"，规划有序合理，既干净卫生，又使庭院充分利用。看到家中的变化，马国耀增添了生活的新希望，心悦诚服地对家人说："你看人家张书记把我们的家当作自己的家，党的干部就是好。以后，张书记说啥，我们都要听，他是为我们好。"

在庭院整治的同时，张军先后与马国耀夫妇多次商议院子种什么、养什么、谁来收购、市值计算……既生动鲜活、事无巨细，又接地气。通过庭院整治，马国耀和张军的距离拉近了，他开始打开心结，敞开心扉，多亏了张书记的帮助。马国耀说："我以前有等靠要的依赖性，总想反正缺吃有民政部门的米面油，有困难了党组织会帮助。种地遇到不好年景也在赔，满院杂物垃圾的庭院能增收什么，过一天算一天吧。"马国耀停顿了一会儿，激动地说："现在，我的观念变了，观念一变天地宽。今后，我一定跟党走、听党话、感党恩，增强发展好庭院经济的信心，报答党的恩情！"

2019年，马国耀通过发展种植、养殖等庭院经济，5口人实现年收入75000元，人均收入15000元。马国耀坐在干净整洁的院子里，饱经风霜的脸上绽开笑颜，从前额到眼睛，再到嘴角，逐步展开，仿佛在无声地告诉人们，什么是幸福。

新塔热乡辖区总面积432.887万亩（约28.86万公顷），耕地2.66万亩（约1773.33公顷），总人口1285户3559人，其中建档立卡贫困户299户875人。缺土地、缺技术、因病因残、自身发展动力不足、文化水平低、转移劳动力信息渠道狭窄、等靠要惰性思想等，成为新塔热乡脱贫攻坚中的攻坚难点。

新塔热乡党委由书记带头，转变作风走出办公楼，走进柴草院，和每位贫困户见面，拉家常、解民情、掌实情，并要求全体党员干部结对帮扶贫困户，通过走访梳理贫困群体的生活现状，找出贫困户惰性思想、动力不足原因，为一户一策帮扶到人筑牢基础。通过走访摸底新塔热乡贫困户，发现普遍存在无耕地（迁入乡内较晚）、耕地少，发展动力不足、等靠要思想重，庭院无水、庭院常年杂物堆积，院内没有划分区域、利用率较低，贫困户对于庭院如何增收无从下手等症结。针对以上问题，乡党委书记多次召开党委专题会议，集思广益，结合入户走访实际[贫困户院内可使用面积大多在1亩（约0.067公顷）上下]，把发展好庭院经济（推广疆内农村农户的种养先进经验）作为助推贫困户稳定脱贫的第一步。

为如期实现稳定脱贫，乡党委建立了党员包联脱贫"四步法"，即带头召开"扶贫扶志（智）家庭会议、党员帮扶理收益补短板增收益、党员帮带庭院整治+庭院经济、发展党组织+公司（合作社）+农户+订单"，让每户贫困户有稳定脱贫措施，让党员帮助贫困户树立脱贫信心。党组织扛起给农户指引市场的责任，打造绿色有机蔬菜、林下养鸡、庭院育苗、养鸽、托养羊项目，牵线公司订单种养，组建农民专业合作社、流转土地等平台，形成了公司（合作社）担风险，农户出劳力模式，率先帮助59户贫困户作为先期的帮扶试点户，以庭院创价值的脱贫模式，实现庭院增收首桶金。庭院番茄、豇豆、育苗、托养羊订单、托养鸡、托养土鸽等党组织+公司（合作社）+农户+订单的种养产业脱贫模式，实现了农户"一亩园十亩田"的收益，让贫困户和一般户对庭院经济的收入信心十足，让党建促脱贫发光见效。也让原本荒芜的院落变得绿意盎然，为下一步农村果蔬菜采摘全域旅游打下基础。

关爱是一片暖阳，能使贫寒的人感到人间的温暖；关爱是一泓甘霖，能使濒临绝境的人重新看到生活的希望；关爱是一首歌谣，能使孤苦无依的人获得心灵的慰藉。新塔热村二组的张维珍、六组的戴森林等六户贫困户作为先期的帮扶试点户，在2018年初走上了庭院育苗的稳增收之路。每亩育苗4200余株，发展林下养土鸡100余只，加之县委出台的庭院奖补资金，仅此育苗一年可收入7000元。在春季种植成功的激励下，年底公司（合作社）又增加12户贫困户，为进一步降低双方经营风险，采取了公司（合作社）按庭院面积付费的方式（每平方米育苗地付费6元，即每亩4000元，加之每户鸽舍、林下养鸡收入也有6000元）。另外新羊牧业的托养羊模式，由公司（合作社）提供羔羊和饲草喂养技术，与有养殖条件、愿意发展养殖的农户，签订托养协议，在养殖70天后，每只羊达到增重标准，即可奖励80元（每只）托养费，同时超出增重标准的每公斤奖励16元，托养户不用投资，托养100只羊即可每月获收益5000多元，既能激发农户的内生动力，又能储备养殖技能。同时，对有养鸽等家禽意愿的农户，也采取了公司（合作社）和养殖户托养的模式，真正做到了精准扶贫和因户施策有的放矢。

新塔热乡通过开展乡、村党组织"组织群众、宣传群众、凝聚群众、服务群众"的帮扶规划，让更多的贫困户家庭加入整治庭院发展庭院经济当中，通过小庭院带来大收益，坚定脱贫攻坚的信心。

新塔热乡变了，在外地上学一年多回到村里的大学生张亚杰动情地说："村里变化太大了，简直就是一个漂亮的小城镇。我都找不到家了。"翻新的马路像一条闪闪发光的绸带，在绿荫中轻轻飘向前方。一栋栋新房子、新校舍，一排排路灯，还有融入文化特色的每一条路，以及超市、果蔬店，还有休闲娱乐广场……大多数家庭的屋前停放着私家车，感觉不是农村。

决定命运的不是所处的环境，而是思想。

石榴籽风情园的笑声

2019年10月1日，在一片欢歌笑语里，位于和硕县乌什塔拉乡的石榴籽风情园开业了。42岁的阿米司·库万江绽放的笑脸合不拢嘴。

在乌什塔拉乡拥军社区党支部副书记牛晓波、驻社区工作队副队长简生友和和硕县党委宣传部干部那峻的带领下，2020年6月的一天，我们一行慕名来到了这家风情园。刚进院子，一阵"喔喔喔"的啼叫此起彼伏，从看不见鸡舍的绿树丛中传入耳际，仿佛是欢迎大家。

院内自然而又淡雅，有凉亭、有小包间，新搭建的两座圆圆的白色蒙古包，从远处看，就像白色的棉花团。它们被树遮掩着，看起来若有若无，增添了几许神秘，四周的花墙隐约在树伞花丛中，构成了一道清新柔和的精致风情。

满院景色里，唯独不见一棵石榴树，我开始纳闷："为什么叫石榴籽风情园呢？"

阿米司·库万江热情邀请大家进屋。装饰一新的宽敞明亮的屋子，简单又优雅，给人一种畅快的感觉。

"我把它叫石榴籽风情园，是有一定意义的。"面对笔者，阿米司·库万江动情地说："营业时间累积不到半年，净赚四万元，多亏了党的好政策。我家开风情园，公家出了20000元，给我买了两个蒙古包、圆桌和椅子、两个展示柜、一个大冰柜、烤肉炉子、烤箱，还买了音响、电视、卡拉OK，可以唱歌跳舞……"阿米司·库万江如数家珍，一肚子的感谢话说不完。

自脱贫攻坚战打响以来，像牛晓波、简生友一样，有一群人的身影格外引人注目，他们几乎天天在阿米司·库万江的家里忙碌着，了解致贫原因，帮助发展庭院经济，做到有的放矢，精准扶贫。

经过"诊脉"把关，他们了解到阿米司·库万江致贫的"症结"不是因为缺少劳动力、自身发展动力不足等，而是因为家里人口多、开销大，母亲治病，花光了家里所有积蓄，还欠了外债。2014年，阿米司·库万江被纳入建档立卡贫困户。俗话说，吃不穷喝不穷，计划不好一辈子穷。社区干部、包联干部、下沉干部吃住在农村，白天帮阿米司·库万江家干活，想在一起、干在一起、拧成一根绳、攒足一股劲，做到科学合理布局，争取让"小庭院"带来最大的"收益"；晚上坐在炕头，在明亮的灯光下，与阿米司·库万江一家召开"家庭会议"，促膝谈心，把脉民情，摸家底、挖穷根、探出路……事无巨细地谋划着阿米司·库万江的"未来"，帮助他早日实现梦想。在和硕县党委、政府及乡党委、政府的大力支持下，不到两年的时间，由于县、乡、社区干部帮扶机制健全、帮扶措施到位、因人施策的"接地气"的手把手扶持，再加上个人的努力，通过发展庭院经济、政策帮扶等机制，2016年实现了脱贫。他们用实际行动践行了"人民群众对美好生活的向往，就是我们的奋斗目标"的诺言。

2014年以来，通过发展庭院经济、养殖牛羊等，阿米司·库万江有了一点积蓄，他又开始盘算新的致富路子。"我们家里世代开饭馆，到我这里是第八代。"阿米司·库万江说："我的爷爷的爷爷、爸爸都开饭馆，我自己也想开一个饭馆，我的家也在街上，改造一下就可以，可是我的钱不够。"阿米司·库万江把开饭馆的想法告诉了社区领导、包联干部、县上的下沉干部，希望得到他们的帮助。一句"我们来帮你"的简单不过的给力话，让阿米司·库万江的"心结"解开了，他增添了信心，铆足了劲。

2019年夏季，县路政局给阿米司·库万江家拉了10000块红砖，该局干部顶着酷暑帮他砌了40米花墙。一段时间以来，和硕县人民医院、人民银行、交通局、援疆干部、社区干部等，把阿米司·库万江家的老房子、破土墙拆除，清理拉运了70卡车垃圾、废弃物。没让阿米司·库万江拿一分钱。

人心齐泰山移，人多力量大。十天时间下来，阿米司·库万江家的面貌焕然一新，硬化了路面，搭建了凉亭，设计了小包厢，万事俱备，只待开业，阿米司·库万江一家人沉浸在幸福的甜蜜里。阿米司·库万江粗算了一下，这些默默无闻的无私帮助，让他节省了16000多元。

夏日的傍晚，阿米司·库万江夫妇撇开白天的琐碎繁忙，爽爽快快坐在院子里，喝着浓酽酽的茶，幽静的院子里充满着欢快、温馨的气息。这便是属于他们的海阔天空的天地了。

时光流淌，转眼就是秋天。

经过一段时间的装修等基础设施的改造，这家凝聚团结、友爱、互助的石榴籽风情园终于在2019年国庆开业了。之所以选择在"十一"开业，用阿米司·库万江的话说就是要"感谢伟大祖国，感谢党"！

食在石榴籽风情园，让人体会到一种"和、静、清、爽"。在这里，你会感到自己的精神有一种完全放松的愉悦。呷一口香茶，尝一筷佳肴，吃一盘拉面……悠然自得，细细品味，慢慢咀嚼，这里有了更多的乡土气息和生活底蕴。

入夜了，阿米司·库万江夫妇把抽屉里的钱——当天的收入倒在床上，看看有多少。他们清点着，很认真地清点着，大的有百元面额，小的有十元、五元、一元。每天，夫妇俩都清清楚楚归类，整整齐齐叠好。一月下来，除去买肉、买菜、买柴米油盐等开支，净赚10000多元，夫妻俩满意地笑了……

石榴籽风情园里的花儿在灿烂地微笑，鸟儿在快乐地欢叫，好像有一股甜滋滋清凉凉的风，掠过心头。"现在，这里可以容纳100多人吃饭，也有人办婚礼，社区的各项活动都在这里举办。"阿米司·库万江指着绿树掩映下新搭建的舞台和打好地坪的活动场地说："下一步，我打算再雇一个烤肉师傅、一个服务员，规模再大一点，饭的花样多一点……"阿米司·库万江心花怒放，喜悦飞上眉梢，两只眼睛眯得像两个小小的月牙儿。

蔬菜采摘带热乡村游

近年来，作为一种新的生态旅游方式，乡村采摘游成了一种时尚。而这种新的旅游，在和硕县苏哈特乡苏哈特村逐渐兴起。

苏哈特村有8个村民小组，共612户，全村总人口1903人。耕地面积9830亩（约655.33公顷），其中农作物（玉米、小麦等）面积1800亩（120公顷），经济作物（土豆、胡萝卜、洋葱、红薯、辣椒、豇豆、茄子等）面积3000亩（200公顷），设施农业2000亩（约133.33公顷），其他作物3030亩（202公顷）。

又是一年六月，背着无限的乡愁，我们一行在茂盛的夏季来到了苏哈特村。天空的快乐是万里无云，阳光的快乐是沐浴大地，而人生的快乐莫过于回归大自然、感受大自然了。夏日的阳光，把苏哈特村打扮得金灿灿的，黑绸缎似的柏油路连接着十里八户，家家户户果蔬满院，充满浓郁的生活气息。

走在千米风车长廊，一幅"苏哈特乡村旅游导览图"格外引人注目，导览图一目了然标识着全村的旅游布局、各村民小组的位置。阵阵微风吹来，五颜六色的风车齐刷刷地转动，让人无时不在感受着党的富民好政策带给新农村的翻天覆地的变化。在"福忠蔬菜采摘园"门口，苏哈特村党总支书记、村委会主任林浩然介绍说："这个采摘园共10亩（约0.67公顷），有43个蔬菜品种，仅辣椒就有七八个品种。福忠是我村的一个贫困户，由他负责管理采摘园，用他的名字命名采摘园，就是帮他激发动力，早日脱贫致富。"在采摘园，我们看到生产于1979年的东方红–T70型号拖拉机、20世纪70年代的苏哈特自来泉、第一代山药播种机……"我们之所以要保留它，目的就是要让现在的年轻人记住，这里是由老一辈人一锹一锹把荒原变成现今的绿色农庄，让他们不忘过去，珍惜劳动成果。"年轻的苏哈特村党支部第一书记杨宣说："看到这些老古董，就看到了乡愁，就看到了父辈的不容易，激发了我爱家乡建设家乡的信心。"

为适应采摘游的新发展趋势，近年来，苏哈特村在县乡的大力支持下，想方设法从抓质量、推新品、做配套入手，从单纯的瓜果蔬菜采摘变成融吃、喝、玩、乐、购、住等旅游元素为一体的采摘体验旅游，让游人在采摘的同时，也享受、消费田园风光、农事文化、农家情趣等旅游产品、旅游商品，从而带动农民致富、庭院增收，打造出叫得响的采摘游品牌。真正让游人感受到"看得见青山，望得见绿水，记得住乡愁"的乡村游，体验到乡村风光、传统文化和美丽乡村的变化。

在采摘园门口，不时看到一辆辆车停靠在路边，下来三三两两的人。苏哈特村通过蔬菜采摘带热了乡村游。该村蔬菜品种多样，可满足不同的人的采摘需求，有土豆、胡萝卜，有辣椒、西红柿、黄瓜、叶菜类等，还有山药、葫芦瓜、洋葱、板椒、线椒、甘科辣椒、玉米等。游客采摘的蔬菜不论什么品种以每公斤5元销售；加入采摘园"会员"，一年按1500元收取"会员费"，"会员"可以随时来采摘蔬菜，一年一周期，周期内不再收取任何费用。而且"会员"可以根据饮食喜好，要求采摘园种什么蔬菜，采摘园就根据要求种什么蔬菜。目前已有"会员"22人。该村现已发展庭院小拱棚建设100余户，种植胡萝卜、白菜、韭菜、豇豆、西红柿、茄子等蔬菜80余亩（约5.33公顷），每年每亩地增收3000—4000元。种植的有机蔬菜在销往库尔勒等周边县市的同时，还远销乌鲁木齐、吐鲁番等地。

走进村民唐德安、李寿光、王国林、熊世武等人的院里，菜田里流着水灵灵的绿色，青菜、卷心菜、油麦菜等叶菜油光锃亮，辣椒、西红柿晶莹饱满，茄子紫得发亮，鲜嫩的韭菜绿莹莹的，还带着水珠，各种颜色的青菜摆放在一起，赤橙黄绿，格外悦目。这些以往闲置的庭院，通过科学合理利用，发展庭院经济，"小果园、小菜园、小花园、养殖园"成了村民脱贫致富的"金土地""香饽饽"，既美化了家园，又带来了大收益。

苏哈特村生态环境得天独厚，土壤营养丰富，主要农产品产地硒、锌、碘、硫等生命营养元素含量丰富，符合绿色食品生产条件，达到了无公害产地标准。该村以采摘游为平台，运用抖音销售土特产等方式，把游客引进来，把农副特产卖出去，让老百姓在家门口就能挣到钱。

近年来，苏哈特村加强菜农之间的合作，组建各类蔬菜种植专业合作社，让菜农"抱团"生产经营，互利互惠互通信息，不但实现了人人脱贫，还有了积蓄，许多家庭购置了小轿车，过上了城里人的日子。

61岁的村民王国林感慨地说："家乡的每一点变化我都看在眼里，挂在心上。整个家乡环境变了，山更青，水更绿，花更多，人越来越富。"他被太阳晒得发黑的脸上印上了幸福的甘甜。

绿树成荫，一路花香，小桥人家，干净整洁，规划有序的新农居一排排整齐排列，这就是苏哈特村。天空幽蓝而静谧，虽然没有城市的繁华，但是生活得简单快乐，正是这一片沉浸在祥和的乡土气息之中的美丽乡村，吸引了越来越多的人。

哈拉洪村桑葚甜

文化和旅游，都是实现美好生活的重要载体。近年来，新疆维吾尔自治区积极推进文化和旅游联动发展，以文化和旅游促进融合发展，结合区位优势、地域特色、风土人情、多元饮食、丰富资源等特色，精心打造出更多优秀文化品牌和特色旅游产品，在公共文化、旅游共享、文化遗产保护开发、乡村旅游特色发展等领域取得了丰硕的成果，不断满足人民群众日益增长的对美好生活的需求。

又是一年桑葚成熟的季节，有一种甜蜜，那是从心底流淌出来的熟透的桑葚的味道，浸渍着幸福、安详、和谐。

为了找寻这种记忆中的甘甜，一直梦想着去一趟哈拉洪村。早就听说那里种植桑葚时间久，水资源丰富、土较肥沃，树长得茂盛高大，独木成林，而且树的种类多，仅一村就有4000多棵桑葚树，树龄普遍达70年，百年桑葚树屡见不鲜。

哈拉洪村紧邻218国道东侧，位于巴音郭楞蒙古自治州尉犁县城以北8公里处，是尉犁打造全域旅游的第一站。村里林果种类繁多，果园种植面积达7000亩（约466.67公顷），有香梨树、桑树、杏树、桃树、枣树、无花果树、李子树等数十种果树，有"百果园"之称。哈拉洪村的四季，季季有景，景景迥异。尤其到了夏季，姹紫嫣红，景色宜人，空气清新，绿意盎然。层层丛林覆盖村落，片片多彩包裹村舍，像波涛一样在车窗外起起伏伏，无边的清凉和馥郁的气息让你觉得像走进了避暑山庄的别墅群。天空中飘散着丝丝缕缕柔软的云，远远近近的树林，特别是粗枝大叶的桑树，伫立在静谧中，格外引人注目。走在干净整洁的村道上，一条小路、一片果园、一扇少数民族特色大门、户户门前的一片花卉都成为各地游客驻足留影的风景。微风荡漾，草木鲜果的香气扑面而来，花枝招展，就像迎接远方的客人。

说来也巧，那天正赶上尉犁县首届桑葚节在哈拉洪村拉开帷幕。采桑葚、品桑葚、聆听桑葚膏养生讲座……尉犁县以桑葚为媒，以节庆会友，掀开了文化为旅游"唱戏"的新篇章。

最有趣的是，在哈拉洪村的果园里，隐藏了三十多棵冠以"古丽"字样的桑树，什么"琪曼古丽""阿里童古丽""阿娜尔古丽""塔吉古丽"等等，这些桑树竟然有花一样的名字，让人禁不住浮想联翩。这或许是哈拉洪村的村民和花朵生活在一起的缘故吧。

桑果熟透啦！一串串沉甸甸的桑果，挂满了枝头，像节日里的彩灯。桑果有白色的、白中带红的、红得发紫的、紫得发黑的，缀满了枝头，沉甸甸的，压得枝条垂下了头。

踏上哈拉洪村头的那条林荫小道，映入眼帘的是一大片一大片绿色的桑树，一张张比手掌还大的桑叶绿得发亮，仿佛翡翠一般，好像全都串在了一起。迫不及待地钻进桑树林，呼吸着新鲜的空气，闻着那桑果发出的诱人的香味，看着那些葡萄似的桑果，馋得口水直流，忍不住在一串熟透了的桑果上面采下一粒，蜜汁沾满了手，放进口中吃了起来，简直像蜜糖一样甜，一直甜到了心窝里。兴高采烈地采着桑果，一种情不自禁发自内心的惬意和心旷神怡的心境油然而生，让人深深感受到哈拉洪村的村民像桑葚一般的甜蜜生活。这时，那一片桑树地里，不时传出一阵阵清脆的笑声，看不到桑树林里藏了多少人，只听到欢乐的声音穿过密密麻麻的绿叶，飘散到远方……

哈拉洪村村民买合木提·巴吾东家的院中有一棵老桑树，是他的祖辈于1918年亲手种植的，树龄已达102年，树干直径80厘米，树高20余米，历经百年沧桑，始终郁郁葱葱，枝繁叶茂，就像一顶绿色大伞罩在树干上。在县林业和草原局的权威认证下，被授予尉犁县"百年桑树王"称誉。每逢清明节前后，"桑树王"桑苞绽开了，长出了一瓣瓣小桑叶，在微风中欢笑。到了五月中旬，一串串沉甸甸的桑果，挂满了枝头，成熟了的桑果，不仅形状、颜色惹人喜爱，味道也非常鲜美。只要把它放进嘴里，轻轻咬一下，汁水便沾满了嘴唇。

绿荫掩映的村子里，人们的欢声笑语，汇成了一曲生气勃勃的交响曲。田野在望，森林在听，阳光映照着果树园中斑斓的绿色，整个小村都笼罩在绿色的葡萄架下。果树林中村舍点缀，炊烟袅袅，缥缈莫测，绿树、花墙，一幅田园诗画般的景色闪烁于眼前。走进干净、整洁的哈拉洪村，仿佛置身于世外桃源，一种被欢乐打破的宁静让人感受到这里发生的巨变。

尉犁县扶贫办主任刘亚英介绍，自2019年3月起，他们在全县各乡镇村开展"入户道路清洁、庭院清洁、室内清洁、厨房清洁、厕所清洁、个人清洁"的"健康扶贫六清洁"专项行动，采取每周评选、每月表彰、定期观摩等办法，把符合条件的纳入"六清洁"示范户，现已有1000余户纳入。"小康不小康，厕所算一桩"。该县做到了真正意义上的扶贫，扶真贫，真扶贫，真脱贫，不放过一个细节，先后投入扶贫资金127.5万元，对7个乡镇42个村1025户贫困户实施卫生厕所改建，有效解决了群众多年来想解决而未解决的如厕难题。这种让健康扶贫惠及千家万户的做法，彻底改变了乡村"脏、乱、差"的局面，变成了"洁、净、美"，各族群众身心健康得到保障，精神状态更加昂扬，幸福感、获得感大幅提升。村民尼亚孜捋着银白的胡须乐滋滋地说："以往我们向往城市，现在城市向往我们。"

2020年是脱贫攻坚决战决胜之年，决战决胜脱贫攻坚的冲锋号已在尉犁吹响，该县突出"一村一景、一村一特"主题，以示范为引领，结合本村实际、本村特色，重点发展餐饮、民宿、采摘等多元化旅游服务产业，同步提升馕产业、手工艺品加工产业，打造风情园、民宿、采摘园等近百家，形成了"吃住行、游购娱"为一体的乡村旅游链条，初步构建了环境优美、民风淳朴、整洁亮丽、产业发展的新型美丽乡村。把"旅游+扶贫"作为农牧民致富的抓手，村民们纷纷搭上了文化旅游快车，拿出自家打的馕、制作的手工刺绣品、各类烤制美食、农家土鸡蛋、蒸的馒头、炸的馓子等特色产品现场叫卖，无污染、纯天然、分量足、品质佳，还饱含着村民的热情和朴实，现场销售火爆，打开了销路，助推农民增收。真正实现了农牧民不出家门出售土特产，多余的房子变成了民宿，农家乐撑起了村民的腰包，吃上旅游饭的村民，搭上了旅游致富快车。

"截至目前，全县已就业劳动力35052人，占劳动力总人数的98%；其中3740名贫困劳动力全部实现稳定就业。我县发挥4家扶贫龙头企业和村党组织领办合作社作用，构建公司+合作社+贫困户+市场利益联结机制，吸纳306名贫困户稳定就业，通过托养贫困户牲畜1万余头（只）、家禽3.3万羽、外包门面房16间、就业基地1座，年累计分红205万元，户均增收2400余元。旅游产业释放红利，依托罗布人村寨、红色达西等旅游资源，发展国道经济、民俗风情园等特色旅游产业，带动110名建档立卡贫困户创业就业、吃上旅游饭，带动稳定增收。小康路上一个都不能掉队，遥远的愿景近在眼前，美好的蓝图即将实现。"尉犁县党委常委、宣传部部长邢静充满信心地说。

泼墨罗布淖尔，抒写诗与远方。生活里有勇往直前的拼搏，却不忘回头望望留住的青山绿水，还有乡愁。历尽沧桑初衷不变，豁达从容走向明天。尉犁县做到了。

哈拉洪村桑葚甜，甜的是人们对美好生活的向往。

乡党委书记做"推销员"

　　一个月前，乡党委书记发求购消息。刚刚一月，乡党委书记发感谢信息。这就是一个乡党委书记的朋友圈。他发的不是祝福语，不是炫耀的表白，不是晒的美图，而是想农民所想、急农民所急、帮农民所困的信息，这是怎么回事呢？

　　一年之计在于春，农业生产时节不等人。3月6日，抗击新冠肺炎疫情转入了新的阶段，正值复工复产和春耕春播之际，地处塔克拉玛干沙漠腹地的巴音郭楞蒙古自治州且末县库拉木勒克乡积极统筹好疫情防控和农业生产工作，抓好春耕备耕，"凝心聚力抗击疫情，决战决胜脱贫攻坚"。由于受疫情影响，原本这段时间畅销的且末香蒜出现滞销，怎么办？库拉木勒克乡党委书记周世刚一边指导全乡统筹安排好复工复产和春耕春播工作，一边不忘帮农户做宣传、拉订单，用行动当好"销售员""联络员"。

　　"我乡牧民储存的香蒜原计划青黄不接时上市销售，因受疫情防控影响，现还有24吨香蒜急需销售。请大家帮忙购买，以解民忧……"这是发在周世刚朋友圈的一则最新消息。

　　我看了周书记的朋友圈，他还在不断回复，"今天下午拍的照片，香蒜绿尖不是长牙，是我乡香蒜特有标志，请大家放心购买，动员身边人多多购买。""我们保证品质，可以当场验货。你放心。"……

　　看完朋友圈的宣传，不知情者，还以为是哪个农户或业主为自己的香蒜做广告。周世刚为香蒜代言，这已经不是什么新鲜事了。之前他就曾为本乡农产品、养殖业代言，还为丝路古村等乡村旅游代言，都收获了很好的市场反馈。

且末的高原香蒜，具有大蒜素含量高、耐储运、品质好、易储藏等特点，深受广大消费者的青睐。更为村民找到一条致富渠道。

据周世刚介绍，高原香蒜年前已销售286吨，留40吨春节前后出售，卖了一半因疫情影响停止了销售。

一个多月过去了，香蒜的销路如何呢？4月5日，周书记朋友圈的一则消息给了我们答案：“随着最后的15吨香蒜装车外运，售蒜活动圆满收官，感谢大家支持！今年九月，继续为大家提供高品质有机香蒜……”既是答谢，又是广告，可见周书记的良苦用心！

群众的事，再小也是大事。让我们为这些心系群众、勇于担当的好领导点赞。

"绿色银行"的植播人

移走太行、王屋二山的愚公故事，可谓家喻户晓。它告诫后人，要想干成一番事业，就应像愚公那样充满信心，有顽强的毅力，不惧艰难险阻，坚持不懈地干下去，不达目的誓不罢休。从此以后，人们把做事情不怕困难、锲而不舍的人，就比喻为有"愚公移山"精神的人，或是"愚公"。古有"移山愚公"，今有"治沙愚公"，而笔者今天说的这位"愚公"，十几年来，他以"立下愚公移山志，敢教沙海变绿洲"的顽强毅力，硬是在沙漠腹地，移走了无数座沙山，开垦出了一片沙漠绿洲，被誉为"绿色银行"的植播人，他就是新疆维吾尔自治区巴音郭楞蒙古自治州且末县的蔡振峰。自2012年春天至今，蔡振峰带领家人坚持不懈在离县城东部10公里外的河东防风治沙站义务植树，固沙造林1000多亩（约66.67公顷），栽植青杨、沙枣树55万株，胡杨树2000多万株，种植红枣400多亩（约26.67公顷）。这片生态防护林，让流动的沙漠停下了肆虐的步伐，为改善当地的生态环境做出了积极的贡献，让人们在沙漠腹地看到了绿水青山和金山银山。

一

且末县位于新疆维吾尔自治区巴音郭楞蒙古自治州西南部，塔里木盆地东南缘，阿尔金山北麓，北部伸入塔克拉玛干沙漠。塔克拉玛干沙漠，面积为33.76万平方公里，是我国第一大沙漠，也是世界第二大流动沙漠，仅次于阿拉伯半岛的鲁卜哈利沙漠（65万平方公里），它分布在新疆塔里木盆地中，沙丘最高达200米。

且末县地处塔克拉玛干沙漠腹地，沙漠面积达5.38万平方公里，占全县行政面积的38.4%，四面环沙，犹如"沙漠孤岛"，生态环境极为脆弱，沙漠与县城中心仅有2公里，是新疆乃至全国风沙危害较严重的地区之一。从当年"沙进人退的且末"，到如今苍松翠柏、满目葱葱茏茏的杨柳树上长着密密层层的枝叶，金色胡杨和大片红柳梭梭树，这些植被就像一排排强壮的哨兵阻挡住了肆无忌惮的风沙，实现了"人定胜天""沙退人进"，完成了几代且末人的夙愿。创造这一变化的，蔡振峰便是其中之一。

30多年前，蔡振峰居住的且末县城。这里受塔克拉玛干沙漠影响，自然条件十分恶劣，生态环境非常脆弱。每当大风起兮，天地间混沌一片，飞沙走石，不见天日，树木被风拦腰折断，农田村庄受害严重，惨不忍睹，就像电视连续剧《西游记》里"黑风怪"袭来的画面。沙漠，沙尘暴，这是上天给人类的活生生的警告。如果不治理好沙漠，这里有可能就是第二个古楼兰！据史书记载，我国丝绸之路上的楼兰古城，就是被沙漠吞没的。这一切深深刺痛了蔡振峰的心。20年前的春天，30岁出头的蔡振峰提出了治沙的想法，他认为，"只有把沙治住，才能保护好这一方水土，我们和子孙后代才有饭吃"。但蔡振峰决定挑战风沙的念头一出口，就遭到家人的强烈反对。妻子刘金花知道丈夫的秉性，知道他决定了要干的事，就是九头牛也拽不回来。她最终选择了支持丈夫治沙！并与蔡振峰卖掉了家里的值钱东西，连同积蓄，凑了数万元钱。经过一番思想工作，家人终于明白了蔡振峰所想，是为子孙后代谋福利的长远梦想。2012年春季，蔡振峰放弃在县城居住的优越条件，带上家人义无反顾地搬进沙漠，开始了防沙治沙、植树造林、植草固沙的马拉松战役。

治沙初期，亲朋好友劝阻蔡振峰，治沙如同走蜀道，难于上青天，是不可能完成的任务。也有人说，在沙漠里植树，就是"肉包子打狗"有去无回。面对不绝于耳的冷嘲热讽，面对不少人说他愚笑他傻，蔡振峰在心里暗暗说："我就做一回愚公吧，无非就是赌上一把！"只有妻子刘金花安慰他说："干吧，你能行！"妻子的信任和鼓励如同沙漠里的甘霖，滋润了蔡振峰干涸的心田。望着妻子充满爱意的迷人眼神，蔡振峰暗下决心：一定要做出个样子，一定要让沙漠变成绿洲。

二

万事开头难。

"事情还得从2012年春季说起。当年，我和一个朋友合作开发这块沙地。当初这里到处是两层楼高的沙山，那才是真正意义上的荒凉。"提起当年的"创业史"，蔡振峰感慨万千。"我当时开了一个砂石料场，我把厂里的推土机、挖掘机、汽车、拖拉机等等机器设备，只要派上用场的全部调到了这里。把沙料场的工人也都派到了这里。干吗？集中力量先平整土地。推的推，挖的挖，拉的拉，填的填，就像当年农业学大寨一样，充满了干劲。我们这边平整，风从那面又把沙吹过来，好像跟我们较劲。我们这边头天挖树坑，打埂子，第二天就啥也没有了。风大啊，让风沙填埋了。"沙漠地区风沙大、风力强。风力有 10 — 12 级。强大的风力卷起大量浮沙，形成凶猛的风沙流，不断吹蚀地面，使地貌发生急剧变化。万般无奈下，蔡振峰想到了塔克拉玛干的石油工人，石油工人能防风固沙，难道我就不能学习人家的先进经验吗？不服输的蔡振峰辗转数百里，来到塔中，一方面看人家防风治沙的基础工作，一边向小学生提问似的向工人师傅请教。功夫不负有心人。蔡振峰终于学到了以前从未涉猎过的防沙治沙知识。

第二天回到家里，灰头土脸的蔡振峰顾不上休息，连忙召开"现场会议"，把学到的防风治沙知识手把手教给每个人。他安排人挖树坑、挖防风林坑，自己则开着小四轮拖拉机去县城购买防风网等设备。"治沙先固沙，这是我从石油人那里学到的经验。固不好沙，一切都是瞎子点灯白费蜡。我们起初就是没有经验的蛮干，要吸取经验教训。"

蔡振峰带了三四十人，一边按照学习来的经验种植防风林，一边不断摸索在沙漠里植树的好方法好办法。沙漠本身就含土量少，种植难度大，他们就把提前买的羊粪、牛粪等肥料和沙土填上，这样土地才有劲，成活率高。由于基础工作扎实，当年种植的十几万棵防风林木，成活率达到了90%，蔡振峰看到了希望。他惬意地躺在树荫下举目远眺，感受着风轻轻拂过脸庞，一缕缕阳光透过树叶间的缝隙，在地上映出一片斑驳。沙海中，无数杨柳、榆树、沙枣顽强挺立，绿色正向沙漠深处延伸，直至广袤。治沙数个月以来，蔡振峰第一次舒心地笑了。他的脑海里第一次出现了"绿色银行"的称谓。

毋庸置疑，沙漠最缺水，而植树造林偏偏又离不开水。咋办？打井。在蔡振峰的带领下，他们打井，搞滴灌，引进河水，让种植的植被渴不着！在沙漠里，水异常珍贵，给树浇水要恪守节约原则，还没来得及拉滴灌的地方，都有人深一脚浅一脚、一趟一趟地提水浇灌。浇小树苗都是一次一勺，一滴都不舍得浪费，像用油一样用好每一滴水。吃的水更得珍惜，吃完饭的锅、碗、筷都很少洗，早晨洗脸水都舍不得倒掉，留着澄清中午继续洗手，洗脚成了他们的奢望。就这样，树枯了，再栽；苗死了，再补。寒来暑往，一晃17年，周而复始地重复着单调枯燥的治沙。

最可气的是每年的六七月份突发的车尔臣河融雪性洪水，由于洪水泥石流含沙量大，流速快，沿车尔臣河堤坝受到洪水威胁而出现损毁，给治沙带来严重的灾难。他们头天刚挖好的树沟，植好的树，翌日就被无情的洪水淹没，有的幼苗被风沙连根拔起，每年的这个季节，他们都会吞下无情的大漠风沙将这用心血换来的劳动果实吞没的苦果……有一次，他们正在种树，突然间狂风大作、沙浪滔天，眼睛无法睁开，半天找不到家，后来循着犬叫鸡鸣才找到家里。看到这样的情况屡屡发生，蔡振峰等人只有面面相觑、望树兴叹、欲哭无泪。

跌倒了爬起来。耐心、苦心、坚持心，正是因为有这么一股劲，执拗的蔡振峰以一种不服输的精神和勇气坚持在第一线植树、浇水。一个坑，一棵树，一桶水，种树治沙，几乎天天出门种树，每天10多个小时，不管零下20多摄氏度的寒冬，还是50摄氏度高温的酷暑，从未间断。"一分耕耘，一分收获"，每当看着小树苗一天天变粗、长大、成材，就像看着自己的孩子渐渐长大一样，蔡振峰心里有一种别样的心情。

如今，在且末县治沙工程防护林体系建设示范区等地，一派派生机盎然的生态防护林发挥了应有的作用，防风固沙效果明显，飞扬跋扈的沙漠谦卑地停下了脚步。蔡振峰指着自己亲手种植的茂密丛林说："这里是我的'绿色银行'，越往后越值钱。"

向沙漠要地、要树、要草场，要宜人、宜居、宜业的安居环境，且末人实现了让沙窝窝变成金窝窝的梦想。

三

治沙何其难！创造人间奇迹的背后，有许许多多的艰辛与拼搏，汗水与心血……

刘金花说："我与老蔡1995年7月认识，两年后结婚，我就看准了他的诚实、踏实、能干和善良。他有头脑，人缘也好，遇到困难总有人帮助他。"提起蔡振峰，爱人赞不绝口。2004年，蔡振峰在且末开了一家沙石料场，刘金花是一名教师，过着衣食无忧的幸福生活。当时她也有过一个美好向往和憧憬，相夫教子，好好享受生活。但现实击碎了她的幻想，丈夫蔡振峰要拿出所有积蓄治沙，要面对方圆10多公里内渺无人烟，黄沙漫漫，一望无际。刮风时，两眼一抹黑，只能听到"呼呼"的风声；一刮大风，小屋就有被沙子吞噬的危险。锅里、碗里是沙，被褥里是沙，嘴里眼里是沙；风一停，一片狼藉，眼前又是满目的黄沙，剩下的是死一般的寂静。天天居住生活在这种恶劣到难以想象的自然环境里，使她几乎濒临精神崩溃的边缘。每当夜深人静，在昏暗灯光下看着坐在木板搭制的简易床上夜不能寐、思前想后的丈夫，既心疼又生气。

不久，他们又面临合作者退出的打击，继而耳闻"这两口子，怕是得了神经病吧""好好的蔡老板不做，还想着沙里淘金的发财梦"等等诸如此类的风凉话。刘金花对丈夫说："老蔡，咱们也退出吧，投资的钱咱不要了，回去安安稳稳过日子吧！你做好沙石料场，我有退休工资，咱们经营好自己幸福的小家。"站在茫茫的沙海中，刘金花望着丈夫被太阳晒得黑里透红又落满灰土的脸心疼地说。蔡振峰望着妻子，过了许久，愧疚地说："咱干吧，别人不相信我在沙漠里能创造奇迹，你应该相信。"妻子知道，丈夫只认准一个理，治沙造林是改善生存、生活环境，造福子孙后代的伟大事业，是一项看不到眼前利益而又是功德无量的高尚的事。刘金花点点头。这一点头就是信任与支持，给了蔡振峰信心和力量，他治沙造林的积极性一下子高涨了。他硬是带领全家人、亲朋好友三四十人苦干一年，移沙山、填沟壑、平土地，早出晚归，风餐露宿，渴了喝口凉开水，饿了吃口干馕，嘴上打了泡，脸和身上起了皮，手上的茧子不知道剪了多少次。在他们苦干巧干下，植起了一条长约100000米的防风林，第二年春又开了一条8000多米的排碱渠，栽种了胡杨、沙枣等耐旱树种，使这片荒漠中终于有了可喜的绿色。

春夏秋冬，寒来暑往，17年的坚守，昔日的不毛之地已绿树成荫，这里不再是过去的穷沙窝，而是现在的金沙窝了。谁累谁知道，谁苦谁清楚。"绿色银行"的背后，多年来，留下了蔡振峰身背水壶、手拿铁锹、埋头苦干的身影。因长期风吹日晒，蔡振峰的面庞被大漠骄阳烤得黝黑，双手皲裂得如同胡杨树皮，看上去要比实际52岁的年龄苍老许多。

现在林地每年仅红枣就可创收20万元以上。他们种植了小米、玉米等饲草料；西瓜、蔬菜、桃、杏，还有肉苁蓉等。下一步，还计划建设生态旅游等项目，以此带动产业发展。通过种植饲草料，他们还养殖了2000多只羊，年收入也在30万元以上。更主要的是，在蔡振峰的带动下，且末县涌现出一批治沙造林大户，这些造林大户在全县的治沙造林中正发挥着巨大的作用。由于生态环境发生了变化，许多被风沙赶走的飞禽走兽又重新返回并在林子里繁衍，丛林里野鸡飞鸣、草地上野兔、狐狸追逐，俨然一个绿色植物园，成为且末县生态绿洲的一道亮丽风景。

四

如今，被蔡振峰誉为"绿色银行"的生态防护林，不仅有经济效益，更起到了保持水土、防风固沙、涵养水源、调节气候、减少污染的作用，彰显了以防御自然灾害、维护基础设施、保护生产、改善环境和维持生态平衡等为主要目的的巨大潜能。

一排排杨树，庄严肃穆，排列整齐，像接受检阅的士兵，威风凛凛，高大而挺拔。让人情不自禁想起了《白杨礼赞》里的经典句子：白杨不是平凡的树。它在西北极普遍，不被人重视，就跟北方农民相似；它有极强的生命力，磨折不了，压迫不倒，也跟北方的农民相似。我赞美白杨树，就因为它不但象征了北方的农民，尤其象征了今天我们民族解放斗争中不可或缺的质朴、坚强，以及力求上进的精神。我想，正是有了蔡振峰等无数"愚公"的默默奉献，才让人们在沙漠腹地看到了生命的希望，这何尝不是一种独有的精神气节呢？

胡杨、沙枣等树种绚烂多彩，尤其到了秋天，胡杨树金黄色的树叶在太阳的照射下，发着金灿灿的光，妩媚多姿。极目远眺，无边无际的防护林与天际相接，白云穿过树梢，太阳下树影婆娑，美轮美奂。

在蔡振峰林区的养殖场，笔者见到了正在忙碌着给羊添加饲料的艾山江和他的家人。据艾山江说，他就是且末本地人，就住在蔡振峰林区附近，因为家里人多，加上沙土种不了田，生活很困难。蔡振峰爱人刘金花说："那是2014年，老蔡得知艾山江家里的情况后，就想着要帮助他，他就找到了艾山江。"提到蔡振峰，艾山江眼里闪烁着激动的光芒："现在，我们全家人都在这里干，他（蔡振峰）给我们房子住，我和爸爸、弟弟负责养殖，我的妈妈、老婆干地里的农活，我们每人每月的工资在3000—5000元。后来，他又给了我们40亩（约2.67公顷）地，我们种植了饲草料。现在，我们自己养了4头牛，30只羊，80只鸽子。我们现在自己银行也有十几万元的存款。"艾山江说完，竖起了大拇指。

阿依仙木古力是从且末县琼库勒乡走出的大学生，2018年，考入新疆财经大学（库尔勒校区），因家庭困难，几乎面临辍学。蔡振峰得知后，主动联系阿依仙木古力的家人，为她承担了每年6000元的费用，直到她大学毕业。

对于帮助过的人，蔡振峰淡淡一笑："这是我该做的。当年，也有人帮助过我。对于帮助过我的人，我始终记在心里，并以报答。"懂得感恩，黎明就在眼前；懂得感恩，生活才有希望；懂得感恩，才具备成功的条件。蔡振峰的成功，抑或源于此吧。

说起且末，没有到过的人仍以恶劣的环境定义它的"过去式"，难以想象把这里改造成一片绿洲的"现在式"，更无法奢望能在这里实现人进沙退的"将来式"。然而，这些无法想象的奇迹，如今的且末人都做到了。今天的且末高楼林立，天蓝水碧，绿树成荫，繁花似锦，居民生活富裕和谐，经济社会各项事业蓬勃发展，一座富有朝气和活力的"生态新城"像一座不朽的丰碑屹立在塔克拉玛干沙漠的边缘。来新疆，切莫错过且末，它总能带给你不一样的惊喜，乃至震撼！

当笔者问起蔡振峰今后的打算时，他爽朗地一笑，我要继续守护好这片"绿色银行"，让它造福祖国，造福人民，造福子孙！

"熊猫侠"卡米力　用大爱让生命重放光彩

　　在新疆维吾尔自治区巴音郭楞蒙古自治州且末县，提起被当地人誉为"熊猫侠"的卡米力·吐尔迪，不少人都会竖起大拇指。

　　一身朴素的着装，一副强健的体魄，一张洋溢着热情微笑的脸庞，一双炯炯有神的眼睛，一口流利的普通话，这是卡米力·吐尔迪留给人的第一印象。今年37岁的卡米力·吐尔迪是且末县阔什萨特玛乡副乡长，有着比较罕见的 A 型 Rh 阴性稀有血型，又称"熊猫血"。正因为这种血型，2008年至今，卡米力先后为7名患者无偿献血2800毫升，挽救了一个又一个素不相识的生命濒危的患者，用大爱让生命重放光彩。每当有患者需要血源，他便会像武侠小说中的"大侠"一般及时现身，赶到现场为患者无偿献血。每一次献完血，他都是默默离去，从不计较得失。同时，为了让更多的稀有血型病患者能及时得到救助，他还和朋友一起创建了"巴州稀有血型互助站"QQ群，加入了"新疆熊猫血一族 A 型精英群"，专为稀有血型患者提供帮助。因他的热血心肠和多次无私救助，卡米力也被且末当地人亲切地称为"热血熊猫侠"。

一

　　血液是一种特殊资源，临床用血只能靠人类自身提供的血液。献血体现了一个人的价值以及他对社会承担的责任。

卡米力说，第一次接触"献血"这个词是在小学语文课本《白求恩大夫》中一个感人至深的片段：当英勇抗日的八路军战士负伤需要输血时，国际共产主义战士白求恩对同志们说："抽我的吧！我是医生，我是O型！"白求恩的光辉形象在他幼小的心目中特别高大。

先让时光倒流到十几年前。2006年一次献血活动中，当时还在且末县计生委工作的卡米力被测出是A型Rh阴性血，作为一名计生干部，他懂得这种稀有血型拥有者在救治病患等方面的重要性，他为自己拥有这种血型感到自豪的同时，也感受到了自己身上的责任。当年他就无偿献血两次，这是他第一次体验献血。

2008年5月的一个夜晚，正在单位加班的卡米力·吐尔迪突然接到县医院打来的电话，说妇产科有位若羌来的产妇阿依孜木·伊斯马伊力剖宫产时大出血，患者血型A型Rh阴性，急需输血，希望他能给予帮助。接到电话后，卡米力立刻飞奔到医院，为产妇输入400毫升鲜血。产妇得救了，孩子平安无恙，一家人感动得热泪盈眶，拉着卡米力的手连声说谢谢。

出院后，阿依孜木·伊斯马伊力的丈夫艾合买提江为了表达内心的谢意，给卡米力买了一部当时最新款的手机，被卡米力婉言谢绝。面对一家人的盛情，卡米力说："你们的心意我心领了，看到你们一家都平平安安就是对我最好的感谢。"

"那次献血让我真正感受到了自己人生的价值，也感受到救助别人是一件快乐且有意义的事。"卡米力·吐尔迪说。

2014年7月2日晚，在且末县城做玉石生意的中年妇女古丽尼萨·艾萨因子宫出血急需输入A型Rh阴性血，而她的70多位亲朋好友经化验血型都不符合要求。情急之下，她的亲戚想起了拥有同样血型的卡米力·吐尔迪，赶紧打电话向他求助。5分钟后，卡米力就赶到了县医院化验室，当场为患者献血200毫升。

因抢救及时，古丽尼萨终于脱离了生命危险。她的丈夫拿出1万元现金表示感谢，被卡米力谢绝。卡米力说："今后如果需要帮助，随时都可以找我。"

"卡米力是个大好人，他是我的救命恩人，我身上流淌着他的鲜血，我这辈子都不会忘记他的恩情。"古丽尼萨·艾萨每每说起"熊猫侠"卡米力，感恩之情溢于言表。

在且末玉都宾馆，卡米力对笔者说，突破第一道"门槛"，以后献血就容易多了。渐渐地他也学到了许多献血知识，如献血前，饮食要清淡，不能喝酒；献血后，不要进行剧烈活动，要多休息，补充营养，保证充足的睡眠；平时要加强体育锻炼；献血不仅不会损害健康，反而能增强人体的造血功能。

在这个充满爱的世界里，最壮观的是排得长长的献血队伍，最感人的是义无反顾的献血者。他们的血液将流进一个个生命垂危患者的血管，将挽救一条条宝贵的生命。有种储蓄叫无偿献血，时间是最好的证人。

二

时间追溯到三年前，一场跨越千里的爱心接力在且末县和乌鲁木齐市两地上映。在经历近十个半小时的手术后，患者亲属数次流下了激动的泪水！

2016年8月17日，在新疆医科大学第一附属医院心外科，乌尔帕夏·努热麦麦提病床前的气氛异常紧张。临床诊断她为二尖瓣关闭不全（重度），要尽快做手术。而术前检查发现，乌尔帕夏属于A型Rh阴性血液，需要800毫升的备血才能保证手术，但血库中"熊猫血"仅有200毫升。

丈夫阿不都热合曼·阿吾提看到妻子的病情越来越重，他心急如焚："我头一次听说这个血型，妻子的兄弟姐妹都来验血，但是血型都不匹配。"

时间就是生命。8月19日，阿不都热合曼·阿吾提在自己的工作群中发布了寻找血源的信息。自治区"访惠聚"活动办了解到情况后，发动工作队群友转发。当天23时左右，在自治区"访惠聚"工作联络群，一条"且末县驻村工作队有位同志符合条件，愿意无偿献血，名字叫卡米力"的消息立即让大家振奋起来，愁眉苦展的阿不都热合曼·阿吾提看到了希望。卡米力21日一早启程，在库尔勒转车，走了1187公里，于22日20时30分到达乌鲁木齐市，一下车就看到了来迎接自己的阿不都热合曼。8月23日17时许，卡米力在乌鲁木齐市血液中心献了血，挽救了乌尔帕夏·努热麦麦提的生命……

面对患者亲属的感激致谢，卡米力·吐尔迪说："献血救人不只给我带来了荣誉和骄傲，我更多感受到的是作为一名党员帮助人民的责任和义务。"当时正在驻村的卡米力由于工作需要，献完血顾不上休息，又急匆匆赶回了工作岗位。

几年里，卡米力每年都会接到不同求助者的电话，他都毫不犹豫地参与献血救人，其间有两次在外地医院碰到紧急情况，他都瞒着家人，偷偷把血献给了患者。

"我希望通过我的一点付出，去拯救更多的生命，让更多患者及时得到帮助。同时，也希望我的这个微行动能够带动全社会更多爱心人士加入我们献血队伍，让我们的生活多一份阳光和关爱，传播更多助人为乐的社会正能量。"卡米力·吐尔迪说。

无偿献血是一项崇高的社会公益事业，是无私奉献、救死扶伤的高尚人道主义行为。卡米力参加无偿献血，既是履行一个公民应尽的义务，更是体现了一名公民的社会责任，用实际行动诠释了大爱无疆、无私奉献的精神，彰显了一种高尚情怀。

三

2016年，卡米力·吐尔迪在"访惠聚"驻村工作队驻村期间，也表现出"熊猫侠"一样的热血情怀。

"明天就是年三十了，你要把你媳妇和娃娃都带到我家来过年，我们一家人在一起吃个团圆饭。"1月26日，正在该县阿克提坎墩乡伊斯克吾塔克村"访惠聚"工作队驻村值班的卡米力·吐尔迪接到了结对认亲户吴有志老人邀请他们一家人到家中过节的电话。

"好的。我们一定去。另外，家里啥都别买了，我都给您准备好了。"卡米力在电话里对吴有志说。

第二天，因在村里值班，卡米力便叮嘱在县文化体育广播影视局工作的妻子古丽拜克热木·艾尼瓦尔将给吴有志准备好的馓子、糖果、羊肉等过年的年货早早送到了老人家里，并按汉族人过年的风俗和老人一起包了羊肉饺子，一家人在一起过了一个欢乐的除夕夜。

正月初一，卡米力一家又带着水果等到老人家里给老人拜年，让老人高高兴兴过了一个喜庆的年。

"很多年家里都没有这样热闹过了，这是我这些年过得最开心的一个年，和卡米力他们在一起，就像一家人一样，心里特别亲切温暖。"吴有志说。

现年79岁的吴有志是伊斯克吾塔克村孤寡老人，卡米力驻村入户时，了解到老人的情况后，经常到他家走访，看望帮扶老人，送衣送药，买米买面，主动提出和吴有志结为亲戚，像对待亲人一样对待他。

有一次，吴有志因受风寒感冒，患了急性肺炎。卡米力发现后及时把他接到医院进行治疗。因吴有志是孤寡老人，家里没有人看护，卡米力便让妻子做好一日三餐给老人送到医院，还联系民政局给老人发了1000元救助金。了解到老人没有办理社保卡，卡米力又抽时间帮老人办好了社保卡；看到老人没有通信工具，卡米力又给老人买了一部手机。吴有志病愈出院后，卡米力又把他接到家里吃饭，还带老人到自己的父母家串门走亲。

"卡米力对我就像我的亲儿子一样，生活上无微不至地照顾我。周末时，还经常带媳妇和孩子来看我，给我做抓饭，送吃的。知道我有病，他还经常买药给我送过来，带我到医院检查身体……"提起卡米力，吴有志老人总有说不完的心里话。

"我和吴有志老人既然结为了亲戚，无论我在哪，他都是我一辈子的亲人，我就要管到底。"卡米力说。

工作之余，卡米力还经常跟拾花工交流，帮助他们联系务工需求，积极组织他们参与村里的文化活动，教育引导外来务工人员崇德向善，做遵纪守法的好公民。驻村工作中，他还和村委会里的其他党员一起联合组建了一支20多人的党员志愿者服务队，村里谁家有困难，他们就发挥志愿服务队党员先锋模范带头作用，积极想办法帮助解决。正是有了良好的开端，现在村里的各项事务有序运转，村民之间和睦相处、团结友爱，互帮互助蔚然成风。

四

感恩父母，孝敬父母，天经地义，是做人的最基本的美德。卡米力·吐尔迪从小就是一个体贴父母、孝敬老人、勤俭持家的懂事的孩子。2012年11月，不幸突然降临在这个原本幸福的家庭。他59岁的母亲被检查出患有"宫颈癌"，医生建议母亲先做子宫全部切除手术，下一步要接受两个月的化疗和放疗，卡米力·吐尔迪毫不犹豫地拿出家里的积蓄送母亲到新疆肿瘤医院做手术，手术后老人只能吃流质食物，他就买了个小电磁炉在医院亲自给母亲熬粥喝。出院后，每三个月一次送母亲到新疆肿瘤医院复检。接受化疗后，母亲的胃严重发炎，被诊断为浅表性胃炎，要一天喂8次饭。就这样他们夫妻俩陪老妈妈过了整整3个月，卡米力·吐尔迪一下子瘦了十来斤。

母亲病情刚刚好转，不幸又一次降临。2014年4月的一天，65岁的父亲突然昏倒在家，经医院诊断为高血压引起的脑出血。当时父亲脑部出血量达50毫升，情况比较严重，转至库尔勒市一家医院ICU重症监护室一躺就是20多天，经多方治疗，虽保住了性命，但左半身瘫痪，丧失生活自理能力，病情需要价格昂贵的药物控制。卡米力·吐尔迪不怕苦、不怕累，每天给老人梳头、洗衣、做饭，细致安排着两位老人的饮食起居。渴了他端茶送水，饿了他端来热汤热饭一口一口地喂，虽然困难，可为了父母病情能好转，他尽量做到每日三餐不重样地迎合父母口味。生活中，他为父亲端屎端尿、清洁身体、洗脏衣服，睡前为父亲洗脚、按摩身体，只有等他们睡后他才拖着劳累疲惫的身体回房休息。日复一日，年复一年，他以自己有限的时间，用真心和真情默默地付出，以孝心和执着为整个家撑起了一片崭新的天空。他也从没有因父母有病而影响工作，知情的人都对卡米力投来赞许的目光，竖起称赞的大拇指。"我的妻子从家里到家外，一直支持着我，她是我的精神支柱，坚强后盾！"卡米力深情地对笔者说。

孝敬父母是做人的根本，孝敬父母，回报父母，不必做一番惊天动地、轰轰烈烈的大事情。就像卡米力一样，从自身做起，从一点一滴的小事做起，就完全可以尽到我们对父母的孝敬之心。哪怕帮父母做一些力所能及的家务，扫地、洗碗、洗衣服等等，只要我们对父母拥有一颗感恩之心，就能让父母欣慰、高兴和快乐。卡米力不正是做到了这些吗？

近年来，卡米力先后荣获自治州"道德模范""优秀共产党员"称号，"最美新疆人"等荣誉。在一个个荣誉面前，卡米力始终没有迷失自我，而是不改往日默默无闻、勤勤恳恳、兢兢业业、无私奉献的作风。爱是阳光，可以把坚冰融化；爱是春雨，能够让枯草发芽。一腔热血、一身正气、一心务实，他用自己的实际行动塑造了一名共产党员的良好形象，诠释了基层党员干部不忘初心、牢记使命的深刻内涵。

第二辑

城市风光·记忆

漫步天鹅河

我的家乡梨城虽不是什么著名的旅游胜地，没有美丽的青山、壮观的瀑布，但，那儿有一条凝聚梨城人智慧和力量的人工河——天鹅河。自搬到新区，天鹅河就成了我闲暇之余休闲与锻炼的好去处。

天鹅河坐落于梨城南市区，又称新区，南起南市区广场梨香湖，北到库尔勒市狮子桥，全长十公里。天鹅河占地面积约2400亩（160公顷），水域面积765亩（51公顷），是梨城休闲、旅游、观光的重要活动场所之一。我习惯称其为梨城的"外滩""秦淮河"。

每当吃罢晚饭，我总要与天鹅河"相约"，那种心情就像与心仪的姑娘约会。漫步天鹅河，淡蓝色的河水清澈见底，好像是一面镜子，又好像柔软的蓝绸缎，倒映出两旁的楼宇、花草树木、行人的影子，微风拂过，河面上荡漾起层层涟漪，俨然一幅精美的山水画，动中有静，静中有动，让人感觉到梨城的和谐、美丽与宁静。特别是市民中心的一角，那几幢造型别致的城市展览馆、图书馆、市民中心，衬托出梨城建筑的现代化气息，也是梨城的标志性建筑。天鹅河两岸共有大小桥梁20座，岛屿10个，码头12个，沿线立有岑参雕塑、班超雕塑、香梨雕塑及河图洛书雕塑等人文景观。乘船游走在天鹅河，小桥、流水、绿岛、水草，蜿蜒曲折的河道及河两岸鳞次栉比的建筑，让人似乎忘记了这是在边城库尔勒，仿佛是在黄浦江欣赏大上海的壮观，或在南京观赏秦淮河的壮景，或在长江浏览大三峡的壮美。近年来，随着天鹅河自然环境、生态环境与人文环境的不断改进，每年都会有数百只天鹅、野鸭、鸬鹚、鸳鸯等野生动物飞来做客，吸引了大批游客。天鹅河让人沉醉，让人迷离，而让人震撼的莫过于田园桥。桥身远看像一只展翅飞翔的白色天鹅，银光灿烂、美轮美奂，在金色的阳光中熠熠生辉，大气磅礴，气吞山河。田园桥下有一个荷花型的大型喷泉，据说是南疆第一大喷泉（梨城人简称为"南疆一喷"）——梦幻音乐喷泉，喷泉周长90米，最高射程可达百米，多变的喷泉让人惊叹不已。

天鹅河四季有景，景景迷人。春有绿，夏有花，秋有果，冬有雪。特别是每到春夏季节，河两岸的百花争芳斗艳，美人蕉、牡丹花、月季花、太阳花，散发出一股股扑鼻的浓香，沁人心脾。河边还建有漂亮的亭子、凳子，供市民休憩。每到夕阳西下，亭子里坐满了人，他们或侃或玩，其乐融融，悠然自得。微风吹来，松树、柏树、杨树、柳树的柔软枝条随风摆动，仿佛在向人们含笑点头。

夜色中的天鹅河更是别有一番情趣在其中。

每当夜幕降临，天鹅河沿线灯火辉煌，就像天上闪烁的星星，比天上的星星还要耀眼，还有吸引力。五彩灯光，聚成一片，就像一簇簇放射着灿烂光华的鲜花。夜幕中的天鹅河，褪去了白天的浮华，显得宁静而秀美，相对于白天的躁动，更多了一丝浪漫、温馨的气息。夜晚的田园桥最为热闹，人来人往，大多数人都是为看喷泉而来，他们拿着相机，摆出各种造型，记录下自己与天鹅河美景的邂逅。音乐喷泉一开始，河边便人山人海，人们目不转睛地盯着河面。喷泉下有许多彩色的灯，紫的、蓝的、红的……在彩灯的照射下，喷泉五光十色，瑰丽无比。四周是小泉，小泉千姿百态，十分引人注目。有的小泉一边喷水，一边随着音乐转动，像两条小蛇在空中嬉戏，有的小泉水流像被什么东西压着四散开来，像孔雀开屏，还有的小泉，像一束水花向上喷涌，然后像礼花一样散开，美不胜收。更有特色的是中间大泉，像一条银龙腾空而起，扶摇直上，直插云霄。微风中，细碎的水珠随风飘散，给干燥的梨城带来丝丝雨露，让人不忍离去。河水碧波荡漾，一艘艘画舫满载游人从梨香湖行驶过来，绕喷泉缓缓驶过，桥上、岸上、船上除了尖叫声，就是相机、手机"咔咔咔"按下快门的声音。刺破夜空的闪光灯，恰似银河落水、繁星闪烁，天鹅河就像一个缤纷灿烂的舞台，所有的游人都是忠实的观众。

天鹅河环绕着梨城，滋润着家乡人的心田，是一条贯穿家乡身躯的血脉，承载了梨城人民无尽的欢笑、乐趣和活力，给这一方人带来了福祉。

"桥城"看桥

当看到这个题目，或许有人会纳闷，北京的桥，就像歌里唱的，千姿百态，瑰丽多彩，而库尔勒的桥，会是怎样的呢？

库尔勒市是新疆维吾尔自治区巴音郭楞蒙古自治州的首府，位于天山南麓，塔克拉玛干沙漠的边缘，地处新疆腹心地带，是我国西部边陲的绿洲城市，因盛产驰名中外的"库尔勒香梨"，又称为梨城。我的家乡库尔勒市虽不是什么著名的旅游胜地，没有暗礁险滩的迤逦，没有崇山峻岭的沟壑，没有从天而降的壮观瀑布。但，这里有几条凝聚梨城人智慧和力量的人工河，即孔雀河、天鹅河、杜鹃河、鸿雁河、白鹭河等，它们穿城而过，连接了老城区、新城区、开发区，河水潺潺、源远流长、如烟似雾、游船荡漾，为这座在西北沙漠边缘建起来的城市增添了无限荣光。故此，库尔勒又被人们称为"水城"，也因此有了"山水梨城""江南水乡"之说。有河，必有桥，库尔勒的桥虽没有北京的桥那样以古朴沧桑见长，没有江南"小桥流水人家"的婉约，没有西湖断桥扑朔迷离的传说，但它同样有着典雅华贵的浓彩，有着简约轻灵的委婉，更有现代时尚的新颖，无论是浴风披日，还是银装素裹，它的优雅、从容、自在，不得不令人叹为观止。桥的两侧是人们行走的"小道"，中间则是车辆通过的"大道"，两边还有姹紫嫣红的花草、精美绝伦的路灯点缀。人们说说笑笑地走着，车辆有秩序地通过，川流不息，一点也不逊色于众多"名桥"。随着城市不断地升级改造，山水梨城、水韵梨城等招牌也不断被叫响，成了库尔勒的特色，库尔勒人也培养出了桥梁情怀。之前，库尔勒市共有梁桥、拱形桥、立交桥等大小桥梁40多座，随着"三河贯通"工程的推进，又建造了大大小小桥共计80多座，成为全疆拥有桥梁最多的城市之一，成了名副其实的"桥城"。

库尔勒建桥历史悠久，源于它是一座在河洲上建起来的城市，延伸和发展必须依靠桥梁。最古老的有20世纪六七十年代建设的狮子桥、葵花桥等，80年代建设的建设桥、孔雀河大桥等。随着梨城城市建设的飞速发展，六七十年代建设的老桥梁已经不能满足梨城交通的需求。鉴于此，库尔勒市对狮子桥、葵花桥、孔雀河大桥等桥梁进行了改扩建，大多用了斜拉式、双悬索造型。座座大桥充分展示了"新""奇""美""独""特""亮"的特点，成为梨城滨河风光带上的标志。

这些改扩建的桥梁，既揭去了梨城过去的黄页，又翻开了梨城发展的新篇章。气势恢宏的孔雀河大桥，雄伟壮观的狮子桥，巧夺天工的建设桥，承东启西的葵花桥成了库尔勒标志性的桥、标志性的建筑。紧随其后，又相继建设了塔指桥、田园桥、铁克其桥、喀拉苏桥、迎宾桥、民生桥、石化大桥等桥。单看这些有着纪念意义的桥名，就不难看出库尔勒市在城市科学发展规划建设中，举全市之力、集全民之智、聚万众之心，全力打造新疆重要的现代化区域中心城市，实现以"健康、幸福、宜居、宜业、特色"为核心的目标和全力以赴把库尔勒建成人民满意的城市所汇集的融合发展理念。

说到库尔勒的桥，不能不说库尔勒"三河贯通"改造工程。"三河"，即孔雀河、杜鹃河、白鹭河，"三河贯通"，就是将孔雀河、杜鹃河、白鹭河横向连接起来，形成天鹅河旅游景区。整个景区以绿为主、以水为辅，体现现代花园城市的特色，将"绿水青山就是金山银山"的长远发展理念贯穿其中，融山、水、林、路、城为一体整体设计，把城市建在公园里、森林中。全市水系与绿化带有机融合，步移景移，河道畅通，游船穿梭，形成一个完整的城市绿地生态系统，营造了工作安心、生活舒心、环境暖心的锦山秀水生态城，彰显了"天鹅故乡、幸福梨城、宜居家园"的独特魅力。2015年，天鹅河景区被评为国家4A级旅游景区、天鹅河景观工程荣获全国市政金杯示范工程奖。

"三河"改造，在景观生态提升的同时，切实改善了民生，提高了市民生活质量，增强了市民的幸福感和荣誉感。天鹅河两岸共有大小桥梁二十几座，岛屿十多个，码头十余个，一座座横跨河流的桥在眼前闪过，民生桥、迎宾桥、腾飞桥、铁克其桥、喀拉苏桥、田园桥、朝阳桥、塔指桥、五福桥、寿山桥、康乐桥等桥梁，桥面大多是用石板铺成的天然岩石台阶，栏杆是用石条和石板砌成，石柱上还雕了各式各样的图案，有地域特色图案、有山水风光图案、有人文历史图案 …… 有的桥用了无数根排列整齐的斜拉钢索，仿佛一架硕大无比的竖琴迎风弹奏。如孔雀河大桥、建设桥、田园桥等桥，全桥设计精巧、造型优美，犹如彩虹横跨，又似天鹅展翅。纵观库尔勒的桥，有轻盈灵巧的、有匠心独运的、有个性鲜明的，不同的桥造就了不同的景观，同样蕴含着不同的文化。

桥也是景，给游人染上了瑰丽的色彩。它在给人以美感的同时，也体现了梨城人的智慧。一座座桥的两岸，循堤建起的秀丽多姿、风采迷人的绿化带和景区，花砖拼砌的小路延伸出一个个甜美的憧憬，就是一个风情绝佳的长廊。库尔勒的桥，座座像飞虹，或横跨在低吟浅唱的天鹅河上，或连接波光粼粼的杜鹃河、或接通风平浪静的白鹭河 …… 微光荡漾在桥身，美轮美奂，在金色的阳光中熠熠生辉，大气磅礴，气吞山河。仔细聆听，桥下传来鸣琴一般淙淙的水声，余音袅袅，悦耳动听，就像"泉水叮咚，流向远方"的乐音。水美，河美，桥也美，每一座桥都写着这座城市的传奇，每一条河都流淌着这座城市的故事，每一条路都延伸着这座城市的浪漫！

　　每到夜晚，灯光璀璨，灯火辉映，金光闪闪，五彩缤纷的色彩把座座桥梁装扮得更耀眼，更光彩，更夺目，使人犹如步入仙境。桥的两侧则横挂着许多五颜六色的灯管，有的红如火，有的黄如金，有的绿如草，有的白如雪，有的蓝如海，它们如同变魔术一般，变幻着不同的色彩，一会黄变蓝，一会儿蓝变绿，一会儿绿变红，一会儿红变白，五光十色，绚丽灿烂，典雅华丽，把整座桥点缀得花枝招展，让人看得眼花缭乱。微风起，夜色辉映下，着了色的河面激起了层层细纹，城市建筑的倒影、霓虹灯的倒影、座座桥涵的倒影，清晰可见。水上的真实与水中的虚幻紧密衔接，楼宇上下对称向河底延伸，霓虹灯在河里不停闪烁，拱桥则上下对称成一幅椭圆的图案，精美绝伦，让人沉迷在梦幻般的世界里。站在桥上，俯瞰远处，夜景中，一座座大气壮观的桥涵更是一道道装饰城市夜色的风景，至情、至善、至真、至美，可谓水影花光，如诗如梦，赋予了库尔勒市更加盎然的生机和迷人的气质，凸显出西部"桥城"库尔勒市独特风情的亮丽景观。陶醉于茫茫夜色，我情不自禁想起了"你站在桥上看风景，看风景的人在楼上看你。明月装饰了你的窗子，你装饰了别人的梦"这首诗，或许，这种美，正是人间之美，美得惬意，美如诗画，美得刚刚好。

　　我见过很多的桥。有穿山越岭的铁路大桥，有气势磅礴的跨海大桥，有"一桥飞架南北，天堑变通途"的长江大桥，但我始终记忆犹新的却是库尔勒的桥。它不仅卧在故乡的河流上，也烙在我的记忆中，依然亲切，依然萦回梦里。

　　桥，是一个城市发展的缩影，是挥毫城市变迁浓墨重彩的一页，透过它，可以看到库尔勒蓬勃发展的矫健步伐。库尔勒的桥是一幅幅绚丽多彩的画卷，是一道道绰约多姿的风景，是一扇扇打开观摩城市巨变、城市形象的鲜亮窗口。如果说香梨给予了库尔勒市"梨城"的甜蜜美誉，那么，桥则赋予了库尔勒市"桥城"的现代化气息，从"梨城"到"桥城"的变迁，记录着这座城市在打造新疆现代化区域中心城市过程中发生的翻天覆地的巨变，这不能不说是一种奇迹，一种创造力，一种与时俱进的活力，一种只争朝夕、不负韶华的拼搏精神。

库尔勒的桥，必将成为镌刻于我人生旅程中的一道美丽风景线！

不夜的城

来库尔勒市不能不去龙山。沿314国道从北进入库尔勒市，过了雄伟的孔雀河大桥，放眼望去，一座不算高大险峻的山梁就出现在眼前，这便是龙山了。

初到库尔勒市的人，总不免被当地人请去龙山。有时白天去过了，晚上还会有人再请去龙山。白天去龙山看景色，夜晚去龙山观城市。这一点也不假。龙山山顶有曲曲折折的步道长廊、有飞檐的八角亭观景台、圆亭，到处都可以休息，可以气喘吁吁地回望已走过的石阶。沿着不算陡峭但是很长的石阶一步步上得山来，回头望去，整个库尔勒市已经在脚下了。白天远望市区，高楼鳞次栉比，令人惊叹；晚上眺望市区，灯火灿若星辰，辉煌无比。

每当夜幕悄悄降临，美丽的梨城，火树银花，星光灿烂，宛似天上人间，一盏盏雪亮的灯熠熠生辉，汇成了一条流光溢彩的溪流，融进了远处浩渺的灯的海洋。让游人与城市的夜景赴了一次心灵的约会，在灯火辉煌的夜色里，品味不夜梨城的魅力！

孔雀河边、天鹅河边、杜鹃河边（库尔勒市民称为"三河"），各种颜色的灯光映入水中，在波光粼粼的水面上，带着光晕渐渐散开，在水的流动里变幻着光影。水中楼房的轮廓，仿佛一直向水底延伸，似童话世界里美丽的宫殿，婀娜多姿。

路上的灯全亮了，高大的建筑上，各种灯串，霓虹灯在闪烁，忽明忽暗，红的，绿的，蓝的，深红的，粉红的，紫色的，各种光芒交相辉映，照亮了楼房、街道。远远望去，整座城市披红挂彩，就像用颗颗珍珠镶嵌起来，将梨城装点成了一个缤纷多彩的世界。

音乐喷泉随"音"起舞，时而兴奋得像古罗马的角斗士，时而娴静得像位温婉明澈的少女。一道雪亮的喷泉冲天而起，散开漫天花雨，水池里的水不停地翻滚着，变换着，忽而蓝忽而红，像在水面上洒了一层碎银，晶莹闪亮，异彩纷呈。

雄伟的建设桥静静地卧在孔雀河上，如一条巨龙连接着城市的东西两面，桥面在灯饰的点缀下显得更加妩媚动人。桥上的拉索闪着各种各样的颜色，如同一条美丽的七色彩带。桥下，是波光粼粼的孔雀河，桥上的一切倒映在河面上，形成了一幅奇丽无比的画卷。真是清水出芙蓉，一颗耀眼明珠如天使翅膀一般飘落在素有"塞外江南"之称的中国优秀旅游城市——新疆库尔勒。

从龙山上看梨城，视野广阔，迷人的城市夜色，尽收眼底。五光十色的灯火，闪烁不定的霓虹灯一闪一闪，如幻如梦，就像在眨眼睛似的，或像破碎的玉片，打破了原有的宁静。

单是魅力四射的酒吧商场，激情燃烧的歌厅舞厅，就能让你流连忘返，闻到浓烈的现代化商业气息，深深感受到时代的脉搏。璀璨夜色，是多么的美丽，所有的人都为它着迷。眷恋着这夜晚的天空，看着它，自己似乎感觉到心灵被净化了，整个人感到好轻松好轻松。

特别是晚上九点钟之后，人们络绎不绝地来到孔雀河、天鹅河、杜鹃河边，观赏着美丽迷人的夜色。河水静静流淌，漫天的繁星倒映在清澈的河水之中，如水晶般透亮，映照着整个河面，波光粼粼。微风拂来，沁人心脾，好不惬意。两岸高楼在五彩灯光的照映下分外迷人。也有人坐在河边的石凳上，或在高谈阔论，或在窃窃私语，或在评头论足，或在柔情蜜意。看着他们脸上洋溢的幸福的表情，我知道，幸福就在身边，这是改革开放的好政策为家乡插上了腾飞的翅膀。

金三角、石化大道等街道两旁，商家密集，货架上货满物丰，琳琅满目，不时有各类换季商品打折、降价销售的LED广告映入眼帘，还有不同风格的动听悦耳的音乐从各家店里传出，进行一天中最后的促销大战。行人则不紧不慢，挑完这家选那家，直到选到自己最满意的商品为止。在这里，尽管是夜晚，热闹繁华不次于白天，你根本不用担心买不到物美价廉的商品。

夜深了，嘈杂的音乐声逐渐平息下来，月亮悄悄爬上了中天，孔雀河水仍在静静地流淌，只有霓虹灯仍在不停地闪烁，为梨城人民传播着一个幽深古老而又现代的梦……

梨城，不夜的城。

青年路的记忆

　　时光荏苒，岁月如梭。当搬离居住达六年之久的青年路时，方感觉时间在飞逝，岁月在流转。时过境迁，峰回路转，唯一不变的是我对青年路的记忆。

　　青年路向东连接巴音东路，向西连接萨依巴格西路，长约一公里，是梨城的核心地段，我习惯称其为梨城的"王府井"。青年路周边有政府机关、广场、公园、学校、大型市场、超市等，这里是一个集休闲、娱乐、观光、购物、餐饮、办公、住宅于一体的现代化综合体，传承了历史悠久的梨城各类文化，又不乏现代时尚的多元文化。它也是梨城人心目中资格较老的老街之一，也是最具文化历史底蕴的街道。

　　青年路古朴、亲切、典雅，犹如一位纯朴温婉的古意女子，浑身散发着无尽的优雅韵味和幽幽芳香。漫步青年路，街道两旁的建筑，一间紧挨着一间，一幢紧靠着一幢。那笔直的街道，那林立的店铺，那五彩的墙面，意境深远，耐人寻味。这条约千米的老路，它留给我的是丰厚、美好的回忆。它犹如源远流长的孔雀河水，静静流经我记忆的枕边，轻轻飞扬在我回忆的天空。

　　2009年初，我因工作需要，从县上调到了州上工作，当时单位的办公地点和我的居所都在青年路。单位的同事对我说："在这里工作生活，极其方便。到哪儿也方便。"这条并不宽敞的路人流如潮、车水马龙。熙来攘往的人群，像潮水 …… 市场、超市人总是挤得满满堂堂，逛街的悠闲自得，购物的满载而归 …… 似乎没有平静过。每当夜幕降临，青年路就像一个腼腆的姑娘，开始安静地舒展腰肢，霓虹刺眼，灯光恍惚，亦幻亦真。街道上闪烁的广告灯箱，似有无限诗情，无限画意。

这就是我门口的青年路。它不宽，也不长，唯有公路两旁的大槐树见证着这条路的悠久。就是这样一条其貌不扬的老街，每天却能给我带来缤纷的生活。店铺如云、高档酒楼、灯红酒绿，裹挟着老路现代化的繁华景致和时尚元素；茶楼、酒吧、歌厅、足浴店，让闲暇之余的市民夜生活更加丰富多彩、洒脱自如 …… 特色小吃琳琅满目，应有尽有，囊括了川菜、湘菜、东北菜、闽菜等疆外菜肴，还有新疆特色的烤羊肉串、抓饭、那仁、拉条子、馕坑肉、烤包子、馕、烤全羊、羊杂碎、油塔子、皮辣红、丁丁炒面、大盘鸡等佳肴。最难忘的当属小区门口的那家凉皮店。薄薄的凉皮，仿佛丝绸般的编织，劲道的面筋，仿佛孩子们的蹦蹦床，清香扑鼻的秘制调料，酸味、香味让路过的人垂涎三尺，难以忘怀 …… 还有楼下的那家卷饼，薄薄的一层饼里面或卷着煎鸡蛋和香肠，或卷着炒土豆丝，再放上一片生菜叶子，撒上一点点酱油，放上几条辣味十足的豆腐皮，卷起即可食用，十分方便。那时，我时常因来不及吃早餐，下楼买一个卷饼边吃边往办公室跑。

茶余饭后漫步于青年路，常常见到小区门口的老槐树下，或三四人，或五六人，或七八人惬意地围坐一起，或收拾残局，或打扑克，或谈天说地，或调南侃北，常常为走错一步棋、出错一张牌、说错一句话争得面红耳赤，各抒己见，互不相让，非得决出个胜负来 ……"下班后"，大家却握手言和，各自回家，第二天如约见面，或侃大山或"开局"，天天争论，天天见面，天天言和，那淡淡的情谊沁人心肺，令人感动。

如今，我不在青年路居住数年了。告别了青年路，告别了老房子，告别曾经的岁月 ……

　　关于熟悉的青年路的一幕、一幕，早已在脑海中定格，镶嵌在记忆里。无论何时、无论何地，那条我思念的路总会伴随着新区的天鹅河走进我的记忆，像一湾清流，静静地流淌在我的记忆深处，永远也走不出我的记忆。

心中的孔雀河

　　在我的记忆中，家乡的孔雀河一直让我心旌摇荡，魂牵梦绕。它涌动着穿城而过，就像我心头跳跃的音符，带给小城无限的快乐、生机、活力、福祉。

　　记得20世纪80年代，我在梨城一所中专院校就读。那时的孔雀河远没有现在宽敞、秀丽，但它却是我们快乐的乐园。每逢周日，男生女生相约着或踏着松软的河床快活地行走，或卷起裤腿，小心翼翼在被清澈的河水冲洗得锃亮的大石头前留影，看着河水碰击着石头绽放着白花花的浪花，就像我们激动的心情……我们下河捉鱼摸蚌，嬉戏打闹，尽情放飞着快乐。清澈的河水把我们的心灵清洗得如刚出土的小草，幼嫩且透着清新。

　　每到春季，春风吹拂着孔雀河，河水开始缓缓地向前流着，河边的垂柳发出嫩芽，小草也悄悄从地里钻出来，远远看去，一片碧绿。河边的不知名称的野花绽开着笑脸，多情地迎合着这个不冷不热的季节。河水清澈见底，蓝天白云倒映在小河里，河里像盛开了朵朵白莲，孔雀河变得多姿多彩。孔雀河被梨城人亲切地称为"母亲河"。河水穿城而过，空气湿润，让小城充满灵性；引到田地里，灌溉禾苗，一片生机勃勃的景象。这，都是大自然对这方土地的馈赠。

　　夏天，孔雀河水缓缓流动着，到处是一片绿意盎然的景象。清清的河水，清得那么自然，纯净。透过那一层明亮的玻璃，可以看见一群群鱼儿晃来晃去地游动，使人好像步入了仙境般的世界。

　　秋天的孔雀河，美得似一幅画卷。河两岸的树木摇金亮银，花儿姹紫嫣红。河水像一条柔软的银带，一直飘向远方……水中杨树、柳树的倒影奇巧迷人。树头是朝下撑的，树干是迎上长的，一群群水鸟似"骑"在了朵朵云彩上面。大自然巧夺天工的佳作，令人赞叹。

　　冬天的孔雀河很恬静，整个河面被冻得硬硬的，被一场大雪覆盖着，岸边的大树也换上了厚厚的白棉袄。小河就像一个沉睡的小美人，让人不忍心打搅它的美梦。这就是冬天的小河，独特的小河。

　　每每打开记忆的匣子，散发着泥土味道的孔雀河水，从记忆深处流淌而来。在这里，心灵和这条河流一样开始变得汹涌澎湃，让人愈发觉得孔雀河是从心底里流向远方，一切一切的故事就像发生在昨天，令人夜不能寐，浮想联翩……如今的孔雀河，成了梨城的象征，两岸鳞次栉比的高楼大厦取代了原先的低矮土房，坦荡如砥的人行道湮没了以往崎岖难行的羊肠小道，被誉为"一桥飞架南北，天堑变通途"的建设桥雄跨孔雀河的南北两岸，桥上是川流不息的车流，桥下是新颖别致的画舫游轮，这里被浓郁的现代化气息包裹，梨城人自豪地称为"上海外滩"。

　　如今，我要高声说，犹如母亲般大爱、母性般伟大的孔雀河，承载着魅力梨城发展的轨迹，永远流淌在我的记忆中，流淌在我的睡梦中，流淌在我的故事中，流淌在我的墨香中……

蕴含灵性的河

每天吃过晚饭，沿着孔雀河风景旅游带走走，无疑是梨城人在炎热的夏季里休闲纳凉的好方法。美丽的梨城，天蓝、云白、水清、路宽、地绿……正以崭新的面目笑迎八方来客。孔雀河不似小溪的孱弱，不似大江的狂暴，用自己独特的方式调理着这座城市，把繁华雕磨成精致，把辉煌熨帖为玲珑。置身于她的美丽中，心情也开阔了许多。

孔雀河亦称饮马河，传说东汉班超曾饮马于此，故称。孔雀河是一个富有诗意的名字，在新疆，像库尔勒一样拥有一条穿城而过河流的城市是极为罕见的。20世纪90年代，随着塔里木石油的勘探开发，库尔勒市开始着手建设孔雀河风景旅游带，两岸全由花岗石砌成，道旁是绿化带，在新狮子桥至建设桥之间的河坡上，还布置了二十处石阶和不锈钢复合管金属护栏，建成了数处风格迥异的沿河景点。

孔雀河起源于博斯腾湖，穿铁门关峡谷流经库尔勒市，是库尔勒市工业、农业、经济的命脉。故梨城人民亲切地称其为"母亲河"。孔雀河风景旅游带上起314国道孔雀河大桥，下至英下乡太阳岛，全长约10公里，河上有孔雀河大桥、狮子桥、建设桥、团结桥等。上游的原孔雀河大桥据说是314国道跨越孔雀河目前最大的桥梁，桥跨150米，宽24.5米，是我国西北地区最大的一处拱形钢桥，河面无桥墩，它是孔雀河在库尔勒市区的一处重要景观，是孔雀河风景旅游带上一道独特的风景线。

孔雀河横穿库尔勒市区，把库尔勒市分为南北两半，北面以巴州、库尔勒市地方单位为主，南面以塔里木勘探开发指挥部及石油单位为主。

近些年，库尔勒市委、市政府高瞻远瞩，立足实际，充分利用孔雀河穿城而过的资源优势，建设了孔雀河风景旅游带工程。现在的孔雀河风景旅游带基础设施完善，绿草如茵、鲜花怒放、景色宜人、百步一景。游人在树影婆娑间的孔雀河边徜徉、漫步，像水晶一样的河水泛起层层涟漪，多情而且大方。人行道两旁，树木郁郁葱葱，花草姹紫嫣红。高高低低的树木遮天蔽日，孔雀河传来哗哗的流水声。太阳暖暖地照着，微微的风轻轻地吹着，不时送来阵阵田园清新的气息。感觉天空一下子开阔、高远了起来，真是景色宜人、心旷神怡。梨城，伴着我的梦想，载着我的希望，像碧绿的孔雀河水流向远方！

城市里的夜色，更是那么灿烂，那么绚丽多彩……

晚上的梨城是一个色彩斑斓的城市。城市里高楼林立，一座座鳞次栉比的高楼大厦拔地而起，矗立在梨城的每一个角落，像一个个钢铁巨人在俯视着梨城的繁荣景象。有的楼宇外墙用霓虹灯勾勒出轮廓，红的、黄的、蓝的、绿的，五彩缤纷，忽亮忽灭；有时像灯海里的波浪一起一浮；有时像灯海里的喷泉，时而射向半空，时而缩回海面，十分耀眼。有的大厦则把彩灯从楼顶一直悬挂到最底层，看上去仿佛是灯的瀑布从半空飞流直下，非常壮观。所有的灯争相辉映，仿佛是满天繁星降落人间。

沁人心脾的孔雀河夏夜，尤其是明月当空时节，微风袭来，伴着水的清凉，河岸杨柳依依，花卉飘散阵阵清香，或情侣对对，奔放、洒脱，那五彩的裙在暗夜灯火的笼罩中自是舞步悠扬；或游人乘上小皮船，自由划动，水中耕犁碧波、追逐嬉戏，饱览水色天光；或三三两两，坐在岸边的石凳上，望着川流不息的人流、望着景色如画的美景，时而窃窃私语，时而开怀大笑，真是无忧无虑，宠辱俱忘，想必到了人生的最高境界；或留影拍照，摄下最难忘最亮丽的景色……这时，夜色已浓的孔雀河已完全沉醉在水天一色，浓厚的亲情、友情、爱情的和谐氛围中。伫立孔雀河畔极目远眺，河水悠悠洒洒，自顾奔流开去。两岸高耸群楼映着近岸街市的霓虹，波光激滟，彩灯交织，远远望去就像是夜色中的颗颗明珠，照耀着河面。灯光掩映下的孔雀河悠闲地在曼舞，一层皑雾柔软地在她头上萦绕着，那不是舞女头上的白丝巾吗？玲珑剔透的灯饰把建设桥装点得似开屏的孔雀，在一湾碧水上展翅欲飞。河水倒映着城市美景，海市蜃楼般流光溢彩。坐在风帆广场帆船模型下，任清凉晚风轻拂面颊，品冷饮、观清波、赏夜景，如潮的人流摩肩接踵，使孔雀河畔洋溢着一种节日的气氛。

孔雀河！蕴含着千年无限灵性、洒脱和睿智的河，欣欣然，就这么浪漫、隽永地奔流着。

夜渐渐地沉寂了，我仍然陶醉在梨城怡人的夜色当中！

赏　月

来到梨城，不能不去孔雀河边走走，这里是一个不错的休闲好去处。

孔雀河两岸，折射出了一座现代化城市的雏形，高楼鳞次栉比，人行道两旁，从一排排茂密的垂柳掩映下的小路穿过，树木郁郁葱葱、花草姹紫嫣红，高高低低的树木遮天蔽日，孔雀河传来哗哗哗哗的流水声。太阳暖暖地照着，微微的风轻轻地吹着，不时送来阵阵田园清新的气息，感觉天空一下子开阔、高远了起来，真是秋高气爽、心旷神怡。

这条河是梨城的母亲河，每当徜徉在河边的时候，她的清澈和美好绝对是在这座城市的其他地方所找不到的。孔雀河的胴体是一条永远走不到尽头的曲线，这条曲线很玲珑，上面永远挂着沁人心脾的水珠，因此，我为她的名字而叹服 —— 孔雀河，像孔雀开屏，陶醉一方。

记得我在梨城上师范的时候，并没有发现孔雀河竟有这样柔美的身段，直到这些年才渐渐发现了她的美妙，使得自己不禁荡漾起浅浅的羞意 —— 莫不是爱上她了？河流自西向东穿过城市，奔流不回头。这条宽阔河流蜿蜒流过城市，成了这里最完美最和谐的风景。她永无休止地记载着梨城人民用自己的勤劳双手建设美好家园的凌云壮志。难怪外地人来梨城的时候，总为孔雀河所叹服："想不到在西北的边城，还有这么美丽的一条河！""孔雀河就是梨城的黄浦江、长江啊！"

毫无疑问，孔雀河是羞涩而矜持的，天色刚刚晚，她就披上了淡乳色睡衣，似乎在等待什么人。游人，故交，还是约好的情人？夕阳收起了它最后的微笑，暮霭轻轻地飘落下来，河水在哗啦哗啦地流着。河水掀起层层白色的浪花，忧郁地拍打着河岸。

逐渐地，河流已经沉浸在浓重的夜色中，它那丰满而袒露的胸怀正在均匀地呼吸着，好像在消除白昼的疲劳。在邻近的龙山峰峦后面，圆圆的月儿正从那升起，它在暗蓝色的天空中缓缓移动，冉冉升到了中天，繁星在静静地闪烁。孔雀河上空的月色有了这座城市的衬托，显得更明亮、更诱人。

坐在孔雀河边风帆广场的小石凳上，听着哗啦哗啦的流水声，任风滑过我的眼睛。望着对面石油基地建起的一幢幢高楼大厦，我知道了什么叫作高大，什么叫作仰望，什么叫作现代人的节奏和发展速度。在不远处的绿地草坪上，闪光灯忽闪忽闪，一对恋人正忙着拍照，谁都想把幸福留住，让它在历史的记忆里得到永恒。广场喷泉乍起时，随风细雨般的洒落在我脸上，柔得像那少女纤细的小手轻轻抚摩着我的脸，舒服极了。一阵微风拂过，不远处的宾馆酒楼顶部也亮起了灯，内透外光的效果犹如一件精致的玉器装饰着梨城，璀璨夺目；市区灯火齐明，犹如白昼，灯火倒映在孔雀河的粼粼波纹里，好像为她镶嵌了无数的夜明珠，或者为她的夜晚出行涂脂抹粉，更增添了河流的秀色！而天上的繁星在灯光下倒显得暗淡无光了。霓虹在各色的建筑中闪烁，像是在向两旁的游客致意。今晚真是天美月美水美人更美。

碰巧的是今天适值十五，月亮升到中天，天空也显得清澈了；在靠近月亮的地方，还能看到云彩的飘悠，像是月亮挥动着长长的袖子。走在月光下，感觉真好，月光如水，天空的水倾泻到地面有水的河流里，河流就显得更加滋润和温存了。我好像沐浴在一片薄银的轻雾之中，感觉自己离圆月是那么的近，仿佛看清了月里的嫦娥在白云里翩跹起舞。幽蓝的月空，繁星点点，千年轮回，尘事俗物，阴晴丰盈，才有了更多的沧桑遗梦，想天涯共此时，明月锁相思。

月光如银，思绪万千。今夜，可以是良朋对酌，一醉方休；今夜，可以是亲人团聚，心旷神怡；今夜，可以是结队浪游，欢声笑语；今夜，可以是狂歌乱舞，喜气盈盈！今夜，有孔雀河坐镇，我可以大胆与爱慕已久的亲爱人儿，在月下的柳梢旁、朦胧的灯光下，把爱播开，把笑弥漫，尽情挥洒着心中的柔情蜜意，团团圆圆，圆圆满满。

月光如洗，心如止水。今夜的风，似一只大手，轻轻地抚弄着我的头发，是那样的亲切与温柔。思念，如同水底的那块被暗流冲刷得如此洁白而莹润的卵石，在我的心头殿堂里游弋。每当那轮圆月升起，它便踏着月色而来。都说思念是一种温馨的痛苦，那是因为有了痛苦才显得特别温馨。正是有了这挥之不尽的想念，才会有今夜明月千里寄相思的思念；正是有了这挥之不尽的思念，人的感情才对昨日有了悠长的沉湎和对未来有着美好的向往；也正是有了这挥之不尽的思念，人的心灵才在深深的思念中得到净化和升华。

"但愿人长久，千里共婵娟。"明月无知，明月有情，愿天下有情人共浴明月之光，享受着美丽多情的精魂带给人间最美好的祝福，愿浓浓的乡情，汩汩的友情，绵绵的爱情像孔雀河水天长地久。在朦胧中看河流，河流的颜色和黑夜的夜色就完全融合了，这时候，就很容易体会到人与自然的圆融，真不忍惊扰这和谐宁静的生活，一辈子保护好孔雀河这条城市的项链！

夜已深了，整个城市都沉寂下来。只有月儿，似乎不愿意离开这孔雀河，让人感到这月亮无处不在，到处是月亮，天空是月，树梢是月，楼顶是月，河水里到处是月亮洗浴之地；河水映着月，月里有着人，还有我，在河岸漫步的我，与这样多的月亮缠绵，与这多情年轻优雅的孔雀河相伴，真是自得其乐，前无古人！不远处霓虹灯还在吃力地眨着眼睛，绽放出美丽的光芒，为这个忙碌的城市，为这条心头的河流，为这个美丽的夜罩上了一份温馨与祥和。

夜走孔雀河绿化带

适逢周末，好友邀约聚餐，恭敬不如从命，我欣然应允。我被邀进了孔雀河边很有特色的一家酒楼，一边畅所欲言，一边欣赏梨城的夜色，十分惬意。酒足饭饱之后，好友说一起逛逛孔雀河绿化带，大家慨然允诺。

时至晚秋，夜晚静谧而又深沉，倒也不觉得凉意。我们借着酒兴漫步行走，在袭来的微风中理清思绪。夜晚的孔雀河绿化带，空气里带有一股清新湿润的香气，华灯初上，行人如织，河水涟漪四起，灯光倒影忽闪忽闪，映得水面金黄金黄，像是炼钢炉里的铁水，光彩耀眼。我的第一感觉是以为自己走错了，甚至怀疑这不是在库尔勒。三十年前，我曾经在库尔勒上学，当时的孔雀河畔，是坑坑洼洼的羊肠土路，遇到下雨天，膝盖以下除了污点就是黄泥，孔雀河两岸皆是那破败不堪的小平房。此刻，我也在寻觅过去，留在这里的生命中最好的一段岁月。眼下旧迹全无，高楼鳞次栉比，道路宽敞，车水马龙……取而代之的是一个现代化的文明新城。

我们踏着夜色，赏着美景，健步笔直平坦的大道，风景树在微风吹拂下向行人点头致意。音乐隐隐送出《我们新疆好地方》《楼兰姑娘》等等脍炙人口的歌儿。置身此时此地，立马少了一些浮躁，多了几缕清幽；忘了工作的疲劳，多了闲暇的快乐，感受到一种迷人的宁静和抚慰。我情不自禁地吟起了唐代大诗人王勃《滕王阁序》里的诗句："落霞与孤鹜齐飞，秋水共长天一色。"眼前的景致不就是生动的写照吗。

　　库尔勒之美，尽在孔雀河。那河水，犹如一块无瑕的绿色宝石，吉祥、隽永、亮丽、富有，让这座城市成为祖国版图上一颗耀眼的明珠。看吧 —— 那粼粼波光，清澈澄明，像草原蒙古族姑娘一样清纯丽质，浩渺里深藏着圣洁，宽阔中蕴含着深邃。这里，从来没有惊涛骇浪的拍打，没有清波浪花的撞击。凝望着河水，仿佛自己的身心也浸入水中了。

　　我们饶有兴致地继续行走，轻松得像高飞的鸟儿，倒真是给心情放了假。远望龙山挺拔峻峭，近瞧摄者闪着灯光，与这和谐景致融为一体，美不胜收。酒真是个奇妙的东西。有它的催发，好友一个劲地赞美起了库尔勒："我从这里出生，在这里上学，在这里工作，可以说我是库尔勒发展的见证人，如果有一天，我成为作曲家，我将写一首《最靓的还是我们库尔勒》。"说完，他自豪地冲我一笑。这时，我忽然想起在大草原上因蒙古族友人的悠扬歌声而醉倒，想起在且末县因维吾尔族姑娘的歌舞而陶醉，想起在哈萨克毡房挡不住那飘香四溢的马奶子而迷醉 …… 是啊，人醉的方式有多种，这时，我不知道自己是哪种醉，或许是一种情醉吧！

　　这时候，好友又情不自禁地说："啊 ——，库尔勒，你在大自然的怀抱里，孔雀河绿化带在你的怀抱里，我在孔雀河绿化带的怀抱里，我感觉轻松而愉悦，心情像是被这里清新的空气洗刷过，几乎忘记了生活中的所有忧愁、烦恼。你有这种感觉吗？""有的！"我响亮地应答。

　　我们不约而同地坐在河边。眼前的景色真美啊！你可以欣赏灯火辉煌、水光树影、楼台倒影，也可以聆听柔和悦耳的流水声和四周不时传来的悠扬的乐声，真是令人心旷神怡，宠辱偕忘。这里，有公园的妍丽和妩媚，却没有公园的嘈杂和喧嚣，你会觉得生活环境是那样幽雅，人与自然是那么和谐，它只让你咀嚼着库尔勒翻天覆地的巨变，回味在赏心悦目中，久久不忍离去。

　　不知不觉中，时针已指向深夜两点。

爱上天鹅河

　　自从新办公楼搬入梨城新区，天鹅河成了我这位徒步爱好者每天下班的必走之路。天鹅河不似小溪的孱弱，不似大江的狂暴，用自己独特的方式调理着这座城市，把繁华雕磨成精致，把辉煌熨帖为玲珑。置身于她的美丽中，心情自然开阔了许多。

　　梨城天鹅河第一期工程于2013年建成，以孔雀河、杜鹃河、白鹭河三河贯通工程为重点，以打造自然生态景观为核心，是一处集休闲、旅游、娱乐、健身、观赏、生态、旅游等功能为一体的景观。天鹅河风景旅游带，两岸全由花岗石砌成，道旁是绿化带，沿路建成了数处风格迥异的沿河景点。

　　屹立在天鹅河上的天鹅桥是梨城的又一处重要景观，远远望去，桥拱像一个单峰骆驼的背，从正中突然向空中隆起，像一个山尖，给人一种险峻的印象。桥上建成了恰似天鹅飞翔的桥身斜拉索，又因架在天鹅河上，故命名"天鹅桥"。天鹅桥，美的是桥本身。站在桥上俯视，桥下面构成了一幅幅迷人的画卷。天鹅河两岸，被颇具匠心的园林工人种满了花草树木，从桥上走过，一年四季都有怡人的风景。春有绿，夏有花，秋有果，冬有景，成了家乡一处特殊的风景。天鹅河上的音乐喷泉，最中心的喷头可以喷出高达160米的水柱，并且在彩灯的照射下，喷泉会随着音乐节奏不断变化，喷射出数十种颜色各异的造型，成为天鹅河又一亮丽景观。

　　天鹅河风景旅游带基础设施完善，绿草如茵、鲜花怒放、景色宜人、百步一景。游人在树影婆娑间在天鹅河边徜徉、漫步，像水晶一样的河水泛起层层涟漪，多情而且大方。人行道两旁，树木郁郁葱葱、花草姹紫嫣红。高高低低的树木遮天蔽日，天鹅河传来哗哗的流水声。太阳暖暖地照着，微微的风轻轻地吹着，不时送来阵阵田园清新的气息。感觉天空一下子开阔、高远了起来，真是景色宜人、心旷神怡。梨城，伴着我的梦想，载着我的希望，像碧绿的河水流向远方！

　　沁人心脾的梨城的夜色，更是那么灿烂，那么绚丽多彩……漫步天鹅河，尤其是明月当空时节，微风袭来，伴着水的清凉，河岸杨柳依依，花卉飘逸阵阵清香，或情侣对对，奔放、洒脱，那五彩的裙在暗夜灯火的笼罩中自是舞步悠扬；游艇划动，水中耕犁碧波、追逐嬉戏，饱览水色天光；或三三两两，坐在岸边的小凳上，望着川流不息的人流、望着景色如画的美景，时而窃窃私语，时而开怀大笑，真是无忧无虑，宠辱偕忘，想必到了人生的最高境界；或留影拍照，摄下最难忘最亮丽的景色……这时，夜色已浓的天鹅河已完全沉醉在水天一色，浓厚的亲情、友情、爱情的和谐氛围中。

　　爱上天鹅河，她常常让我陶醉在梨城怡人的风景中……

不眠冬夜

　　冬日，寒冷的气息氤氲，人们穿着五颜六色的羽绒服行走在边城库尔勒（因盛产香梨而闻名，故又称梨城）的大街小巷，除去步履匆匆，便是坦然。绿化带树叶枯黄，一片片飘落，在空中打着旋儿，慢慢落地，堆积，被清洁工扫走。梨城冬季，时常刮着冷飕飕的风，如刀片刮过裸露的皮肤，如无数绣花针刺在脸上，让人心生畏惧。

　　梨城的冬季虽寒，却也让人心旷神怡。夜幕降临，各种火锅悄然取代了美味佳肴，朋友和家人聚在一起，围坐在火锅旁，品尝着鲜美的羊肉和肥牛，以及各种海鲜和蔬菜，再加上御寒的白酒，冬天的洒脱似乎超越了夏的惬意；或者静静坐在家里，望着窗外飘着雪花，沏一壶清茶，一边品茶，一边吃着零食，一边看着电视，怡志养神；或者调上一杯香醇可口的咖啡，细细品味，别有一番风味。

　　冬夜，月亮比其他季节升起得早。是月光恋上了寒冷，还是寒冷包容了月光？

　　白天大街上的喧嚣已隐没在夜色中，一切都平静了下来。拉上了夜幕的天被清辉撩起，与往日形成了鲜明的反差。黑中有亮，马路上奔忙了一天的人流、车流，逐渐稀疏。一辆辆公交车驶来停靠在站台下，车灯闪烁，下车的人们束手束脚，缩着脑袋，迈着急匆匆的步子，径自往家跑。小区的一个个窗户也都亮起了灯光，映入人们的眼帘。家家户户或忙着张罗晚餐，或吃着津津有味的晚餐，或与家人朋友交流着亲情友情……形成了不同的生命交响曲。

日短夜长，夜晚的静谧与宽裕，给思绪一个更广阔的天空。躺在床上，发现思想仍在缠绵，从夜里梦乡走到晨曦鸟语，思想是始终存在的唯一依据，完全是一种无意。夜深了，漆黑的苍穹挂上了无数颗亮闪闪的星星，那些可望而不可即的繁星给了我很大的震撼。仰望星空，描绘着宏伟蓝图，倏然间发现世界离我们越来越近，忽然间记起了"你是星星，我是月亮，我们都在同一个永恒的星空里，你的光给我，我的光给你"的句子，我又在想，星空犹如世界，无数颗星星犹如生活在世界的人类，家庭是社会的细胞，家庭和谐，则国家和谐；国家和谐，则世界和谐；世界和谐，则人类和谐。这将是多么好的时代啊！

今夜无眠，浮躁被冬夜的幻想赶跑，一时觉得心那么大，包容时空；一时觉得那么渺小，犹如一粒飘荡的微尘或柳絮。或大或小、或远或近，意念交织，滋润着心田。夜深，寂静。只有墙上的表在嘀嗒嘀嗒地和着起伏的思绪。

梨城的冬季，美丽的冬季，永远令人回味。

麻雀情怀

伴随着童年的记忆，故乡和故乡的麻雀越走越远。说起麻雀，生活在北方的人无人不晓，无人不知。它是生长在北方的一种极常见、最普通、最不矫情的鸟类，也是与人类伴生的鸟类，它时常栖息于居民周边房屋和田野附近，不惧酷热严寒，繁衍后代。

麻雀头上的棕色羽毛又短又密，毛茸茸的，像个小小的绒球。小眼睛圆圆的像珍珠似的探视着四方，特别灵敏，一旦发现风吹草动，或认为有人为的"干扰"，便会倏忽飞走，飞到它认为安全的地方站稳立脚，还回头张望。是探视？是嘲笑？那就不得而知了。

春天到了，万物复苏。每到春季，我们总能看到窗外、树上、电线杆上等等地方，有种小鸟在"叽叽喳喳"地喧嚣着，打破了一种寂静，似乎在说"春天来啦"。这就是麻雀。一群麻雀互相结伴嬉戏着，叽叽喳喳连飞带跃飘下来。它们三只一群五只一伙地轻盈地跳跃着，小巧玲珑的身影在地上闪动。那些小麻雀有时瞪着圆圆的小眼，巡视四方，好像在觅食；有时高叫几声，又用小嘴去啄几下肚皮下的羽毛，那自由自在的样子真是可爱极了。

夏天到了，麻雀喜欢在电线杆上、树枝上站立，宣告盛夏的到来。母麻雀或在草棚下，或在树杈上，或在屋檐下"自建"的巢穴里孵起小窝，等待小麻雀的出世。公麻雀则负责觅食、站岗、放哨。数周后，小麻雀出壳了，嫩黄的小尖嘴，雪亮乌黑的大眼睛，还披着件"花衣服"，漂亮极了。

秋天的麻雀更多的时候是成群结队落在农家小院啄食玉米小麦，也可以说是不愁吃的季节。它们似乎约好了似的，一到点，总有十多只麻雀飞落在庭院里，争食食物。它们不像鸡和其他禽类那样，用两只脚走路，而是把那如铁丝般的细腿摆在一起向前跳，用尖尖的小嘴麻利地啄着地面上的小麦、玉米、虫子等食物。啄了两三回之后，便扬起头一动不动，用那圆圆的小眼睛打量着四周，有时歪着脑袋，好像在倾听着什么，就连小小的声音也不放过。吃完了，它们又一起飞上房檐，用小小的尖嘴，梳理一下身上的羽毛，然后在房檐上跳来跳去，显现出吃饱了、吃得满意的样子。

秋过冬寒，北方的冬天树干光秃秃的，如同老人的手，粗糙而没有光泽，仿佛植被都没有了生机。这时，干干的草丛中突然跳出一只麻雀，再仔细一看，整块草地上竟全是在享受着冬日阳光的麻雀。它们悠闲地觅食，忽跳忽飞，一会消失在视野之中，一会又出现在视野中。它们两只圆眼机警地扫视周围，一旦发现"目标"，两个棕灰的羽翼扑哧一下就飞起。麻雀虽说没有一副其他鸟那样的坚硬翅膀，艳丽的羽翼，没有利爪尖嘴，不勇敢也不凶猛，但它机敏好动，勤勤恳恳，从始至终追逐在自己的生活中，一年四季，风霜雪雨，欢快地追逐着，生活着。这或许是自然的馈赠，也是生活的乐趣。

同一片天空，同一个家园。鸟，是人类的朋友；鸟，是大自然的音乐家；鸟，是自然界的骄子。有了鸟儿，大自然就有了伴侣，不再孤单。无论在广袤无垠的大草原，或是一望无际的田野，苍穹之下，绿草如茵，稻谷飘香，人们都能看到高歌的鸟儿飞来飞去，给静谧的天地带来了活力和生机。如果世界是一幅画儿，那鸟儿就为这幅画儿锦上添花；如果世界是一首乐曲，那鸟儿的歌声将是最好的背景音乐；如果世界是辽阔的大海，那鸟儿就是海上翻起的波浪；如果世界是一本书，那鸟儿就是书本里跳动

的字符。生活离不开鸟儿，人类离不开鸟儿，自然离不开鸟儿，世界离不开鸟儿！

麻雀，北方的精灵，北方因你而不再单调。

思念在歌里

感人的歌声，留给人的记忆是长远的。

在我心灵的深处，储存了一首传唱已久的歌，每当我听到或唱起这首脍炙人口的歌儿，它带给我那么深沉的遐想，像放出有光彩的焰火，荡漾起有涟漪的激情，举起辉煌，给我以真诚执着和很久很久的思念…… 这首歌就是大家非常熟悉的《酒干倘卖无》。

记得刚听《酒干倘卖无》这首歌，是我考入师范学校的那一年，父亲放下农活，送我到了学校。从未离开家门的我，第一次到外地求学，心里感到新的环境对我是那么新鲜，从学校门口进进出出的面孔是那么陌生，一阵离别亲人的惆怅油然而生。那天，学校的广播里就放着《酒干倘卖无》这首歌，我立刻被那优美的旋律和高昂激情的声音吸引了！"……没有天哪有地，没有地哪有家，没有家哪有你，没有你哪有我。假如你不曾养育我，给我温暖的生活，假如你不曾保护我，我的命运将会是什么？是你抚养我长大，陪我说第一句话，是你给我一个家，让我与你共同拥有它……"听着歌词，看着与我并肩行走的父亲，我的眼睛不禁湿润了。我感觉这首歌唱出了我的心声，是献给我至尊至爱的父亲的心声。也就从那天起，这首歌陪伴我走过了成长道路上的春秋冬夏、风风雨雨，陪伴我走过了学生时代的天真烂漫，陪伴我走过了数十年工作中的酸甜苦辣，陪伴我走过了步入中年门槛的喜怒哀乐…… 我之所以爱这首歌，是因为我爱我的父亲！

　　20世纪50年代初，父亲十七岁从甘肃老家来到了新疆，历经艰难险阻，在短时间安定下来之后，随即又把自己的父母（我的爷爷奶奶）、姑姑、叔叔等家人接到了新疆，从此，接过了爷爷的锄头，肩负起养家糊口的历史重任，成为一个地地道道的农民。父亲识字不多，却写得一手好钢笔字，他常常对我说："荣富，写字就像我们穿衣一样重要，衣服穿整齐了自己精神，别人看着舒服。字写好了自己看着整齐，别人看了也清楚。"这句话在此后我如何对待工作学习、如何体现自己起到了重大的作用。

　　父亲做事非常认真，很有自己独特的见解。自包产到户实行以来，他和爷爷成了家里的重要劳力，常常是白天忙地里，夜晚一根接一根地吸烟，做着生产的计划。由于常年劳累，使他看上去比实际年龄老得多。那时，我们姊妹几人年龄尚小，爷爷年龄大了，虽然也能帮上忙，但遇到夜里浇水，担子就落到了父亲一人身上，父亲为了防止自己打瞌睡，几乎是抽烟到天亮，二十几亩地，到天亮才能浇完。当他拖着疲惫的身体和熬得通红的眼睛回家时，我们才从暖烘烘的被窝钻出。每次看到父亲那佝偻的脊背，清瘦而矍铄的身影，还有那纵横满额的被岁月的巨轮碾过的层层沟壑，心里久久难以平静。

　　父亲时常对我说："人干什么都要有一种信心，农民种地没有信心，地就种不好，上学没有信心，学就上不好。"自我记事起，父亲教诲我的这句浅显易懂的话语，给了我战胜困难和挫折的信心和勇气。这句话一直是我的"座右铭"，激励我在学习、工作上孜孜不倦，兢兢业业；为人、处世上互帮互助，通情达理。"……多么熟悉的声音，陪我多少年风和雨，从来不需要想起，永远也不会忘记……"这首熟悉的旋律代表了我无法用语言表达的发自内心深处对父亲的爱！

　　1997年冬天，父亲因患胃癌住进了医院，我们兄妹几人及其他亲人听从医生的嘱托没告诉他病情，只是说胃病，需要动手术。动完手术的第二天，他就从病床上慢慢站立起来，慢慢行走，他说："人能活动的时候不能躺着，躺多了反而有害。"住院期间，他置自己病情于不顾，向一同室病友了解科学种田方面的知识。后来，他把了解的种田经验结合实际都应用到了生产劳动中。

住了十几天的院，他坚持出院，我们向医生征求意见后，医生同意出院，同时嘱咐做好化疗，要在饮食方面、体力劳动方面千万注意。刚开始，他的确按照医生要求做好了化疗治疗，还戒掉了抽了几十年的烟。

冬去春来，春播的日子很快来到了。父亲一方面指挥家人做好春播耕作，一方面下地做些轻微的劳动。我知道，作为一个农民，他深深地眷恋着那一片土地。那深情，就像科学家离不开实验室，画家离不开画笔，驾驶员离不开方向盘一样。对农民来说，播完种并不意味着庄稼种完了，它只是一年刚起步，苦活累活脏活还在后面。所谓"一年之计在于春"。

在随后的日子里，父亲不顾家人的反对，像一个健康人一样，耕耘在田间地头，完全忘记了自己是已经切除了三分之二胃的"残疾人"。父亲曾经对同村同组的人说："经过治疗，我感觉病情好多了，能干的事我一定要自己干，不能给儿女带来任何麻烦。"这就是我的父亲，从他身上，我看到了所有像父辈那样勤勤恳恳、任劳任怨的光辉而高大的形象。这些形象，历经春华秋实，夏雷冬雪，每一个季节都收藏着一些欢笑与快乐、心酸与无奈，每一种心情的背后都写着一个故事，不因时过境迁而忘却，不因时光流逝而淡去，愈显得父亲就是一座山，站着，是屹立的峰；躺着，是绵延的岭。在眼前，在心中，在记忆里！

1999年冬天，北风呼啸，寒风刺骨。树上光秃秃的，小草也蔫了，变成了黄色，人们在寒风中直哆嗦，到处一片荒凉的景象。就是在这样一个无情的没有生机的季节，父亲终于又倒下了，再一次住进了医院，这次住院，成了我们与父亲的永诀，父亲再也没有回到他那用辛勤汗水掉下来摔八瓣浇灌的土地，再也没有回到走不出我们记忆的老屋。记得那天是一个灰蒙蒙的天气，空中飘落着雪花，我们送父亲到医院，医生做完体检，把我们兄妹几人叫到她的办公室说："现在癌细胞已扩散，已经无法医治了 …… 你们要振作起来，一方面照顾老人，一方面准备一下后事。"我们听后，犹如晴天霹雳，感觉这根本不可能，这么坚强的父亲怎么能倒下呢？

在病床上，父亲从未在我们面前流露出疾病的痛苦，每天和我们谈笑风生。他对来探望的好友说："我得病是件痛苦的事，我一人痛苦就够了，怎么让家人跟着难受呢？"在最后的几天里，他话特别少，脸上尽冒虚汗，眼睛深陷，骨瘦如柴。我们非常清楚，这是父亲陪伴我们的最后时刻了！十天后，五十八岁的父亲在医院去世了，那飘落的雪花，寄托了我们深深的哀思和不尽的怀念！

父亲走了，他留给我们许多宝贵的精神财富，这些财富就是父亲教会我们如何理解、支持、宽容地对待周围的人和事，踏踏实实地工作，老老实实地做人。父亲额头上那些经风雨、饱沧桑的皱纹里蕴藏着无数个沉重的故事，包含着许多对孩儿的祈望，凝聚着平凡而伟大的爱。思念化作呼唤的泪雨，在长长的梦夜里寻找父亲的足迹，思念，刻画出永恒的碑文。我知道呵，父亲，你永远活在我的心里，如同光阴里照耀我前行的太阳。我在心里默默呼唤，虔诚地告诉你我心灵的鸣语，连同我的思念在每一个无月的夜晚悄悄走进我的梦里！容颜犹眼前，耳绕慈父声。痛彻似泉涌，哀悼寄深情。" …… 假如你不曾养育我，给我温暖的生活，假如你不曾保护我，我的命运将会是什么？是你抚养我长大，陪我说第一句话，是你给我一个家，让我与你共同拥有它 …… "

柔柔的歌声，震撼的旋律，再次拨动心底一根尘封已久的弦。思绪亦如风，缕缕滋生心岸，继而蔓延于周身，由近飘向远，由远又环绕而近，徘徊萦绕，久久缠绵，余音袅袅，不绝如缕，仿佛父亲就置身于天籁之音，款款而来 ……

啊，思念在歌里！

读书创作抗疫情

2020年春节前夕，肆虐的新冠肺炎疫情在湖北武汉爆发，席卷全国。突如其来的疫情，充满了生与死的考验。一场没有硝烟的特殊战斗，在全国打响。正因如此，导致了鼠年春节比较特殊，也最不寻常。特殊的是，这场疫情的到来，可以说影响到了全国人民的工作、学习、生活，是一场严重的灾难，牵动人心；不同寻常是这个春节必须宅在家里，足不出户，闭门谢客，积极响应号召，不给国家添乱，宅家做贡献。

连日来，各媒体、微信等等几乎都在转发类似"尽量待在家中，不聚会、不旅游，不去人多密集处；不串门，改用电子拜年送祝福；勤洗手、多通风，出门一定戴口罩；不聚餐，防扩散……""等冬已尽，春满花枝，山河无恙，人间皆安。待到山花烂漫时，摘下口罩，一起在花丛中笑"等等信息。

闲来无聊，打开手机，朋友圈发的信息也是五花八门，应有尽有，但最多的还是"疫情当前，不出门就是给社会做贡献""疫情当前，我们最该做的是，戴起口罩、减少外出、守好家园、爱好自己、护佑他人""没有一个冬天不可逾越，没有一个春天不会来临。愿民康国泰"……温馨的语言里，有国有家有情有爱，读来让人感动。

这几天，更有闲工夫光顾朋友圈，原来，朋友圈也是不一样的精彩。有捯饬吃喝晒出来的，有舞文弄墨亮出来的，有唱歌跳舞动起来的……还有家庭幽默抖音，对楼举杯言欢视频，居室锻炼瞬间，趣味配音表达心情……人们常说"高手在民间"，然也。最让人难忘的还是武汉一小区居民开窗齐唱《义勇军进行曲》《我和我的祖国》的感人画面，真是催人奋进，给人力量！

眼下，小区无互动，街上无行人，路上无车辆，一切是那样安静。似乎有一种回到远古和从前的感觉。电视、手机、电脑等成了人们了解"外面世界"的窗口，大家最为关注的还是央视总台"战疫情"栏目，毕竟通过它，可以知道全国疫情情况，了解举全国之力驰援武汉等地战疫情方面的成效。

宅家以来，并不寂寞。于我而言，年是什么？其实，年很简单。对游子来说，回家团聚就是年。对上班族来说，陪家人就是年。对务工者来说，好好休息就是年。其实，最终归结于：宅在家就是年！斗地主拉近了亲情，麻将声里找到了话题，饭桌上品味了幸福，陪伴里体会了甜蜜。这就是年！透过今年特殊的年，我仿佛寻觅到了儿时过年的感觉，吃着奶奶做的饭菜与家人欢聚的甜蜜，嚼着童年的记忆在唠嗑里重温爷爷的呵护和父亲的背影，听着家乡开都河冰释的声音迎来崭新春天的"哗哗"流水声……我想说，家人在一起就是年！

宅家真好，读书、创作两不误。这种宅家，其实也是一种休整。有足够的时间读书学习，在铅字的墨香里穿越从前，了解当前，规划眼前，展望未来。这种宅家，对于我来说，可以静下心来，宅家抗疫情，挥笔斗恶魔。于是，我从书架上拿出了《习近平的七年知青岁月》一书，认真阅读起来。1969年1月，年仅15岁的习近平来到陕西省延川县梁家河大队插队落户，与当地百姓"一块吃、一块住、一块干、一块苦"，当了整整七年农民。上山下乡，是那个时代所要求的知识青年的人生选择。习近平接受艰巨挑战，一步一步迈过了跳蚤关、饮食关、劳动关、思想关这"四关"，将青春燃烧在了革命圣地广袤的黄土地上。这本书，我阅读了不下五次。每读一遍，都有不同的收获。从一个个平凡的小故事中读出大道理，从梁家河群众朴实的语言中能洞察青年时代的习近平所想所思，从矢志要为村民办实事的真情怀中感受大担当。青年时代的习近平已经把理想信念深深地内化于心，外化成行。逆境能检验一个人的意志和追求。当身边的知青或当兵、或招工、或被推荐上大学，一个个相继离开梁家河，只剩下习近平一个人，但他依然从容淡定，依然战胜"四关"的挑战，奋发作为。这是多么难能可贵啊！眼下，为阻击疫情，当务之急，我们应做的，只是宅在有优越条件的家里！再次读罢《习近平的七年知青岁月》一书，心灵同样感受到了震撼和洗礼，思想再一次得到了升华，从中再一次汲取了大智慧。面对当前抗击疫情的感人事迹，我创作完成了《武汉，我们风雨同舟》《武汉加油》《我们在一起》《战疫情》《战疫必胜》《大武汉，心中的城》《宅家的春节》等作品，以致敬扶危渡厄、伏鬼降魔的最美逆行者和恪尽职守、默默无闻守护一方平安的普通人！

　　宅家的日子，同样可以不负韶华，不辱使命，为打赢阻击战把好关守好门。冰雪封不住路，寒风锁不住春。疫情的阴霾正被春风吹散，春天的枝头已缀满希望，万象更新！

第三辑

山川河流·人文

故乡的河

"塔里木河啊故乡的河，多少回你在我梦中流过，无论我在什么地方，都要向你倾诉心中的歌。塔里木河，故乡的河，我爱着你呀美丽的河，你拨动着悠扬的琴弦，伴随我唱起欢乐的歌。哎！塔里木河，故乡的河，你用乳汁把我养育，母亲河……"这首脍炙人口的经典老歌《塔里木河故乡的河》里所说的塔里木河，就是我家乡的河流，被誉为"母亲河"，她如同一位翩翩起舞的少女，用那婀娜多姿的舞姿，跳出了塔里木河的温柔、洒脱、浪漫、飘逸。塔里木河或平静或奔腾或舒缓或湍急流经广袤的塔克拉玛干沙漠腹地，滋养着大漠深处的胡杨等植被，灌溉着两岸的农田，似母亲般善良的心造福于一方人民。岁月沧桑，千回百转，矢志不渝，一往情深地滋润这片古老而神奇的广阔大地。

塔里木河为中国第一大内流河，全长2137公里，它由叶尔羌河、和田河、阿克苏河等汇合而成。塔里木河自西向东蜿蜒于塔里木盆地北部，上游地区多为起伏不平的沙漠地带，来自冰山的融水含沙量大，河水很不稳定，被称为"无缰的野马"。流域面积19.8万平方公里，最后流入台特马湖。

时间磨灭了岁月的年轮，历史覆盖了往日的辙印。岁月过去了不知道多少载，人生传承了不知道多少代，塔里木河畔的故事发生了也不知道多少件，所有的这一切对我来说都显得那样的朦胧、那样的苍凉、那样的遥远，而实实在在地留给我们的，是从古到今她给一方人民带来了幸福，如排涝防旱，灌溉农田，水产养殖，人畜饮水等，一年又一年，一代又一代……

塔里木河，沿河种植的植被主要有胡杨林和怪柳灌丛，还有灰杨、沙枣、铃铛刺、红柳、盐穗木、白刺、苏枸杞、骆驼刺、罗布麻、甘草、芦苇、香蒲、拂子茅等。说起塔里木河流域的植被，不得不说胡杨。胡杨，是生长在沙漠中的一种常见的植物。它们或孤枝独立，或三五成群，或七零八落，或成片结林，在广袤干枯浩瀚的沙漠里，顽强地生长着，枝干长年累月遭受风吹日晒，在风沙肆虐的侵蚀中皮开肉绽，苍白开裂，千疮百孔，惨不忍睹。树叶在瑟瑟秋风的百般蹂躏中，像是退去血色失去活力的皮肤，它只能忍气吞声，没有选择的权利，更没有讨价还价的资本了，只能宿命地顺从，任风宰割，岁岁年年，年年岁岁。尽管如此，在不同的区域，胡杨又会呈现出不一样的气质。在逶迤的河流畔，它们像是一个个蒙着面纱的女郎，随着风，舞姿婀娜。千万年的生息，千万年的奇迹，精灵一样的美丽；而在漫天黄沙里，饱经沧桑，枝条变得粗犷豪放，或旁逸斜出，或横卧沙漠，或满目疮痍。在茫茫黄沙想要掩埋它们之时，且有笑杀荒凉沙漠之勇，不甘寂寞于沙丘漫漫，洋溢着生命的欢欣，完美呈现了生命的宏大与坚毅。

靠山吃山，靠水吃水，一方水土养一方人。塔里木河水养育了南疆一方人民，给这里的人民带来了福祉。塔里木河流域面积102万平方公里，涵盖了我国最大盆地 —— 塔里木盆地的绝大部分，是保障塔里木盆地绿洲经济、自然生态和各族人民生活的生命线，被誉为"生命之河""母亲之河"。塔里木河，深深地印在南疆人的心坎上，成为哲学家额头的一道道思想，文学家笔下的一句句诗行，美术家眼里的一幅幅印象，音乐家心中的千阕绝唱……

塔里木河是充满诗意的河流。

柔美时，河水清澈见底，静静地流着，在阳光的照耀下闪着点点星光。她日夜流淌，时而渐渐消失在沙漠的转弯处；时而勇往直前，一泻千里。站在高处看，它就像一条漂亮的带子飘绕在恬静的沙漠里，四季如此。每到夏季、秋季，这里花红叶绿，印在河面上，像绚丽多彩的绸缎。春季、冬季，河水凝重，缓缓流淌。清晨的太阳把金辉洒在河面上，一阵风儿吹过，溅起千层浪，泛起片片小圆晕，像是楼兰姑娘在小河上镀了一层金，熠熠生辉，偶尔有几只燕雀掠过水面，河面上便荡漾起层层涟漪，让人陶醉其中。

奔腾豪迈时，汹涌磅礴的气势，澎湃而来，川流不息。犹如千万条张牙舞爪的黄鳞巨龙，一路挟雷裹电，咆哮奔腾，冲起的雪白浪头竟比岸上的沙山还高。塔里木河的这种大气大美，构成了它不朽的精神。在万顷沙海之中，她任性撒野，肆意撒欢，无拘无束，目空一切，宛如一条振鳞摇尾的神龙，伴着高亢的、如歌似吟的音响，在一望无际的沙漠里，迂回曲折，奔流不息，以她大气魄的节拍，大手笔的声韵，让人看到了那种不屈不挠的进取意志和锲而不舍的精神。

我突然领悟到，意境深远的塔里木河，千秋不变，源源不绝，如同拥有巨大能量的长江、黄河，可以与之相媲美，这些不都象征着我们华夏民族的精神？象征着中华民族的活力吗？塔里木河的这种默默无闻、不求回报的付出，不正是无数有志之士为了一个共同的目标——为扎根边疆、建设家乡而努力奋斗的写照吗？塔里木河，富有个性的河流。不比湖水，却也平静如镜，温顺柔和；不比大海，却也气势磅礴，坚强不屈，滔滔不绝。有卷起滔天巨浪的气势，有再造伟岸之气魄。塔里木河，又不同于其他江河湖泊，在数千年的磨砺中，创造了自己独特的美，让这片不毛之地中的生命得以萌发、延续，不断地进化，变得有生机。塔里木河，虽没有"飞流直下三千尺，疑是银河落九天"的雄伟气势，也没有"三万里河东入海，五千仞岳上摩天"的波澜壮阔，更没有"珍珠帘卷玉楼空，天淡银河垂地"的隽永之美，却也引来众人喝彩与鼓掌，她始终以勇往直前的精神，百折不回的气概，战胜了一个又一个艰难险阻，在沙漠中向死而生，努力走出，势不可挡。这何尝不是一种奇迹呢？另一方面，她总是慷慨地给予、奉献。以自己的身躯蜿蜒于万顷沙海之间，滋润着万物，使枯木逢春，让禾苗高产，让人民增收，让环境改变，任劳任怨，勤奋不辍，全力以赴，从未歇息，从不取舍，像母亲一样朴实无华而又勤劳勇敢，毫无哗众取宠之心，显山露水之意。始终用慈爱的目光看着沙漠腹地的每一个生命而默默无语，心里似乎装满了这片土地，唯独没有自己。

塔里木河，毫无畏惧地向前奔流着，奔流着，时刻积蓄着自己的乳汁，时刻在哺育着新的生命，滋润着一方土地，富庶了一方人民。在她所流淌过的地方，是一片采摘梦想果实的丰收田野。

愿我心中这条美丽的塔里木河，永远碧波荡漾，长流不息！

徒步十八团渠

　　周末闲来无聊，一人对着朦朦胧胧的天空发呆，想着如何打发时光，突然，萌生了走路的冲动。说来也巧，挚友玉君发微信约我下午四点一同去位于市区近郊的十八团渠徒步。我暗自庆幸真是心有灵犀。这让无聊变成了惬意，何乐而不为呢，我欣然应允。

　　时间过得飞快。我两在约好的地点见面，简单说了徒步行程，便开始了一场有意义的运动。我们通过铁路桥、高速公路大桥隧道，沿着一段蜿蜒崎岖的山路，走过一截狭窄凸凹的羊肠小道，不大一会，就来到了十八团渠。

　　十八团渠是王震将军遵照毛主席"屯垦戍边"命令，率领中国人民解放军二军六师十八团全体官兵，于1950年9月开工修建，1951年5月15日竣工建成通水。42公里的工程全部靠战士肩挑背扛，用了8个月时间建成的，十八团大渠是当年解放军入疆后的第一条大型人工渠，将该渠命名为"十八团渠"，在当时的新疆军垦建设中有着十分重要的示范意义。为深切怀念王震将军和十八团官兵"屯垦戍边、艰苦创业"的丰功伟绩，于1992年7月5日修建了十八团渠纪念碑，此纪念碑现为兵团第二师、库尔勒市爱国主义教育基地。它已经成为一种精神，一种信念，一种胸怀，一种情操，激励着后人。

　　我们沿河边的碎石路开始了初夏以来的第一次徒步。初夏的梨城，时有微风舞起，掀起轻尘，扑面而来，又卷起滚滚风尘呼啸而过，氤氲成雾蒙蒙的一片，给户外运动带来了挑战和压力，这些潜在因素丝毫没有吞没我们徒步的兴趣。十八团渠平常而又美丽，演绎着一代军垦人动人的故事，让人肃然起敬，也给予我们前行的力量。河水清澈见底，静静地流着，在阳光的照耀下闪着点点星光，忽而消失在山的转弯处，忽而呈现在山间峡谷，忽而峰回路转流向远方。站在高处看，它就像一条漂亮的玉带飘绕在山间，给人以震撼和遐想。十八团渠四季恬美，季季有景，景景迥异。季春时节，果园中梨花盛开，远远望去，那一簇簇雪白的梨花，如团团云絮，漫卷轻飘。让人情不自禁地想起"忽如一夜春风来，千树万树梨花开"的诗句；夏天，这里青草葱翠，绿树成荫，坐拥凉意，山间微风袭过，花香四溢，馨香扑鼻，沁人心脾，成为休闲避暑纳凉旅游的最佳去处，也吸引了无数摄影爱好者；秋天，蔚蓝色的天空在深秋时节一尘不染，蓝得迷人，蓝得透彻。朵朵霞云照映在清澈的十八团渠，增添了浮云的彩色，分外绚丽。泛红的青绿色香梨缀满枝头，一缕缕阳光透过树叶间的缝隙，果实晶莹剔透，透过的光亮在地上映出一片斑驳。远处金色的麦穗垂帘，黄澄澄沉睡田间，荡漾在空旷的峡谷里，疯染了十八团渠的金秋，写满了丰收的诗意；冬天，大地银装素裹，分外妖娆，霜花缀满枝头，在阳光照耀下，银光闪烁，美丽动人，形成雾凇奇观。此季节，十八团渠水面蒙了一层薄冰，害羞似的遮起脸庞，中间河水肆虐，似露出可爱的微笑，又向人们展示十八团渠不畏严寒、不惧艰险的大无畏英雄气概和优秀品质。目睹此情此景，感慨万千，所有的赞美都显得苍白无力，所有的修饰都是多此一举，奔腾不息的十八团渠日夜流淌，不正在奏响一曲脍炙人口的《青春舞曲》吗？

我俩沐浴在微风里，疾步行走，以达到锻炼的目的。十八团渠沿岸有许多高山峻岭，随着自然的弧度，漫漫蜿蜒地隐入那雾霭茫茫的远处。它虽没有庐山的雄奇、灵秀；没有泰山的陡峭、幽险；没有黄山的奇松、怪石、云海、温泉；没有华山的巍峨、雄奇、沉浑、险峻；更没有张家界的

砂岩、峰林、奇葩、林木……山是光秃秃的风化岩石，不见一棵树，像
剽悍狂野的西北汉子，裸露着厚实的肌肤，给人以悲壮却又豪迈的感觉。
好在有十八团渠做伴，才有了踏一路青黛，撒一路欢笑，向荒山野岭进
军，微风染绿我们双脚的浪漫。

我们一路前行，在约十公里的徒步中，互相勉励，互相提携，坦然释
怀，在空旷、渺茫、宁静的大自然里，让身心完全回归。攀缘而登之时，
有"会当凌绝顶，一览众山小"的壮观；途经一望无际的梨树林之际，有
"蝉噪林愈静，鸟鸣山更幽"的幽静。举目远眺，十八团渠之水如无数巨
龙扭在一起飞旋而下，在或窄或宽的两山之间，咆哮而来，闪着明亮的光
辉。鳞次栉比的各式房屋，在氤氲的薄雾中若隐若现，好一幅田园晚景
图，令人赏心悦目。

知识渊博的玉君边走边给我介绍了关于十八团渠的故事。十八团渠
是库尔勒垦区的骨干渠系工程，它的灌溉区域包括兵团第二师28团、29
团、30团三个团场和库尔勒市部分乡镇，灌溉土地50多万亩（约3.33万
公顷）。在我看来，在数十年的风风雨雨中，十八团渠让干枯在一片绿色
中死亡，缔造出最美的希望，默默孕育着一种自强不息的灿烂历史文化和
兵团人坚忍不拔的精神。这何尝不是一种惊天动地、影响深远的伟大壮
举呢？

喜欢这样一个静美的初夏，清雅，寂然，明媚，幽静，沉稳，低敛。
尽管初夏的梨城，天公不作美，漫漫浮尘。虽然不能左右天气，但可以改
变心情。好在有玉君相伴，心仿佛荡漾在蓝天里，相信，只要我们用阳光
心态来面对人生，总能抵御寒流，驱散雾霾，更何惧一个浮尘天气呢？徒
步十八团渠，如相逢一处美景，虽然没有江南的山清水秀，却也不乏一种
烈性的洒脱，如脱缰的野马自由驰骋，可以对着光秃秃的奇山怪石漫无边
际地遐想，可以望着水高浪急的十八团渠浮想联翩，可以俯首远处的房屋
树林奇思妙想……融入天蓝蓝、云朵朵、山青青、水潺潺，千沟万壑、

山风习习、飞鸟依人的天人合一的意境，细心聆听十八团渠河水荡漾在河床上，风拂过激荡的流水发出萧萧的鸣叫，顿时水声风声交织成一段欢快的旋律飘散在柔柔的阳光里 …… 让人蓦然感到这是世间最美好的景致，无须涂脂抹粉，无须褒奖歌颂，无须精雕细琢 …… 不抱任何取舍，不求任何功利，没有丝毫的羁绊 …… 一花一草一闲心，一山一水总关情，恣意放飞心情，把所经历的一切，当作此生最美的相遇。

不知不觉中，夕阳西下，暮色苍茫，浮现出别有一番的景致。看夕阳一点一点落下山头，感受阳光一点一点远离，或看夕阳一点一点褪去余晖，万物一点一点变得朦胧，心境由迷蒙而开朗，由开朗而富有诗意，让人情不自禁地想起一幅在夕阳下牵手远行的背影图。现在的时光是不是也像画里一样温馨呢？

有句俗语说道，走的桥多，不一定走的路就多。吃的盐多，不一定吃的饭就多。走路的时候有伴就不觉得路远，吃饭的时候有伴就吃得香。我曾经读过这样一段话，路在脚下，心在路上，生命的音符里，从来就没有重复的篇章。人生就是一段旅程，没有起点，不知终点。感受徒步，不难发现，人生就像是一次徒步旅行，有开心，也有痛苦，有坚持，也有犹豫，就看自己如何面对机遇和挑战，挑战和机遇往往是给有准备的人；人生更像一路的风景，风景之美，在于用自己的眼发现，不同的人，不同的角度，不同的看法，都会发现不同的美。

徒步十八团渠，驻足欣赏了沿途的风景，完成了与大自然的亲密接触，重温了先辈们为建设新中国而奋斗的那段峥嵘岁月，在愉悦中感受祖国河山之美，在激情中感悟兵团人"屯垦戍边"的伟大壮举 …… 真是不虚此行，丰富而有意义。

春和景明呼尔东村

　　呼尔东村位于新疆维吾尔自治区巴音郭楞蒙古自治州焉耆回族自治县七个星镇霍拉山脚下。"呼尔东"系蒙古语，意为"美丽的渠"。

　　随着车辆缓缓地驶入，小桥流水、绿意浓浓、幽静安详的呼尔东村就跃然在眼前了，一幅和谐温馨美丽的新农村画卷徐徐展开。犹如"犹抱琵琶半遮面，千呼万唤始出来"。刚到村口，写有"春和景明"四个大字的牌坊映入眼帘，道路两旁的白杨树枝繁叶茂，郁郁葱葱，傲然挺立；宽阔平整的柏油路、清新雅致的手绘墙、整齐排开的路灯张灯结彩，北京路、上海路、河北路、向阳路……一条条四通八达的路连着千家万户，一盏盏新颖别致的路灯照亮了民心……体会清爽的温度，欣赏美丽的画卷，感受独有的神韵，聆听别样的歌声，一切都让人感觉是那么的温馨舒适。春和景明，出自北宋范仲淹《岳阳楼记》："至若春和景明，波澜不惊，上下天光，一碧万顷。"意为，春光和煦，风景鲜明艳丽。将"春和景明"寄希望于呼尔东村，这是用一种高瞻远瞩的大思路，向人们展示不一样的呼尔东。

　　锣鼓敲起来，秧歌扭起来。唱国歌、扭秧歌，是呼尔东村开展联谊活动的保留节目，更成为烙在该村的红色印记。呼尔东的锣鼓，是激昂豪放、热情恣肆的锣鼓，是震撼心灵、沸腾热血的锣鼓，是鼓舞村民、激励后人的锣鼓，是振兴乡村、铸造辉煌的锣鼓！再看秧歌，红与绿的扇子在村民们手中飞起来转起来，红与绿的丝带飘起来，观者不仅眼花缭乱，而且是眼神跟着扇子起落，不知道最后眼神落在何方，好像放在哪里都是恰到好处的。

以"廉洁风尚"为主题的廉政文化广场，长110米，宽85米，占地面积9350平方米。包含标准化篮球场一个，健身器材一套，硬化亮化绿化、小桥流水等基础设施，添置了广场标志性石刻14处，廉政主题长廊绘制了10幅廉政语录图、6幅宣传牌等。还以书法绘画等多种群众喜闻乐见的形式展现廉政文化的内涵，整个广场充分体现了廉政文化特色，使广大村民在休闲、健身和游览的同时，接受廉政教育。广场建成后，这里成了村民茶余饭后的休闲地。晚饭后村民陆续来到广场，有的在健身器材上健身，有的在篮球场打球，有的在跳舞，有的在看电影，还有的在广场台阶上乘凉。村民通过拉家常、侃大山的形式主动参与宣扬美德、传播政策，进行信息交换、弘扬优良品质，把这里变成了一个信息集散地和理论宣讲地，促进了村风文明与和谐。村民们行为习惯开始改变，经常习惯性地来农家书屋看书，到文化广场跳舞、健身，参与各种文化活动，村民之间的接触交流变得频繁，邻里之间的了解变得透彻，过往的矛盾在频繁的接触交流中得到化解，村民间隔阂变少了，变得进步了，变得和睦了，社会变得和谐了。由过去晚饭后人们打牌、打麻将，到现在人们晚饭后投入自己喜爱的活动，这是一个进步，更是呼尔东村与城市拉近距离的标志。

走在呼尔东村，呼吸着新鲜空气，观赏着亮丽风景，感受着淳朴民风的同时，道路两侧墙体上那些浓墨相宜的"彩墨画"同样会吸引着你的目光，仿佛走进一个画的世界，你会情不自禁驻足记录它们、领会它们、记住它们。这就是呼尔东村打造的"墙体文化"，以图文并茂的墙体画为载体，大力宣传社会主义核心价值观、脱贫攻坚政策和传统文化，让"好故事""好声音"上墙，把墙绘变成村民学知识、讲文明的好教材，引导群众自力更生、脱贫致富，把政策法规和传统文化用群众喜闻乐见的绘画形式展现出来，让群众在赏画的时候感党恩、守孝道、知荣辱。好的墙绘提高了"美丽乡村"的颜值，更是促进呼尔东村精神文明建设的有效载体。墙绘美化村庄的同时，更润物无声、潜移默化地让村民提高了文明素质。

呼尔东村，虽不是鱼米之乡，但这里水美、田美、人更美，宜居宜人环境给这里的人们带来了无限快乐。

在现代与历史文明碰撞的那一刻，荡起一种豪情！这里俨然就是一个乡村里的俱乐部，自然之美，和谐之美，生态之美得到了淋漓尽致的展现。在这个绿色的村庄里，似乎看到了中国乡村文化的缩影，听到了中国新农村建设的号角。让你不禁想大声吟诵"草长莺飞二月天，拂堤杨柳醉春烟。儿童散学归来早，忙趁东风放纸鸢"。这里静谧而祥和的田园风光，不正是古诗的写照吗？

正在逐步完善中的呼尔东村民俗文化博物馆，一件件精致典藏品深深吸引着笔者。羊皮袄、木耧子、木叉子、簸箩、石磨等农耕工具将思绪带回到那个手推石磨、身背大耙犁子的农耕时代。文房用品、古书、农家绣品等民俗物品的展示，无一不反映了不同时期人民群众的生产、生活水平和面貌，也充分体现了呼尔东村丰富的人文景观、历史文化底蕴和民俗的无限魅力所在。

呼尔东是花园，有着缤纷的色彩；呼尔东是森林，有着清凉的慰藉；呼尔东是田野，有着馥郁的芬芳。春天，桃树、杏树、梨树，你不让我，我不让你，都开满了花。红的像火，粉的像霞，白的像雪。花下成千成百的蜜蜂嗡嗡地闹着，大小的蝴蝶飞来飞去。各类花儿竞相开放，散在草丛里，像眼睛，像星星，还眨着眼睛。呼尔东的夏季，田野是活跃而美丽的。天上白云缓缓地飘着，广阔的大地上三三两两的农民辛勤地劳动着。柔嫩的柳丝低垂在静谧的巴仑渠上，丝丝微风吹过鲜花盛开的早晨，使人不禁深深感到了夏天的惬意。金色的秋天，天空像一块覆盖大地的蓝宝石，它已经被秋风抹拭得非常洁净而美丽。秋天是收获的季节，有的是硕果累累，丰收的田野，带给呼尔东人奋发向上的勇气与力量。冬天的呼尔东仿佛来到了一个幽雅恬静的境界，来到了一个晶莹剔透的童话般的世界。春有绿、夏有花、秋有果、冬有景，不同的季节，带给你不同的感受。总之，令人流连忘返，把最美的心情留于此。

忆往昔，峥嵘岁月稠；展未来，还看今朝勇。在笔者心中，呼尔东村如妙龄少女，越变越好看。如今的呼尔东，已发展成为"农村生活新，住着小别墅，开着小轿车，敢与城市比。村里学技能，有人专辅导，农闲多娱乐，活动有场地。党校作用好，干部劲头高，致富奔小康，梦想变现实"的新农村建设示范区，怡人的田园风光，焕然一新的村容村貌，沐浴着党的光辉，生机勃勃。呼尔东变得时尚了，变得亮丽了，变得高大了。

呼尔东村，已成为人们旅游观光的目的地。游客们纷至沓来，品农家饭，欣赏歌舞，观看美景，体验风土人情，高兴而来，满意而归。呼尔东村的这种变化，不就是中国广大农民撸起袖子加油干，持续发力，久久为功，全面小康建设的真实写照吗？

倚东风，各族群众豪兴万丈；发千帆，呼尔东村奋勇争流！这种只争朝夕、不负韶华的劲头，坚韧不拔、迎难而上的毅力，将会书写呼尔东村更加灿烂的明天！

和谐静美之乡

　　我的故乡，和谐而静美。春有绿，夏有花，秋有果，冬有雪，四季分明，季季有景，景景迥异，风光无限。天地万物之间你中有我，我中有你，相互包容，互相谦让，和谐相处 …… 纯粹的自然风光，山水相连，静山鸣水，万籁俱寂，带着青春泥土的花香之气，静得可以听到漫漫游荡的血流的声音，静而美，大气而不俗气 …… 这就是我的故乡 —— 和静。她存储了我天真烂漫的童年，那里的一草一木、一山一石都是那么熟悉和亲切。她就像一颗镶嵌在天山南麓的璀璨、耀眼的明珠，让我魂牵梦绕。我爱家乡奔腾咆哮的开都河，荡气回肠，印证了我快乐的童年；我爱家乡草长莺飞，马嘶洪亮，牛羊肥壮，碧野千里的巴音布鲁克草原，扯一把白云作枕，梦中就有理想走入；我爱家乡蔚蓝的天空，如同没有瑕疵的湛蓝宝石，以震撼人心的力量，表现了一种博大深沉，给人以遐想；我爱家乡肥沃的土地，养育了这一方和睦相处的人们 …… 对于广袤的家乡，我心里怀着无尽的热爱与真情 —— 和静，我热恋的故乡！

　　和静地大物博，面积约4万平方公里，有绿草如茵的草原，有肥田沃土，有茫茫一片的戈壁，有连绵不绝的山脉 ……

　　起伏高大的绿山，与天相连，犹如一幅水墨画。朵朵白云缓缓飘过瓦蓝的天空，鸟儿自由翱翔。从脚下延伸到天边的一望无际的绿野上，白蘑菇般的蒙古包点缀在绿茵如毯的草原上，成群的牛羊像朵朵棉花镶嵌在草地上，马儿在草原上尽情奔跑着，让人情不自禁地想起那首脍炙人口的

《万马奔腾》。

人与人、人与自然的和谐相处，让这片静美的土地生机勃勃，人人亲密无间，如阳光下的镜子，折射出最美丽的光芒！如今，伴随着和静县东归文化旅游名城的发展战略，东归文化、草原等自然景观、人文景观相结合的生态旅游建设已形成规模，使和静成为空气清新、环境优美、社会和谐、生态良好的宜居宜业之地，吸引了众多发展兴业之商、旅游观光之人。近年来，随着"农家乐""牧家乐"的兴起，这片希望的大地春潮涌动，如沐春风，与时俱进，插上了腾飞的翅膀。

说到和静，不能不说开都河。开都河是全国最大的内陆淡水湖博斯腾湖的源流，全长560公里，其上游流经和静县境456公里。这条记忆中的河默默地用自己跳动的脉搏去诠释存在的价值。如今，开都河经过不断治理改造，相继建成了大山口、察汗乌苏等水电站，也发展了渔业、旅游业、农牧业，为带动当地经济发展、解决就业问题发挥了积极的作用，给这一方人民带来了福祉。

爱上和静，爱上了这里清晨的曙光，爱上了这里黄昏的晚霞，爱上了波光粼粼的河流，爱上了芳草连天牧歌悠扬的草原，爱上了风景这边独好的隽永，爱上了东归文化底蕴深厚历史悠久的古朴……爱上和静，因为她孕育了热情大气的和谐静美……

承载希望的河流

　　小时候，我生活的家乡有一条美丽而清澈的河流 —— 开都河。在我的记忆中，她一直让我心旌摇荡，魂牵梦绕，带给一方人民无限的生机、快乐、福祉。

　　那时，我们常相约去河边玩耍，听"淙淙"的流水声，看鱼儿在河水里嬉戏，在密密丛林中捉迷藏。美丽的开都河，就像一个照相机，记录了孩子们天真、快乐的嬉闹声影。春天，阵阵微风拂过，小河昂首挺胸，朝前奔去。夏天，常常看见胆大的小子跳进清凉的河水里，在浅水处"扑通扑通"洗澡、捉小鱼、打水仗、拍水花。秋天，五彩缤纷的落叶铺满河面，像彩绸一样，朵朵飘落的野花成了河水的点缀。冬天，我们在冰封的河面上又蹦又跳，唤醒沉睡的河流，让她不单调、寂寞。这就是被家乡人民誉为"母亲河"的河流，她是万物生长的源泉，她无私奉献，默默无闻，渗透进每一个家乡儿女的心，一年四季都传递着快乐，几十年如一日，哺育着一方人民。

　　崇山峻岭，盆地高原，沙漠戈壁，草场平川，田间地头，日复一日，年复一年，漫漫岁月，似水流年，塑造了她今日无私无畏的形象。她浩浩荡荡地从天山山脉间穿梭而过，以她多姿多彩的风韵，大气磅礴地流淌着，跌宕腾挪，穿山越岭，向着前方，呼啸，奔腾 …… 让无数人民留下了斑斓的记忆和浪漫的梦想。干燥、酷热、严寒的恶劣环境，不畏阴晴圆缺，不惧春夏秋冬，磨炼了她固有的性格，赋予她独有的气质，使她超越了时空，获得了"子母亲河"的美誉。

　　时过境迁，"哗啦啦，哗啦啦"的流水声常常萦绕耳际。这既是流水声，也是歌声。看水流自上而下，以其全部重荷，扑压石脊，扑得浪花朵朵，撒野地、暴躁地激溅为白色浪沫，再勇往向前，就像聆听那首脍炙人口的马头琴《万马奔腾》金曲，目睹巴音布鲁克草原那达慕狂怒的烈马，风驰电掣，觅路跃越。开都河一往无前地向目标前进，让自己的旅程增添一份动力，一份美好，一份坚定的信念！一方水土养育一方人，人离不开流淌的河，更离不开蔚蓝的天空、广阔的田野、层峦叠嶂的山脉……大而言之，维护了人类生存家园的生态平衡，小而言之，对自己人生所经历的坎坎坷坷要做到心态平衡。有国才有家，有爱才有美满，有美满才有幸福，有幸福才有和谐！就像开都河水，无论流经哪里，高山难挡、沙漠不怕、崎岖莫拒……总能冲破险阻，化险为夷，以必胜的信念和不屈的毅力流向自己的港湾。因为河水，就是一个象征，一个奔向美好前程的大使。人生没有彩排，只有现场直播。再回到现实生活中，如果把生命喻为盛开的花朵，那么只有细心呵护，才能绽放得鲜艳美丽；如果把生命喻为精美的小诗，那么只有推敲酝酿、寓情其中，才能创作出清新流畅，意蕴悠长的佳作；如果把生命喻为优美的乐曲，那么只有付诸行动，潜心修炼，才能使音律和谐，宛转悠扬；如果将生命喻为流淌的江河，那么只有坚定理想信念，勇敢担当，才能奔流不息，滚滚向前，到达目的地。

　　如今，开都河经过不断治理改造，不仅提高了河道功能，也稳定了下游河流流水走向，达到防洪减灾、保护沿岸农牧民生命财产安全、抑制水土流失的目的。同时，为充分利用水源，相继建成了大山口、察汗乌苏等水电站，也发展了渔业、旅游业、农牧业，为带动当地经济发展，解决就业问题发挥了积极的作用。

　　转眼间，离开家乡已经二十余年了，但承载我童年梦想的开都河一直流淌在我的心中，流淌在我的记忆中，流淌在我的睡梦中，流淌在我的希望中……

恋上和静一片红

如果有人问我，赤橙黄绿青蓝紫中，你最爱哪一种颜色？我会毫不犹豫地回答 —— 红色。因为红色代表着吉祥、喜气、热烈、奔放、激情、斗志。红色让人精气神十足，给人蓬勃向上的力量。

每到秋季，一年一度的辣椒采摘期，素有"辣椒之乡"美誉的新疆巴音郭楞蒙古自治州和静县，随处可以见到红辣椒晾晒的壮观场面，火红的辣椒一片挨着一片，一眼望不到头，成了深秋一幅幅美丽的画卷。"头儿圆圆，脚儿尖尖，头戴绿帽，身穿红袍。有人喜欢，有人害怕。"这就是辣椒。辣椒的形状多种多样，有的头大身子小，有的头小身子大，有的又尖又弯像牛角，有的曲曲折折像猪大肠，真是千姿百态！据说，和静的辣椒平均日照达到18小时，得天独厚的光照资源和特殊的地位优势，成了发展红辣椒产业天时地利的地缘优势。这里生产的红辣椒以红色素高、色泽鲜艳、无污染而享誉国内外市场。每到收获季节，来自全国各地的辣椒经销商云集这里，满载红辣椒的运输车辆不停穿梭，将寂静的小村搅闹得热火沸腾。如同辣椒的颜色，以它独有的美，把硕大戈壁滩装扮得红红火火，活力四射。一大片一大片的辣椒晾晒场，堆积如山的红辣椒，在农民手中不断翻滚，弯弯曲曲一波一波，如同红色海洋连绵起伏的大波浪，浩浩荡荡，一望无边。

辣椒在这个无花的季节，用浓郁的色彩渲染了和静的秋天，营造了一种别有的韵味，让这里的秋天富有诗意的浪漫和洒脱！醉人的红，红得热烈、铺张、迷人，有着火一般的激情，旭日一样的艳丽。这又是一个没有拘束的季节，虽然没有芳香，却胜过千朵万朵玫瑰；虽然没有花开，却胜过姹紫嫣红；虽然没有热度，却是那样的灼人！

眺望漫天遍野的火红，燃烧了整个的心扉，唯美的浓浓的火红，寄托了无尽的情思，无尽的遐想，无尽的狂喜，升腾起满满的希望和期盼。仿佛我的灵魂一同丢落在了一抹一抹的红色里，成为茫茫戈壁一道别致的风景线，绚烂成一个美丽缤纷的红色的世界，暖暖地捂在我的胸口，化作抑制不住的幸福和喜悦，在瞬间里成就永恒。

北方人喜欢吃辣，有"唯有辣椒，才能满足吃的需求"之说。故有无辣不欢、无辣不吃的说法。据说辣椒含有丰富的维生素C，在蔬菜中名列前茅。做菜时放上一些辣椒，不仅能改善食欲，增加饭量，还有点缀菜肴之色的作用，使其色香味俱全，最终达到健脾开胃，解决口味嗜好的目的。辣椒食用特别方便，因此广受青睐。它既能生吃，又可以炒熟吃，还能做成各种配料和辣椒酱等。它还能预防许多疾病，多吃辣椒对抵御湿气也有很大的帮助。

秋天里，看一串串辣椒，就像一树树的花开，如同一幅幅美图。北方的秋天，给人以凉意，而辣椒的红，辣椒的艳，辣椒的五彩斑斓，却带来了温暖和收获的喜悦！

恋上和静一片红，这是一个丰收的季节、诗意的季节、醉人的季节。

巴伦台看山

巴伦台镇位于新疆维吾尔自治区巴音郭楞蒙古自治州和静县北部山区，距离县城62公里，东接托克逊县，西抵伊宁，南通和静县城，北邻乌鲁木齐市。巴伦台，蒙古语意为有沙红柳的地方。巴伦台镇气候宜人，风光旖旎，是旅游、观光、避暑、度假之胜地。素有"小布达拉宫"之称的拥有百多年历史的巴伦台黄庙坐落于此。

从外表看，巴伦台的山，一片光秃秃，总给人干燥、贫瘠的感觉。但这些山，又从骨子里高调透露出挺拔险峻，神态各异，斧削四壁，峰峦起伏的大气磅礴、不屈不挠之个性，给人以钢铁般的震撼，给人以伟岸高耸的遐想，给人以绵延不羁的倔强之感。没有树木，缺少植被，只有野草从石缝里钻出来，随着风儿摇曳。让看似单调的荒山似乎有了希望。山有山的灵性，水有水的神韵。正是这种独特的奇峰怪石，映衬了巴伦台不同寻常的外在美。

美无处不在，缺的是发现美的眼睛。发现巴伦台之美，你需要身临其境，用感觉碰撞，在她藏匿的羞涩里，寻觅上帝打翻的调色盘。巴伦台有巴伦台沟、浩尔哈特沟、宽带沟、韭菜沟、前沟、后沟、乌兰沟等十几条沟，分布在巴伦台的沟沟坎坎，群山碧水之中，分别生长着野韭菜、野沙葱、野大蒜、椒蒿、车前子、藁本、艾草、野芹菜、大黄、马齿苋、蒲公英、雪莲、天山贝母、麻黄、甘草等二十几种野菜和中草药等植物；有雪鸡、黄羊、马鹿、熊等国家二三类保护动物；有铁、铅、锌、白云石、大理石等矿产资源。巴伦台沟绿水青山，有隽秀之美；浩尔哈特沟山高路陡，有神奇之美；宽带沟危峰兀立，有险峻之美；韭菜沟奇花异草，有五彩之美……无论深入其中哪条沟壑，你都会从泛滥和倾泻的文字里过滤出普通一词——"内秀"来形容她的美。巴伦台的山是用山的精髓写就的，相对于内地的山而言，除了层峦耸翠，美妙绝伦之外，还多了大气、凛然、凄美，大自然鬼斧神工赋予它截然不同的形态。俊秀里蕴含巍峨，张扬里不失幽静，苍翠里包容烈性。大川大山、小丘孤岗，各具特色、尽显个性。巴伦台的山仿佛从悠远的历史中走来，历经数十年、数百年、数千年……甚至更久远的风雨洗礼，历经了多少个世纪的熔炼，容纳万顷岩波，汇聚无数元素，不停地繁衍变化，不断地推新除旧，把自己的光彩积淀于古老的土地之中，既显得古朴沧桑而又青春靓丽，横空出世，伫立眼前，博大里延绵着希望，肃穆里裹挟着热情。

巴伦台的山，正如北宋著名的画家兼山水画理论家郭熙写的《山水训》所言："春山淡冶而如笑，夏山苍翠而如滴，秋山明净而如妆，冬山惨淡而如睡。"时值盛夏，天地间，犹如一幅绚烂而美丽的油画，色调从淡到深各异。河水清澈，绕山环游，仰视蓝天，白云悠悠，远眺群山，云雾朦胧。每一座山都有顶峰，每一个峡谷都有深底。目睹此景，"横看成岭侧成峰，远近高低各不同"的古诗会情不自禁映入脑海。一山一峰，峰峰各迥异，一山一景，景景都怪异。绿从脚下一直覆盖到山峦，白云渺渺，携手相离。炎炎夏日，徜徉于山间，幽凉浸润着每寸肌肤，让人感受到了清爽和惬意的慰藉，贪婪长吸一口清新的空气，感受着泥土的芬芳，心旷神怡。被草甸覆盖的高山，杂乱的碎石上长满了青苔，石缝里生长着花团锦簇的各种不知名的小花。你一朵，我一团，峰顶岩隙，落脚生根，顽强地生长着。没有挺拔的身姿，没有惊艳的外表，默默扎根于此，就像这里憨厚纯朴的牧民，任劳任怨，不计回报。每每到此，看着这些小花，留恋于花海中，一种敬意油然而生。

巴伦台的山，奇峰罗列，姿态万千，栩栩如生，令人浮想联翩。有的像巨龙腾飞，有的像群狼出山，有的像猛虎下山，有的像猴子观海，有的像武松打虎，甚至像骆驼背脊般起伏、像羊群悠闲、像牦牛横卧、像万马奔腾、像群鹿跳跃……有的山感觉像一块块巨石垒砌而成，有的山感觉像一根铁杵直插云天，有的山感觉像一个人物造型岿然屹立……一座座奇异的山峰，向游人展示出无须雕琢依然逼真的震撼之美……阴面山上松柏挺拔，翠叶如盖，伸枝展臂；脚下绿草如茵，草长莺飞，沃野千里。那种绿就像一匹匹绿纱缎，被雨水冲刷得那么纯净，那么润泽，感觉那颜色要流下来似的，那种美是没有经过修枝剪叶的自然美，艳丽而迷人，美得像一个神话，像一个故事，像一个传说，让人步步回首，流连忘返。不远处那些积雪的山峦，像河水卷起的滔天白浪，银光闪闪，颇有"山舞银蛇，原驰蜡象"之势。早晚御寒穿羽绒，中午减衣始挥汗。一日行走巴伦台，春夏秋冬在眼前。我突然得出了这样的句子。难道不是吗？

巴伦台的山，既有清秀之美，又有恢宏之气。远山影影绰绰，像几笔淡墨抹在天边。苍翠的群山重重叠叠，迷迷蒙蒙，像无数顶天立地的巨人在凝神沉思。微风从怪石嶙峋的峡谷吹出，林涛四起，像群山深深地呼吸，给人一种神秘幽远的感觉。阳光发出无数条耀眼夺目的光束，像串串珍珠撒向大地，熠熠生辉，穿透了浓密的乌云，给这静静的群山投下伞状的光辐条。群山之间的薄雾，没有感觉地在游人身上蹭来蹭去，时而陆续聚合，时而雾锁山头，形成一派乳白色的雾海；时而又散开，像一朵朵在空中盛开的雾花。此时，仿佛自己在云里雾里腾云驾雾，做了一回神仙。山上的野花繁多，千姿百态，溢彩流光，远远望去，犹如一片彩云，铺满山头。羊群像停落在山梁上星星点点的白云，小嘴儿贴在草上，鼻翼不停地动着，嫩芽一根接一根被扯断了送进嘴里，长长的嘴巴一歪一歪永不倦怠地咀嚼着。那意思似乎在炫耀着"这里的草好美好美"！巴伦台的羊吃的是中草药，喝的是山泉水，一点也不过。难怪这里的羊肉色泽酱红，不腻不膻，肉质鲜美，别具风味。

巴伦台的山，给人以淳朴，给人以思考。掩不住如诗如画的远山妩媚，封不住余音袅袅的涧水轻吟。每当走近一座山，不同的个性、不同的风格屹立于眼前，不同的观赏效果展现于眉间，有一种深深的爱萦绕在心头陶醉。崎岖蜿蜒的山道，风在述说着美艳，花草在描绘着缤纷。来到远山腹地，别有一番情趣。雪绒花不施粉黛，马先蒿百花争艳，报春花绚丽多彩……这里不再寂静，炊烟孤直，犬吠回音，鸟跃林间，兽迹山坳。一片花海，那么大，那么远，漫山遍野，姹紫嫣红，如同一幅幅无须泼墨的立体画面跃入眼帘，氤氲于群山环抱之中，更加衬托了群山的雄伟高大，从此不再低调沉默。

曾有人说，山之美不以大小论"英雄"，不因高低论"名气"。提起"山"，人们往往想起著名的东岳泰山、西岳华山、南岳衡山、北岳恒山和中岳嵩山五岳。唐玄宗曾封五岳为"王"，宋真宗封五岳为"帝"，到了明太祖则封五岳为"神"。这五座山的名气自然也就愈来愈大，自古至今五岳一直是中国著名的旅游胜地。而五台、普陀、峨眉、九华山，因文殊、观音、普贤、地藏菩萨的诞生而引得佛教信徒及游客纷至沓来。山和水的融合，是静和动的搭配，单调与精彩的结合，也就组成了最美的风景。总有一个人先到某个地方，但并不是所有先到之人都能发现其魅力。我以为，真正发现美的人，就是在大自然中发现了别人没有发现的不同之处，能够让人在顿悟自然中启迪智慧、在启迪智慧后得到传承关注。如五岳之美，五台、普陀、峨眉、九华山之神奇，无不是从邂逅的顿悟里启迪出了大智慧。仔细观之，巴伦台的山，让人入迷，引人入胜。山孕育着水，水滋润着山，山因水而长青，水因山而长流。山以水为血脉，水得山而妩媚。她将鸟语花香，蓝天白云填入画卷。她将云之歌，水之阕揽入高山流水。在这一方风水宝地里，挥毫泼墨，山水就能成诗、成画、成韵，等你来诵、来品、来歌、来舞。巴伦台的山，我依恋她的胸怀，依恋她的风采，只想做她山涧的小溪，轻柔缓和，汩汩流过，游弋出思念的话语，四季的流转，一世的倾情。巴伦台的山，有雄壮的风采，也有朴素的品格；有豪迈，也有俊秀；有奇险，也有逶迤。以浑厚坦荡容纳万世，汇聚百川。这也许是巴伦台看山发现其不同于五岳不同于五台、普陀、峨眉、九华山的特殊之处吧。

　　巴伦台看山

　　山外有山

　　山外之山不止一座山峰

　　而是在云雾缭绕里变幻

　　盛夏在连绵的雨中像一连串的省略号

　　省略了酷暑和炎热……

巴伦台看山，看到了山水的内秀之美，品到了大象万千的神秘，悟到了丰厚文化的底蕴。文化有了山水作依托，更能生生不息，源远流长；山水有了文化作铺垫，才能延续着生的平衡，世代传承。巴伦台的山水，饱含了一种坚韧不拔、宁静致远的人文精神和质朴情感。无论有多少寄托和期待，这片山水，都承载得起。

巴音布鲁克草原四章

巴音布鲁克之绿

巴音布鲁克，是个美丽富饶的好地方。它译成汉语，意思是"丰富的泉水"。来到这里，最令人难忘的还是它的绿，它像一条巨大的绿色绒毯，从脚下铺到远处的山脚下，又铺过山野延伸到茫茫远方。绿是草原的美，没有绿，便没有草原的生机，也没有草原的一切。

巴音布鲁克的春季来得特别迟，即使山外云也白了，天也蓝了，树也绿了，花也开了，这里仍是冰天雪地，白雪皑皑，被大雪覆盖着的小草偷偷地吸吮着湿润的气息，悄悄地在土壤里扎根，不愿过早地袒露自己。让人情不自禁地想起那句"犹抱琵琶半遮面，千呼万唤始出来"的古诗。正是这种独特的自然环境，才孕育了这里独具一格的绿，崇高的绿，伟大的绿。

每到五月来临，积雪慢慢地融化，你可以看到这里的原野在吐绿，一天一个样，由冒出的草芽子变成淡绿，又变成浅绿，最后变成深绿。这里的天特别特别的蓝，是没有渲染的色彩；云特别特别的白，像特级棉花那样集中在一起；草特别特别的绿，我惊诧于这里的纯洁的绿！齐齐扎扎的小草，显得那么娇，那么嫩，露着一股蓬勃的生机，透着一种神秘的绿，给人以一种新生，一种顽强，一种创新。周围重峦叠嶂，一群群马儿悠闲地吃草；天空流云变幻，雄鹰振翅高飞。风光秀丽的大草原，吸引着无数的中外游客。在这里，望着一望无际的绿色风光，人们的心境豁然开朗，沉闷在心里已久的忧伤瞬间化为乌有，白天里想做的没有做完的事也不想去考虑它，仿佛世界是一个人的，什么事也不去想，全身涌动着回归大自然的冲动，令人心胸开阔，心旷神怡，尽情痴迷在绿色情感的热流中，陶醉、沉醉、迷醉于一方，风景这边独好。

跑了一整天，不知啥时候进入了甜蜜的梦乡。当一觉醒来，睁开眼睛时，发现正对着窗外，那轮亮亮的圆月，映照着草原的上空，乳白色的月光泻在硕大的原野上，是那样的柔和，好似一位我热恋的高洁的蒙古族姑娘，正深情与我的目光做着深度的心灵对话。美，我只感到很美。当月亮从草原的上空移向那座山的背后，我心上的月儿便跟着挂了起来，像一盏灯，很亮。一阵微风吹过，诱人的芳香沁人心脾。此刻，我是那么安逸、舒适。在这样的状态中，我领略着和谐、自然，我要在大草原采撷太多的美好、浪漫、温馨……

巴音布鲁克草原是美丽的，而如今的草原人民正在用自己的双手建设和描绘着更为美好的"绿色巴音布鲁克"。看吧，绿色原野上，一座座漂亮别致的白色蒙古包"一"字形排列，在红、黄、蓝、橙小飘旗的映衬下格外鲜艳，那是牧民自办的"牧家乐"草原接待站。在这里，你可以吃上无污染香喷喷的手抓肉、喝上浓酽酽的奶茶、品尝美味的酥油茶、喝到喝一口清凉到心的马奶子、干完一杯还想再来一杯的营养价值很高的奶子酒、欣赏到原汁原味的蒙古族歌舞……你会感到这里的土特产是那样的丰富，草原儿女是那样的精明，牧民朋友有那般火一样的热情。那天，我参加了一次篝火晚会，我们围在篝火旁，情不自禁地打开了"关"住特长的大门，或跳舞扭动肩膀，或对绿野高歌一曲，或举起相机选择最佳姿势，或奋笔疾书抒发情感……仿佛整个草原都置身于欢庆的海洋里，游人在难忘的歌舞中遐想着草原是充满生机和活力、篝火是欢乐的，人们是快乐的，草原是不夜的！那种天籁之音至今在耳际萦绕，那种无拘无束的释放至今浮现眼前……

巴音布鲁克的绿是生命之绿，是用青春抒写的诗篇，包涵了丰富的文化底蕴，是延伸和弥漫着的草原文明。你可以感觉到她的有节奏的脉搏，而这种生命正是草原人民自强不息的精神，同样，这种绿也是草原人民青春永驻的象征，永远诠释着生命的价值。

巴音布鲁克之雾

雾是高原的精华。如果你来到我国最大的高山草原 —— 巴音布鲁克草原，唯能体现高原特色的莫过于这里的雾。

汽车在蜿蜒的洪加里克达坂行驶时，你会全方位地领略到大雾给这里带来的独特风光。汽车在弥漫的大雾中缓缓前行，防雾灯像个萤火虫似的，淡淡的一束黄色光圈，像要被雾吞没似的。从车里往下看，云雾填没了整条沟壑，缭绕散开，松柏屹立，雾绕周围。巴音布鲁克的雾特别白，那白茫茫的雾正印证着这里纯洁的空气。

在雾中行驶，你的脑子里会情不自禁映入著名神话小说《西游记》里孙悟空腾云驾雾的神奇传说，此时感觉当了一回"孙悟空"，虽然没有翻个跟头十万八千里，可也享尽了这里独具的魅力和不同的乐趣。也许你会这样想：我不愿翻个跟头十万八千里，因为那里没有我喜欢的雾！

眼前的景色真美啊！洁白洁白的雾就在身边，没感觉地蹭来蹭去，像是欢迎游人的别样举动，就像动物园的小动物以最佳姿态迎接宾朋。大雾中，两三米之外看不清人和物，给人以似在天堂的感觉。或者说雾是嶙峋山谷和高大松柏的节日盛装，穿上它，才能体现高原的山脉和植被特有的韵味。雾，在于它有一种朦胧的美。雾中的世界，一切都影影绰绰、朦朦胧胧，似幻似真，若有若无。还在于它在创造一种浑融的美。它不是雨，却滋润着万物；它不是烟，却能轻柔款摆；它不是云，却能自由地舒卷。它是雨之魂，烟之精，云之神。天和地，相距是那么遥远，唯有雾能把它们联系到一起 …… 巴音布鲁克之雾，更像一位披着朦胧面纱的青春少女，正从母亲的怀抱中轻盈地走来，以饱满的胸肌、娇美的身段、热情大方的礼仪，打动了来自四面八方游人的心，让他们感受到美的朦胧与神秘。巴音布鲁克之雾，包揽了众多散文家、诗人对雾的恰到好处的生动描述，在巴音布鲁克看雾是人的一种至高无上的享受！当你站在达坂顶上时，所有的雾尽收眼底，仿佛是雾的世界，或者说是仙境，自己也成了一位仙客。这时你的心境豁然开朗，什么"人在雾中行""腾云驾雾过达坂"，什么"远山近松雾环绕，最是人间好风光""看巴音布鲁克之雾，享天上人间秀色"等等等等的句子会在脑海里浮想联翩，产生无拘无束的想象，也像这云雾一样从脚下一直延伸到一望无际的连绵起伏的群山之间。

巴音布鲁克之雾是如此的美好，如此的亲切，令人倍感欢欣。世间有千娇百媚，人有风情万种，你可以抛弃一切，情有独钟。你可以面对雾感慨万千，抒发情感；又可以俯首沉思；也可以把心中永远的秘密寄托于那拥有环抱群山之气势的茫茫大雾。正因为雾，我们感觉到朦胧的世界不再朦胧，模糊的视线不再模糊！

高原因雾而更显高原特色，巴音布鲁克因雾而更美更靓更诱人。朋友，不妨到巴音布鲁克草原来看雾，你会从雾中感悟到这里无限的风光和永远不尽的遐想。

巴音布鲁克之夜

花儿睡去，虫儿放心沉眠，皎洁的月光泻在一望无际的原野上，推开窗帘，夜凉如水。

此刻，想必别人都步入梦乡，好梦不醒醉今宵。唯独我临窗独坐，心中有着无数思绪泛滥的感受，准备好了纸和笔，想借着柔和的月光，抒发被时光冲淡了的感怀，却又发现，这种感觉根本无法用文字表达出来。

当夜幕降临了，星星布满夜空，眨着眼睛，明月仿佛早已猜透了人们的心思，拉开了夜幕，张开了笑脸。这时，月是那么温柔，它将黄色的光亮轻轻地洒向大地，泻进每个角落，间或又悄悄收起，逐渐裸露夜色。是夜，星光灿烂，天地间一片静谧，晚风轻轻地吹过，草浪随风起伏，显得分外惬意。

静静的夜，伴着并不宁静的心。正秋时，圆月明，思绪万千，蜂拥袭来。硕大的草原，倒也让我产生了许多联想，当云雾弥漫之时，有"巴音布鲁克，伸手触云彩"的触景；当望着远处高于地平面的河流，有"车马走平原，江河半山腰"的美感；当行走在蜿蜒曲折的山路上，有"车在路上跳，人在车上跳，心在肚里跳"的自如；当在六月飞雪的达坂看到一群游客躲在车里因高原缺氧加上寒冷瑟瑟发抖的场景，有"风吹碎石跑，氧气吃不饱，天无几日晴，六月穿棉袄"的生情；当看到这里纯朴的牧民，也有"视草原为家，以草原为荣"的感慨。我真为今晚的失眠兴奋。

窗外凉风习习，身上不禁有些寒冷，我宁可披件外衣临窗凝望明月，也不忍关紧窗户隔着玻璃欣赏那轮迷人的圆月。想起那句"但愿人长久，千里共婵娟"的美好诗词，我再也坐不住了，推门轻轻走出，一轮圆月，一间小屋，一盏明灯，此时的静谧正是幸福的人所享用的。

突然，我想起了前不久下乡住蒙古包，早起发现太阳从敖包上升起，下午返回，发现太阳又在炊烟中落下。那种迷人的景色只有在草原才能领略到，那首传唱已久的《美丽的草原我的家》轻轻在耳边萦绕。此时，我在想，今夜虽没有万家灯火，但圆月象征着千家万户的团圆！当那轮圆月落下时，太阳又从敖包升起，当太阳从炊烟中落下时，那轮圆月又从夜色里升起……

草原的夜景充满着宁静与和平，月光下几乎见不到人，偶尔的犬吠、马嘶、羊咩，愈显得寂静。只能见到自己的影子，微风吹过，小草摇曳，地上的影子也随着变幻出各种各样的姿态。远远望去，还可见依稀的灯光，时隐时现，增添了几分神秘感。

这就是巴音布鲁克草原之夜，一个迷人的夜，醉人的夜……

巴音布鲁克之冬

巴音布鲁克草原的冬天来得比较早，最能见证冬天的莫过于这里的风和雪。

冬天的巴音布鲁克草原，比想象还要辽阔，天空怎么也望不到边，似乎只有脚下的起点，没有终点。冬天那肆虐的风，仿佛是从远方嶙峋的山谷里集中吹来的，吹在脸上像无数的绣花针，刺得人难受。风不大，吼声可不小，像要唤醒这满山遍野被大雪覆盖的植被，不知是在为这些来日芬芳草原绿色植被吟诵诗句，还是赞美不惧强风与冰雪的茫茫小草，诉说着草原永久的沧桑和无数冬天的童话？

冬天的巴音布鲁克草原被白皑皑的大雪覆盖，像给绿茸茸的青草盖上了硕大的棉被。踩在松软的雪地上，发出"咯吱咯吱"的响声，像在奏响一曲辽远而悠长的民谣。默默地走在这冰雪覆盖的原野上，静得只能听到自己的心跳和粗犷的喘气声，倒也可以静静品味此时无声胜有声的美景。巴音布鲁克草原的雪特别白，也许是这里没有空气污染的缘故，即使放一杯雪在蒙古包里融化，依旧清纯。

大地变得雪白雪白，让人眼前一亮，牧羊犬在雪地里行走，一串串的脚印，好像画了一幅画。一个人赏雪，可以长久地伫立在雪的世界里，体会什么叫洁白纯真；也可以在无人走过的雪地里深一脚、浅一脚地漫步，饮览无尘瑞雪的纯净。这时，你的心中会响起那首传唱已久的《三套车》里的歌词："冰雪覆盖着伏尔加河，冰河上跑着三套车……"或许，你会情不自禁地吟诵一代伟人毛泽东的诗词《沁园春·雪》："北国风光，千里冰封，万里雪飘……"一个人，一首歌，一首词，寒风怎么也冲淡不了胸中的热情。

被雪覆盖的草原，到处都是雪，纷纷飞扬，蠢蠢欲动，一片银装素裹，白色是主题。望着这样的瑞雪，我的心早已欣喜若狂，顾不得零下三十多摄氏度的寒冷，深一脚浅一脚走在没膝的雪中，与大雪来个亲密接触，让身心完全回归于大自然。这雪的天地，却赋予我兴奋的气息，似乎再也没有寒冷，再也没有冷淡，只有散发着火炉味道的温暖。

阳光照在雪地上，那亮闪闪的雪光直射眼睛，恰似无数亮闪闪的银粒放射着光芒。我忘情地徜徉在这雪光下，肆意将自己置身于茫茫原野中，沐浴那刺骨的寒风，在整个寂寞寒冷世界里品味那独有的韵味。一时间竟让人有了一种错觉，难道这真是巴音布鲁克草原之冬吗？

小草在积雪的棉被底下窃窃私语，它们唯一的奢望就是春天快些到来。冬天到了春天还会远吗？下雪的声音，奏响了春天的序曲。听这里的牧人说，草原的冬天雪越大，地面保持湿润越好，来年的牧草更绿、水更清、天更蓝！或许我对于这草长莺飞、绿草如茵的草原已经很是熟悉了，这样，更能从芬芳的空气中感受快乐，感受生命的希望，感受一片欣欣向荣，勃勃生机。

啊，我爱草原的冬天，更爱草原充满活力的春天！

希望的家园

　　巴音布鲁克草原对于我，有一种挥之不去的情愫。这或许是在这里工作数年，有一种抬头望天，淡淡的云层里面住着我逝去年华的缘故吧。当我每次来到这里，或回忆起她的美丽神奇，思绪会一次次被汹涌的激情所打动，而每次都有新的感受和收获。置身其中，一种心旷神怡的感觉油然而生。让我感到无比的欣喜，也使得我更加喜爱这里！

　　"巴音布鲁克"是蒙古语，意为"富饶之泉"，是我国仅次于内蒙古鄂尔多斯草原的第二大草原。也是新疆正在着力进行旅游工程建设的最能体现新疆浓郁民族特色的重点景区之一。她位于中天山南麓，巴音郭楞蒙古自治州和静县境内的大小尤鲁都斯盆地，海拔2500米左右，面积约2.3万平方公里。这里地势平坦，水草丰盛，是典型的禾草甸草原，也是天山南麓最肥美的夏牧场。随着"文旅结合""以文兴旅"文化和旅游融合发展的良性互动和共赢发展，巴音布鲁克草原已经建设成为环境优美、生态良好、布局合理、设施完善、特色鲜明，适于旅游产业、生态牧业发展，宜于安居的现代化小镇。

　　每当盛夏来临，巴音布鲁克草原的风别有一番清凉的韵味。不像春天的风那么劲急，不像秋天的风那么干燥，更不像冬天的风那么刺骨。草丛中夹着许多红色、粉红色、白色、黄色或是蓝色的不知名的花，把草原装扮得五彩缤纷。还有那活泼的小鸟儿叽叽喳喳地在草丛中跳跃。草叶上的露珠，像镶在翡翠上的珍珠，闪着五颜六色的光华。风吹绿了万物，吹开了野花，小草在微风中摇曳，花儿在微风中点头，那么的婀娜，充满了神韵；那么的轻柔，掀起了阵阵微波。碧水映着蓝天，蓝天衬着碧水，那种天连水、水连天的画面，宛如在天际中遨游，自在、奔放、洒脱，无拘无束⋯⋯广袤的绿色原野上，有野花，有草甸，有坡地，有山丘，有河流，有雪山⋯⋯一碧千里的草原风光，小花、牛羊、骏马、牧人，构成了一幅极美的图画。深呼吸一口，清香扑鼻而来，让人神清气爽，如痴如醉。风吹草动，牛、马和羊漫游在草原上，正如北朝民歌"天苍苍，野茫茫，风吹草低见牛羊"的场景。此刻，这情，这景，这人，悠闲自在，行动自如，好像这一方天地属于自己，从此远离了喧嚣，远离了浮躁，远离了烦恼，优哉游哉，仿佛步入了世外桃源。

巴音布鲁克草原有着得天独厚的地理优势和自然条件，层峦叠嶂，绿野无垠；群山拱抱，河流如带，植被种类繁多，生态优良。每到仲夏季节，草原上鲜花盛开，争奇斗艳，数十万头牛、羊、马、牦牛、骆驼等牲畜在草原上游荡，洁白的蒙古包错落有致坐落其间，炊烟通过屋顶的天窗烟囱冒出，蒙古包前晾晒着奶疙瘩、风干肉等等食品。蔚为壮观的著名的天鹅湖就坐落在草原的东南部。每年4月份左右，成群的天鹅、野鸭等鸟类飞来这里繁衍生息，给草原增添了光彩，增添了活力。

巴音布鲁克优美的自然风光，深厚的历史文化积淀，绚丽的民族风情，令人神往，令人留恋。来到这里，留宿在别致新颖的富有民族特色的宾馆里、品尝着饱含深情的奶酪、望着身着民族服饰的蒙古族少女的娇艳身段，聆听动人的歌声，喝着甘甜爽口的酥油茶⋯⋯你会陶醉在充满欢快和祥和的草原里，忘乎所以，激动不已，更加热爱巴音布鲁克这片热土。你会深深地感到，巴音布鲁克辉煌的历史，灿烂的文化，和谐安宁的生活是一代又一代的草原人民用勤劳和汗水谱写成的。

巴音布鲁克草原，有着深厚悠久历史文化积淀的沧桑和神秘，有着一年四季雪山环抱的阳刚之气，有着河水清澄，花草茂盛的隽秀之美，更加突出了这里不同寻常的美。这里既包揽了南方风景的清丽羞涩、温文尔雅和古朴典雅，又有北方草原的磅礴之势。夏季气候凉爽，不躁不热，不烦不闷的宜居宜人宜休闲宜度假的天然之瑰丽，成为我国有名的旅游胜地，每年吸引着无数慕名前来的中外游客。

来巴音布鲁克不能不去美丽的天鹅湖。天鹅湖是由众多相通的小湖组成的湖沼地，面积1000多平方公里。每年立春之后，大天鹅、小天鹅、疣鼻天鹅、雁鸥等珍禽鸟类陆续从南方飞回到这里筑巢，开始了新的生活。阳光下，天鹅、湖水、山峰、云影融成一片，在瓦蓝瓦蓝天空的映衬下，湖水泛着浅浅的蓝，碧水涟漪的天鹅湖畔，天鹅成为这里最亮丽的风景。天鹅湖一带，清泉密布，河网交错，水草繁茂，环境幽静，饵料丰富，是水禽类动物栖息的理想场所，因而成为天鹅以及灰鹤、白鹭、金雕、斑头雁、野鸭等众多水禽的乐园。当地蒙古族牧民视天鹅为天使和幸福鸟，自古以来一直加以精心地保护。有些天鹅得到牧民的精心照顾和喂养，它们早出晚归，犹如家禽。

记忆犹新的是我在巴音布鲁克工作期间，携内地来的好友一行几人到巴音布鲁克天鹅湖游玩，当他们站在高高的瞭望塔前，白雪皑皑的天山静静地屹立在眼前，天鹅湖九曲十八弯的景观尽收眼底，弯弯曲曲的开都河在草原上自由自在地流淌，一个个河湾上成群的天鹅、飞鸟或箭一般飞离，或成双成对自在漫游……这些美不胜收的景观映入眼帘，令他们羡慕不已。他们围拢着我不禁问："你怎么工作在这么美丽的地方？"我从容地说："天时地利人和。"可不是吗？我们生于大自然，长于大自然，要用心感受大自然。巴音布鲁克草原之美，不仅仅在于用眼光看到的，更要用心真切感受她的美。不知不觉，夕阳开始西下，整个草原完全地改变了，浓浓的雾气，从四面八方升起来，草原慢慢地转为了暗绿色，每朵小花，每棵小草都散发出阵阵香味，草原蒸熏在芬芳的气息里，增添了神秘的色彩。夕阳在开都河上徐徐坠下，在嫣红的晚霞映衬下，天鹅在舒缓优雅地飞舞，而更神奇的还在于太阳落山时，能在河水中清清楚楚同时看到九个太阳的倒影。

刚下山，我们被好客的蒙古族朋友安排到了离天鹅湖就近的一家牧家乐就餐，他们提前准备好了丰盛的晚餐，有风干肉、手抓肉、蒙古面条……令人垂涎三尺，胃口大开；姑娘们为我们唱起了动人的民谣，什么《美丽的草原我的家》《金杯银杯》《我和草原有个约定》《请到草原来》……在悠扬的歌声中，大家心潮澎湃，频频举杯，为各民族深厚的情谊，为草原牧民和谐幸福的生活，为草原的与时俱进——举杯！就着夜色，燃起篝火，群情欢跃，蒙古族英雄史诗《江格尔》便回荡在辽阔的草原……蒙古包飘出奶茶和奶酒的清香；我们品尝着风干肉的芳香、手抓肉的鲜嫩；感受蒙古族姑娘捧献洁白哈达的真挚热情；体验在草原听马头琴奏响的悠远、粗犷和豪放……微风轻送，琴声荡漾，牧歌悠悠。这时的草原是无限开阔的舞池，人们唱着、跳着、笑着；沸腾、激越、高扬——歌声，舞姿，在溪边，在河岸，在花丛，在山谷，在人们的心里。夜晚，星光灿烂，皎洁的月光照在草原上，天地间仿佛只有歌海舞洋，晚风轻轻地吹过，吹拂着每一张惬意的笑脸。

激情难抑！我问坐在旁边的牧家乐负责人尼曼对今后的打算时，他腼腆而自信地用不太流利的汉语说："现在的政策太好了，我还要把自己的生意做得更大，同时帮助有困难的牧民，尽量安排他们的子女到我的牧家乐就业，让他们也过上好日子。万马才能奔腾，牧民都富了才是富。"他的话让我好生感动，我渐渐读懂了巴音布鲁克草原，大自然赋予了巴音布鲁克博大辽阔，也造就了巴音布鲁克的传奇美丽。我真切看到了草原人民的纯朴善良、心灵之美，也看到了草原的未来和希望。

第二天，我们起得很早，有意感受一下巴音布鲁克日出的壮美。日出之前，整个巴音布鲁克裹在一层淡淡的乳白色的薄雾中，渐渐的，白雾的颜色发生变化，由淡红变成橙红，接着变成深红，在太阳跃出云层的瞬间，整个雾海都燃烧了起来。接着一轮金灿灿的太阳蓬勃而出，金光四射，白蘑菇般的蒙古包点缀在绿茵如毯的草原上，格外醒目；成群的牛羊像天上飘落到草原的片片白云……幽幽的草香迎面拂来，红艳艳的朝阳正从地平线上冉冉升起，为辽阔的草原镀上一层金色。静静地看着天空，回忆过去的点点滴滴，我发现，巴音布鲁克草原更美了！

啊，巴音布鲁克，我心中的歌，我希望的家园！

奶 茶

在牧区工作久了，喜欢上了喝奶茶，一日不喝，老是觉得胃里像缺点什么，这种感觉在离开牧区后依然存在。

奶茶营养丰富，美味可口。奶茶没加工以前叫奶子，用它酿的酒，叫奶酒，既养胃，又提神，愈喝愈醇；用它做的酸奶，那种质朴的醇香，让人垂涎三尺，直喝得弯不下腰；用它和面烙的饼子，香酥爽口，吃上一个还想再来一个。它还可以用来做奶酪等奶制品。这些，充分显示了纯朴的草原牧民的睿智。我之所以对奶茶如此厚爱，是因为那一段亲身的经历，让我进一步了解了草原和生活在草原上的那些有着草原般宽阔胸怀的牧民朋友。

那是我在新疆巴音布鲁克草原工作时发生的一件事。记得是在一个伸手不见五指的夜晚，天上飘着雪花，我和几位同事在牧区巡查归来的途中，不争气的汽车偏偏在前不着村、后不着店的地方抛锚了。草原11月的冬夜多冷啊！难道就在汽车里度过吗？饥饿、寒冷加上一种恐惧和不安袭上我们的心头！冷酷的现实迫使我们一行四人很快镇静下来，商量对策，最终决定我与巴叶拿着手电筒去寻找蒙古包，其他两人留守车辆，并约定每20分钟相互亮灯光一次，以免走失。

我们两人在草原上没有目的地寻找着，夜静得像死去一般，除了嚓嚓的脚步声，就是自己的心跳声和呼吸声了。走了足有八九里路，我听到了几声狗叫。"我们有希望了！"巴叶高兴地喊起来。很快，我们循声找到了一个蒙古包。

一阵急促的狗叫声惊醒了熟睡的牧民，来迎接我们的是一个非常瘦小的中年男子，头戴鸭舌帽，里三层、外三层地穿了好几件衣服。进屋后，巴叶将情况简单地说了。这位中年男子名叫桑加拉，是本地牧民。他用不太流利的汉语说："我也有车子，把你们的车拉回来。"他连忙发动好了自己的北京吉普，带我们寻找汽车和同事。

草原上的路颇为难行，特别是在漆黑一团的夜里，遇上河沟必须绕行方能通过，有时汽车开起来还不如步行来得快。经过一两个小时的周折，我们终于找到了汽车和同事，大家互相安慰了一番后，都流下了泪水！又是一番周折，我们连人带车终于到了桑加拉家。

来到暖烘烘的蒙古包内，桑加拉不听我们的阻拦，赶紧把妻子哈热叫醒，来为我们这些在草原冷得缩成一团的"苦难人"烧奶茶，说要为我们暖暖身子。

很快，清香四溢的奶茶烧好了，女主人又端来了烙的饼子。我们津津有味地喝着奶茶，吃着饼子，品味着深厚的民族情感。那一夜，我们谁也没睡，不是不困，而是淳朴的民族深情为我们增添了无穷无尽的精神食粮；那一夜，我们谁也没有叫冷，不是不冷，而是热情的草原儿女为我们献上了温暖的关怀；那一夜，我们谁也没说话，不是没话说，而是那甘甜可口的奶茶带给我们刻骨铭心的爱，任何语言在此刻也无法表达！

第二天一早，桑加拉发动起汽车，女主人又为我们烧好了新鲜的奶茶。吃饱喝足后，桑加拉又帮着找零件、修车，一直忙到中午。临行前，我们留下200元以示感谢。桑加拉把钱塞给我说："我们蒙古族人在别人有困难的时候一定要帮助，如果给钱的话，会影响我们的声誉。"面对如此质朴的民族，我还能说什么呢？我只代表同事说了句："我会来看你们的！""欢迎你们来玩！"桑加拉点点头。

后来，我又多次去了桑加拉家，我们之间建立了一种难以割舍的兄弟之情。每次到牧区工作，我总忘不了按照蒙古族礼节为他买些礼品。后来，我的工作发生了变化，在离开牧区前，我专程向他辞行。哈热煮了肉，下了我喜欢吃的蒙古面条，烧了一大壶奶茶，他们一家都轮流给我唱歌敬酒。那天，我和桑加拉都喝醉了。第二天早晨，哈热告诉大家，我和桑加拉抱头痛哭，说着不愿分离的话，很晚很晚才入睡。在以后的一段时间里，我常常想起桑加拉的热情、哈热烧制的奶茶的醇香、大女儿巴都才次克婉转的歌声、小女儿乌仁其米格的天真，我也时常提醒自己去看他们。现在，虽然与桑加拉的距离远了，但这并未隔断我们的心。每到冬天，他总记得让人给我带些肉干子、冻牛奶、奶酪，我也给他带去靴子、棉衣等用品。

如今，离开牧区已久，而我的心仍然在牧区。那里有我喜欢的奶茶，有我的蒙古族朋友，有我一起工作和生活的同事。直到现在，我才明白，如果说草原是部作品，那么，读懂它需要一种精神，只有身临其境，用爱心和耐心去读。就像听蒙古族姑娘婉转动听的歌声，声音嘹亮，气韵独特，听不懂歌词不要紧，感觉它的韵味，让那热情大方和美丽烙印在心窝里，然后再细细咀嚼，这时，你会真正感觉到草原就是你心中的那碗奶茶，对它的情有独钟渗透在你的脑海中，而且与日俱增，愈来愈烈，从脑海的思绪里冲出，就像那漫山遍野的马群、牛群、羊群，飞奔着涌向草原母亲的怀抱。

我爱草原，草原就是奶茶的味道。它只叫我在永远的祝福里去品味。

草原之夜

　　"美丽的夜色多沉静，草原上只留下我的琴声……"每当我听到这支歌时，就会情不自禁地想起在草原工作时度过的每一个难忘的夜晚。

　　暮色渐渐降临，夜色笼罩下的草原是那样的宁静，没有虫鸣，没有风声，一切都那么的静，静得可以听到自己的呼吸和心跳，静得可以让你忘掉一切，仿佛世界已经静止。

　　这种安静反而让我的心不能平静，我独自一人漫步在充满夜色的原野上，穿过草场走到了一条河边——这就是开都河，听见河水撞击河中石块时发出的响声，不知道是嘲笑、是倾诉还是在告诫我放平心态，将自己糅合到这宁静的夜色中。此时，我才发觉，草原的夜色也并不宁静，在这里你可以听见流水声，可以听见人们走过草地的吱吱声，可以听到远处的犬吠，就如同我此刻不平静的心。

　　草原是一个身着华服的少女，随着夏季美妙的旋律迈着优美轻盈的脚步，在大自然这个绚丽的舞台上翩跹着、歌唱着。她的歌声唤起大地穿上了靓丽的绒装，给人以青春的浪漫和恬静的享受。来到草原是一种心情的释放，白天里想做的事此时也不用去想，倒是提醒你把焦头烂额的烦琐事抛向九霄云外，让它融化在草原的茫茫夜色里。在这里，完全摆脱了蜷居在喧嚣的城市里的那种无奈。

　　望见那宽阔的静静流淌的开都河，我的身心总是被深深地震撼、感染。我静静地凝望夜空，呆呆地看着那轮悬挂在天上的银盘似的明月。

明月舒缓地穿行在疏散的莲花似的白云间，出落得悠然而更显得玉洁冰清……我目不转睛地看着她，突然想起了李白"明月出天山，苍茫云海间。长风几万里，吹度玉门关"的诗句。好像月亮微笑着走进了我的心房，似乎知道我的心情。望着明月微笑的娇容，我的心也笑了。草原之夜独有的静谧和明亮的圆月还原了本来的自我。我看到了草原之夜沉静的朴实的美。

想起白天欣赏草原上闪烁着黄色的、紫色的娇小花朵，无不在笑意盈盈，无不在迎接着远方客人。就像蒙古族姑娘的热情，比那草原还宽广，比那开都河水还深沉。姑娘深情怀揣梦想烙印在我心里，这个美丽的季节又是个思念的季节。

多美的草原啊！朦胧而神奇，远方有高高的天山，连绵的丘陵，辽阔宽广，一览无际，山峦叠峰，错落起伏。极目远眺，草坡荡漾，山花烂漫，马匹成群，牛羊嬉戏……这里既有一望无际、空旷幽深的壮阔美，也有风吹草低见牛羊的动态美，还有蓝天白云、绿草如茵、牧人策马的人与自然的和谐美。

神奇的高山草原

　　我选择了巴音布鲁克草原,巴音布鲁克草原也选择了我。我们之间的这种"双向选择",是从2001年我初次去巴音布鲁克草原工作开始的。那时,我已暗下决心,注定要成为所有巴音布鲁克草原工作队伍中的一员,就像一棵小草要融进那生机勃勃的绿色原野。

　　当我依着车窗望着绵延起伏的巴音布鲁克草原时,她以独有的魅力,独领风骚,吸引我投入了她的怀抱,望着眼前那铺天盖地的绿,我彻底地陶醉了。脑海里情不自禁地响起了那几首传唱已久的脍炙人口的赞美草原的歌曲:《父亲的草原,母亲的河》《美丽的草原我的家》《我和草原有个约定》《金杯银杯》……巴音布鲁克草原之美无法用哪怕最精美的语言来形容,我也无法从自己的词汇里找到合适的句子来描述她,她被绿主宰着,无边无际,广阔茂盛。这时,你会忘记了汽车行驶在连绵起伏的绿色原野,天高云低,棉花糖一样地唾手可得,这时你的心头潜滋暗长的也许是"绿海无垠",也许是"炉火纯青",也许是"登峰造极",也许是"伸手触云"等等诸如此类的形容词。让人不得不相信自己如同步入了仙境,被这青春的气息所感染。或许那一位善良、仁慈的神仙就住在朵朵云彩上面,凝视着漫山遍野,百花争妍,万紫千红,绚丽多彩的山峁。巴音布鲁克草原最美的要数夏季,那遍地五颜六色的小花形成一望无际的花海,在阵阵微风中起伏,那种人在画中的感觉会深深地烙在你记忆的石壁上。

　　只要来过草原的人,就能深刻体会到草原气候的多变。巴音布鲁克草原的气候也是瞬息万变，气象万千。乌云袭来，天气阴霾，小雨，中雨，暴雨，冰雹，在你毫无准备下袭来；时间不久，朵朵白云从远处飘来，渐渐地挤占了乌云的位置，太阳再次从云间放射出光芒，阳光透过云朵照在脸上那一刻，我分明看到人们幸福的表情。天边不远处，出现了一座鲜艳的彩虹桥。

美丽的开都河水养育着众多蒙古族同胞的同时，也赋予了他们正直、纯朴的品性。当你来到牧民家里，没有豪华的桌椅，没有城市里山珍海味的大餐，只有洁白的毡房和朴实无华的蒙古族牧民的憨厚。他们的热情让我们体会到了大酒店里所没有的舒适、激情和温馨。大碗的奶茶、大块的羊肉、大杯的奶酒，让我们真正体会到了大碗吃肉、大碗喝酒的豪情。席间当然少不了献哈达和唱祝酒歌。那天，初到草原的一位朋友，当漂亮的蒙古族姑娘刚唱了一句"……远方的客人请你留下来……"时，他便迫不及待地接过酒杯一饮而尽，结果是又倒满酒继续唱，连续喝了好几杯，后来他知道应该等到歌唱完了再喝酒，否则就要继续唱继续喝了。等到吃饭时又闹出了笑话，当他吃完一碗蒙古族面条时，问坐在旁边的巴叶尔"谢谢"怎么说，调皮的巴叶尔故意告诉他："大开乃根（蒙古语：再来一碗）。"他吃完后双手托着碗，用生硬的语调对女主人虔诚地说："大开乃根！"女主人又热情地盛了一碗放在他面前，他想，可能是因为蒙古族同胞热情好客，怕我没吃饱，于是端起碗硬是吃了下去。他又双手托着碗，对女主人说："大开乃根！"女主人又盛了一碗放在他面前。他问巴叶尔："我吃饱了怎么又盛了一碗？"巴叶尔故意说："人家盛了你就吃，不然会以为你看不起她。"于是他又吃了下去，在"大开乃根"这句"谢谢"话里，一连吃了好几碗，直吃得不敢弯腰。后来他才知道是巴叶尔使的坏，真是哭笑不得。在蒙古族朋友家里做客，那么平和而惬意，无拘无束，无忧无虑，牧民爽朗的笑声，还有草原那原始的气息，让人永远无法忘怀。置身于草原，你因为她的博大而容纳一切，你因为她的浪漫而抛洒一切，你因为她的美丽而忘却一切。啊，草原，吸引我的地方，我热恋的地方！

美丽的巴音布鲁克草原，像一缕风跟随一片云，像一股溪流怀抱一座山川，像一把小草眷恋芳香的泥土，像一杯烈酒缠绵一副心肠，真正的人间天堂！只有徜徉其中的人才能真正感受她的胸襟之广，风光之美；只有她才能演绎出东归英雄铮铮之豪气，把动人的民族文化不断延续；只有她才能用宽广、仁慈、博大之胸怀，再现一个淳朴、憨厚、勤劳的民族！

在巴音布鲁克草原几年的工作生活中，我的心已植根于这块梦魂牵绕的地方。尽管她的高原气候夺去了我白皙的肌肤，尽管她蜿蜒崎岖的道路曾使我狼狈不堪，尽管她300公里的距离让我远离亲人，但我仍然爱她，因为她是青春的化身，播撒着梦寐以求的希望，今生今世，永不分开。

忘情巴音布鲁克草原

在巴音布鲁克工商所当了几年的所长，我渐渐地喜欢上了这里。每当想起这里，我在沉思，我的思绪会滑过指尖，渗透全身，我的心在慢慢的回味里颤抖，我仿佛听到了遥远草原的风声、雨声、雷声，甚至听到了犬吠、羊咩、马嘶，还有牧民悠长的歌谣和远山的呼唤！其实许多时候，一些东西珍藏起来如同那美酒一般，这种感情，看似疏淡却很甘甜。所以，回味巴音布鲁克，在那里的每一天，都是珍藏一个心动的故事，她足以让人忘却世俗的烦恼，留下一串温馨的回忆，是自己精神财富的一部分。

每当我来到这片神奇和充满神秘色彩的一望无际的大草原，它带给我那样宽广的胸襟，在绿茵原野上盘腿而坐，吃着手抓肉，喝着大碗酒，饮着醇奶茶，听着草原歌，真应了古人"宠辱偕忘，把酒临风，其喜洋洋者矣"的那种令人羡慕的田园生活。面对此情此景，每次都让我感慨万千，每次都想写点什么，但又不敢动笔，我怕自己笨拙的笔无法描述对草原及其牧民的深情；从内心来说，我没有真正把握草原母亲所蕴含的脉络、博大、精深，因而无从下笔。但是这次我是再也无法按捺心中复杂而激动的情怀，斗胆把一点零散的思绪写下来，就让它释放一次吧……仅一次就足够……

作为地地道道的新疆人，如果没有领略过草原的美，是件终身遗憾的事，我老早就这样认为。所以对草原的神往也算是一种奢望了。所谓不到草原，不知道新疆之美，不到新疆，不知道祖国之大。对她的心驰神往是可想而知了。

巴音布鲁克草原位于新疆和静县西北，天山南麓，由大小珠勒图斯两个高位山间盆地和山区丘陵草场组成。总面积约2.4万平方公里，海拔2000—2500米，是我国仅次于鄂尔多斯草原的第二大草原。这里雪峰环抱，地势跌宕，风光诱人。著名的"天鹅湖"——中国唯一的天鹅自然保护区就在此地，天鹅起舞，雪峰花卉映衬，宛如童话世界。

"巴音布鲁克"蒙古语意为"富饶的泉水"。远在2000多年前，这里即有姑师人活动。清乾隆三十六年（1771年），土尔扈特、和硕特等蒙古族部落，在渥巴锡的率领下，从俄国伏尔加河流域举义东归，并于1773年被安置在巴音布鲁克草原和开都河流域。草原上绿草茵茵，牛羊成群，群山拱抱，河流如带，植物种类繁多。这里幅员辽阔，地势平坦，水草丰美，遍地是优质的"酥油草"，是新疆的牧业基地之一。这里盛产焉耆天山马、巴音布鲁克大尾羊、中国的美利奴羊和有"高原坦克"之称的牦牛，被誉为"草原四宝"。每到仲夏季节，草原上鲜花盛开，争奇斗艳，羊群像白云游荡，雪莲花般的座座蒙古包坐落其间。投入她的怀抱，令人流连忘返，乐不思蜀。

我想起在一个凉风习习的夏夜，漫步于群山环抱的草原，举目远眺，只见浩瀚的夜空繁星密布，月光如银。此时此刻，我心静如山，顿然感悟到草原的神韵。暮色渐渐降临，夜色笼罩下的草原是那样的宁静，没有虫鸣，没有风声，一切都那么的静，静得可以听清楚自己的心跳，仿佛世界已经静止。这里的静给人以遐想，思绪会划破寂静的夜空，冲向茫茫远方……就像草原上从脚下延伸到天边的充满生机的小草一样……

那夜，一伙游客在草原接待站的广场上点燃了篝火，他们的笑容在篝火的映衬下，显得那么的轻松愉快。跳跃的火光伴随着酒瓶的碰撞声打破了本有的宁静，每个人都想用夜色来尽可能地掩饰内心的冲动。看到此情此景，我不禁为之一震：快乐是一天，不快乐也是一天，为什么不选择快乐呢？就像这些游客一样，谁没有工作的压力和生活中的不愉快呢？关键是我们如何对待。我独自一人在篝火的映照下，穿过草场走到不远的小河边，听见河水撞击河中石块时发出的响声，不知道那是对夜色的嘲笑还是倾诉？但无论如何，此刻的我完全被这迷人的夜色所吸引，将自己糅合到这宁静的夜色中。此时，我才发觉，草原的夜色也并不宁静，在这里你可以听见流水声，可以听见人们走过草地的吱吱声，这里还有令人心旷神怡的篝火晚会。啊！草原，你的夜色里写满了诗情画意，你的夜晚里充满了和谐之美！我索性躺在绿茸茸的原野上，闭上眼睛，让自己的心跳放慢速度，去感受、去寻找这属于夜晚的快乐和谐，任凭露水打湿了我的衣裳。我知道，夜晚露水呵护着草场，河水孕育着生灵，这是多么的和谐与自然！其实，她们也在呵护着我们这些对她们来说历史长河里的匆匆过客，是因为她们的神奇之美，像一个巨大的磁石，吸引着那些充满向往和好奇的人们。因为他们，草原不再寂寞，草原更加生机勃勃，草原赋予了希望！

　　草原上特别爱下雨，在雨中漫步，让浪漫四溢；在门前凝视，让遐想翻飞；在窗前聆听，让思绪飘荡。独行雨中，看叶绿草青，雨花飞溅，植被像是被清洗过似的，那么绿，那么晶莹剔透。突然，你蓦然忆起一张长发淋湿、缀满雨滴的容颜，身着红色的蒙古长袍，是"万绿丛中数点红"般的迷人。往事历历，今事茫茫，是陶醉？还是爱恋？想到这里，我奋笔疾书，动情写道：淅沥，淅沥/心的雨下了/终于下大了/伴着我不可逾越的激情/等待了许久、许久/像干旱的沙漠注入了清泉/像干渴的土地饱灌了河水……我深深地吸入了一口/带着清香的空气/轻轻地吐出被爱沉闷已久的压抑/沉闷并和着热气刹那间被细雨融尽……

　　巴音布鲁克是神秘的，就如同迷雾环绕的朦胧山峁，你可以真真切切地感觉到她，却看不清她，读不懂她。因为你无法在短暂的时间里全部读懂或看清楚她的全部，所以她总留给你意犹未尽的感觉，这也足以让你期

待、向往。让人留恋的美是具有吸引力的，我很羡慕生活在这里的牧人，可以自由自在地享受历史与自然赐予他们如此美丽动人的画卷和故事。

高原夜色

月亮升起来了，淡淡的，弯弯的，挂在浅蓝色的天空中。夜的清凉气息吹在脸上，渗入体内，让我的心也舒展悠然了。

今晚又是一个不眠夜，已凌晨一点多钟了，我没有一丝睡意。在那样一片静谧中，我穿起了一件厚夹克衫，驾驶吉普车来到了距离宿舍不远的塔格楞山上。

山上特别静，静得可以听到自己的喘气声和心跳，我的脑子一片空白，唯有想家的感觉。工作在外，夜深人静时，便常常对着月亮想家，想家里那段洒满月光的温馨的日子，今夜也不例外。我想把希望寄托给明月，让它把我的心声带给三百公里以外的父母，可它始终挂在天上，没能理会；我顿时把祈望遥寄给会眨眼的星星，让它把我的思念带给二百八十公里以外的弟弟妹妹，可它依旧眨巴着眼睛，无动于衷；我想学学孙悟空腾云驾雾的本领，可悟性不强，耐心不足，自愧不是那块料，只有望着夜色中的云彩发呆了……

今晚的月亮并不十分明亮，却显得格外的悠闲而含蓄，就如我此刻的心境。抬起头，我知道，那弯月儿，也正照着所有想家的游子。我静静地坐着，倒也对月儿、星星、云彩不敢有丝毫埋怨。我感觉高原距离月亮、星星、云彩都很近，她们是高原人和睦的邻居。这时，我突然得出了这样一些句子："巴音布鲁克，伸手触云彩""人在高山上，白云脚下浮""家里没有电，月光星更明"，又想起了在牧区工作以来对奶茶的一种情有独

衷，借着这夜色又得出了"宁可食无肉，不可无奶茶"的句子。这时，我又想起了小说《西游记》里孙悟空想上天就上天、想入地就入地的本领，虽然我没有上天入地的本事，却也是个热血男儿，想知道天上事、地上事、国家事、人间事，做一个实实在在的人！

淡淡的月光轻轻地洒落，月光下，那绿茸茸的小草就如刚刚在牛乳中洗过一样，静静地吐放着幽香，偶有几声犬吠，隐隐传来，那声音，像舒卷的轻纱，像幽咽的泉流……在这清凉的夜气中悠悠回旋！一阵微风吹来，不禁有些寒冷，任凭我如何裹紧衣服，缩头缩脑，仍抵御不了高原的冷气。我看了一下表，已五点多钟了，于是点燃一支烟，狠狠地吸了几口，心境豁然开朗，便驾车慢慢地向下滑行。我想，寂寞中与我相伴的天空、月儿、星星、云彩、塔格楞山都是我的知心朋友。

梦回草原

我生活的城市，太繁华，太喧闹；我记忆中的童年的小乡村，太偏远，太孤寂。我所向往的地方在哪里呢？ —— 我所向往的地方是那蓝天白云下的草原。对于草原，我不单单是向往那儿湛蓝的天空，洁白的云彩，清新的空气，风光旖旎的景致，而是向往草原之豁达、坦荡和催人奋进的力量。

草原的风，草原的云，草原的雨，草原的羊群，一直萦绕在我心头，时常浮现眼前。微风吹拂花草揖客，白云正白点缀蓝天，细雨知心富有诗意，牛羊正肥牧人欢唱。这是我梦中的草原。

我向往的草原，一直芬芳着我最初的情怀。野花的暗香，茸草的坦荡，铺展了无尽的草色和天光，铺展了心灵圣洁的远方。在草原工作多年的我，一直以来，草原成为我向往中一个遥远的光点，或者像童年做的煤油灯，或者像渺渺的星斗，照亮我珍藏着的记忆……

草原的夏季最美最迷人。太阳在头顶爽朗地照着，天边缀着几朵闲闲的白云，和草原上的羊群在媲美，绿油油的牧草地一直伸向远方，与蓝天结成一道很美的风景。每一个草长莺飞的季节，都有露珠执着地闪亮，每一颗闪亮的露珠里，都有一轮鲜活的太阳。

在这个季节，一大片一大片的草从土里羞赧地撑出翠绿，微风吹过，便会对你笑着点头。这些花草从你的眼前一直铺到了天边，你找不到任何裸露的土地。一群群肥白的羊群在那儿咩叫，成群的牛羊沿旷野漫步，牧

人们骑着马悠闲地挥着鞭儿 …… 夜幕降临，毡房中传出牧人高亢的歌声和马头琴交响的乐音，长调里的悠扬婉转，勾勒出碧草蓝天，在恬静而高远的天空中回响。每当此时，我又一次次迷恋毡房内马奶酒的醇香，贪婪地开怀畅饮，禁不住让心灵再次酩酊！

融入草原，没有城市里的喧闹、狭小，只有草原那广袤的气魄让你真正体会到天空的高远和地域的宽广。这里没有灯红酒绿练歌厅里哼唱的拘谨，你可以放开尘封已久的歌喉，随便吼，随便唱；你可以大块吃肉，大碗喝酒，无拘无束。这里，没有什么限制的随意，只有展示一个不伪装的原汁原味的你。

我梦中向往的草原，注定成为我心灵的驿站。我向往草原，不仅仅是为了欣赏那四季绝美的醉人风光，更重要的是要在草原一望无际的怀抱、蓝天白云之间，领略那种包容一切的豁然大度，一种充满青春活力的真诚和剽悍的阳刚之气，给自己注入一股激昂奋进的力量。

心灵净土

　　早就想写一篇关于巴音布鲁克草原的回忆文章。每当回想起这个我曾经工作过的地方，我的思想的潮水常常被一些思绪打动着，这里的一草一木、纯朴善良的蒙古族牧民，都给我留下了深刻的印象。

　　走进巴音布鲁克草原，你的第一感觉就是，这里没有山外的喧哗吵闹，面对着蓝天白云，雪山草原，羊群牧犬，唱一曲草原牧歌，悠长而绵远……那歌声，无拘无束，通过内心喷发出来，辐射远方。这里的牧民，心静如水，平淡随和，秉性厚道，与世无争。走进拙朴简陋的蒙古包，你会从酥油茶、奶子酒、手抓肉等等一些特色小吃中领略一种并不简单的智慧和胆识，他们对生活的热爱就像甘甜爽口的奶茶，越喝越醇；他们对待朋友，胸怀就像草原一样宽敞。这里晴空如洗，阳光普照原野。绿色从脚下延伸四方，全都沐浴在灿烂和煦的阳光中。这里的空气润人肺腑，沁人心脾，吸一口舒服得让人感觉是在天堂度假。这里离天很近，站在塔格楞山上，可扯一缕洁白的浮云，织成纯洁的哈达……

　　如今，我已经离开曾经学习工作生活的巴音布鲁克草原，但那段难忘的日子足以影响我的一生。对我思念中的巴音布鲁克草原来说，我既然融入了她的怀抱，那么，必然会留在我记忆的石壁上，在我今后的人生路途中刻下这样那样、忽隐忽现的痕迹，时刻会唤起我对她的怀念。这些怀念哪怕是辛酸的、痛苦的，她仍然会有形无形地影响我，唤起对过去难忘的回忆，以此来推动我以更高的热情创造美好的未来！

曾听一位有学问的老者说："人的嗜好也是一种爱情。"这句话的含义我没有细细琢磨。可是，自从离开巴音布鲁克草原之后，我感觉到了我唯一的嗜好就是一种思念 —— 一种对草原博大胸怀的至高无上的爱！生活在喧哗吵闹的城市，功利欲念 …… 我也曾有这样的一个想法：步入巴音布鲁克草原，做一个地地道道的牧民，头顶蓝天，脚踩绿茵，骑着马儿，唱着歌儿，挥动鞭儿，赶着洁白的羊群，在一望无际的原野上实现一个永永远远迷醉在幸福里的梦想。不知这个愿望能否实现，但，我庆幸，我的心曾在那片净土停留过！

巩乃斯之夏

　　唤醒了沉睡已久的孤独，忙得把工作也搁置在了一边。那天，我们五人邂逅在一年当中最美的季节里 —— 激情七月，燃烧的季节！

　　小秦提出我们结伴旅游，大家拍手赞同。活泼的小张则想出一妙计："我们是不是学学古人，把去的地方写在手掌心。"大家又同一阵默契。

　　有人选择游览祖国的大好河山，或是选择地域辽阔、历史悠久、旅游资源丰富的北疆，或是选择烟波浩渺、水天一色的旅游胜地天池，而我们不约而同地选择了到巩乃斯。

　　激情伴着不可阻挡的迫切。第二天下午，我们来到了群山拱围、林海云涛的巩乃斯。这里的景色好像被刚冲洗过一样，美得就像一幅画卷，牧草茵茵，牛羊满坡，林中小溪潺潺、山间云雾缭绕，此时的你一定会感觉到自己在腾云驾雾。此景令人如痴如醉，好一派北国风光。我们五人欢笑着冲向林海，孩子般的笑声回荡在茫茫林海中。

　　巩乃斯像一个迷人的青春少女，是雨后彩虹映衬的天空，点染盛夏的绿原。顺着云梯爬上山顶，你会情不自禁地想起那句著名的古诗"会当凌绝顶，一览众山小"来。你也像超乎了想象中的自己，你会首先想到自己也当了一次孙悟空，只不过不想一个跟头十万八千里，不想让一切美景消失在走马观花的视线里，只想细细领略。

　　巩乃斯素有翡翠王国之称，这里的绿是那么的浓艳，当你站在云梯府首观望，山川、河流、森林尽收眼底，整个巩乃斯像一片绿色的海洋。这

时的你已完全忘记了自己，融化于这一望无际的绿色中。迷人的绿色正如一位多情的蒙古族青春靓妹，敞开怀抱紧紧地将你拥抱，使你流连忘返，你所看到的，是烙印在脑海中的向往，你所听到的，是少女热情的心跳，你所感受到的，是永远的风流倜傥。这时，你开始责备自己没有文学家的词汇，没有诗人的激情，没有作曲家的天赋，你开始发现自己赞美的词句太少太少……

望着那迷人的绿，我的快乐心情在激情中放飞着。可以让心穿越松涛飞翔在高高的蓝天上，可以让大脑在成熟的绿色的温馨快乐中陶醉，可以让生命的绿色在心潮的欢乐中起伏。哦，迷人的巩乃斯，无论是春的希望，夏的力量，秋的收获，冬的孕育，无一不是绿的创造，绿的功劳，绿的杰作。现在我才知道，绿的力量是伟大的生命的力量，是不可抵挡的。巩乃斯啊，愿你是天地中我的另一个家，是生命的归宿，我愿将生命融入你绿色的怀抱！

走进天鹅湖

　　要说起天鹅湖，不得不说巴音布鲁克草原。巴音布鲁克现有可利用草场2620万亩（约174.67万公顷），是新疆巴音郭楞蒙古自治州（以下简称"巴州"）及和静县重要的畜牧业生产基地。在开都河流域的宽谷地带，生长着针矛、狐矛等130多种优质牧草，为发展畜牧业提供了优越的条件。开都河作为巴州的母亲河，其上中游蕴藏着巨大的水能资源。自然成了野生动物的栖息繁衍地和乐园，野生动物种类繁多，有天鹅、马鹿、雪豹等30多种国家一、二级保护动物及各种猛禽。巴音布鲁克草原具有大自然鬼斧神工开成的草原的多层性和多样性。具有各种不同的表现形态，有高山草场、河谷草场、山坡草场、高原草场和高寒草场……

　　从巴音布鲁克西行约50公里，就到了天鹅湖。天鹅湖位于巴音布鲁克草原珠勒图斯山间盆地，海拔2000—2500米，是一个东西长30公里，南北宽10公里的高原湖泊，面积300多平方公里。1986年被批准为国家级天鹅自然保护区，为天鹅的生存和繁衍提供了有力保障。每年的六、七、八月，是这里的黄金季节，湖水漾洄如带、清澈见底，水中生长着大量水生植物和鱼类等，有一种俗称"高山鱼"的鱼种，是天鹅的美食。每逢春末夏初，冰雪消融，大地复苏，旅居在印度、缅甸、巴基斯坦，甚至地中海沿岸诸国的天鹅和雁鸥不远万里结队飞到这里筑巢、换羽、求偶、生儿育女，栖息繁衍。这里非常适合鸟类生存，因而鸟类种类多、数量大。据资料记载，这里有大天鹅、小天鹅、疣鼻天鹅一万余只；还有灰

雁、斑纹雁、白头鹞、燕鸥、白鹭等100多种水鸟，其中灰鹤、黑鹤、羽
鹤、大白鹭、金雕、秃鹫、胡兀鹫等近10种珍稀鸟类，属于国家一、二
级保护动物。秋末时节，天鹅们带着各自"小宝宝"，时而欢腾在热闹的
湖水中，时而击水而起，腾飞高空，阳光下，天鹅、湖水、山峰、白云构
成一幅美丽画卷，连绵的雪岭，耸入云霄的冰峰，构成了天鹅湖的天然屏
障。泉水、溪流和天山雪水汇入湖中，水丰草茂，食料丰足，气候凉爽而
湿润，适合天鹅生长。当地蒙古族牧民特别喜欢天鹅，把天鹅视为"贞洁
之鸟""美丽天使""吉祥化身"。值得当地人骄傲的是，随着天鹅湖的名
气越来越大，这里已成为中外游客的旅游胜地。这里占尽绿色，得天独
厚，故有"不到新疆不知道祖国之大，不到巴音布鲁克不知道草原之美，
不到天鹅湖不知道天鹅之多"之说，自然资源的状况形成了这里独有的
美，再加上西天山做它的屏障，河谷的独特气候，孕育了这独具特色的自
然景观。

　　走进天鹅湖，登高远眺那仿佛从天上流下的湖水，水天一色，十分壮
观。望着几个大"S"形的九曲十八弯河流，你会觉得眼前既美丽又空旷，
而这种空旷超越了心的遐想，你会一下领悟"……宠辱偕忘，把酒临风，
其喜洋洋者矣……"这句古语所表达的深刻意境。绿色的草原、蓝色的
河流、白色的冰川、雄伟的天山，构成了非常优美的自然景观。美丽的天
鹅湖，春天连着秋天，紧接着冬天，没有夏天。但山坡地势降水非常丰
富，每年6月到7月，从路边到原野，从原野到山边，从山边到天边，五
颜六色的草中花，花中草，非常美丽，令人流连忘返，久久不忍离去。

　　呵！天鹅湖，碧绿色的草原簇拥着蓝色西去的河流，赋予了人类最适
宜生活的环境，是吉祥鸟归巢，是平安和平的地方，是人梦寐以求和神往
的宝地。

走进五月的巩乃斯沟

四月二十八日，接到上级通知，我们一行五人结束了巴州工商行政管理系统十三个月的对口交流援且（指且末县）任务，告别了并肩工作一年之久的工商同仁，还有同学和朋友，归心似箭的我准备次日返回，但张斌夫妇盛情挽留，我拗不过，只好等四月三十日起程了。

张斌是我到且末后认识的唯一不在工商部门工作的朋友，他身材魁梧，体魄强壮，黝黑憨厚的脸庞，高高隆起的鼻梁，炯炯有神的大眼，粗犷豪放而又不苟言笑，典型的男子汉气质。他对待朋友是宁可自己吃亏，也不让朋友吃一点亏，或者说是为朋友"两肋插刀"，在所不辞。二十九日晚，张斌夫妇邀请我与秦江一起吃饭，他说："考虑到你有行李等物品，明天我送你们回家吧。""不用，单趟都800公里，明天一早你把我送到客运站就行了。"我心里想，来回1600公里路，现在交通又这么发达，的确没有送的必要。张斌似乎明白了我的意思，微微一笑，风趣而又幽默地说："我们一家到你家过'五一'可以吧！"我见他送的决心已定，只好爽快地说："当然可以。""这就对了嘛。"

三十日一早，阳光明媚，张斌一家三口与我还有秦江一起从且末（巴音郭楞蒙古自治州下辖的一个县）出发了……当汽车行驶在我走过多次的黑缎子似的柏油沙漠公路上，唯有这一次感到心情沉重，我在心里默念着我喜欢和熟悉的《与我同行》那首歌里的词："……脚下的路越长，心中的爱越深……有你与我同行我再累也心甘……"想着想着，我不禁

双眼湿润了，我想起了与张斌每次周末觥筹交错的欢欣，车尔臣河垂钓的嬉戏，昆仑广场闲暇散步的乐趣……这都将永远烙印在我记忆深处。

经过近十个小时的长途跋涉，终于回到了家里，妻子早准备好了饭菜，热情地款待宾朋。酒足饭饱之后，我邀请张斌一家到我曾经工作过的巩乃斯沟转一转，他们欣然应允。我赶紧约了秦江一家和朋友老陶。我之所以选择在五月，一是五月是这里播种希望的季节，二是他们从沙漠腹地来，看看这里铺天盖地的绿野，三是他们大老远从且末送我回来，真正是出于感激之情，也时逢"五一"长假。

第二天一早，还没有迎接到初升的太阳，我们已带着欢乐的心情出发了。秦江一家和朋友老陶则从库尔勒出发，我们在巴伦台会合同行。张斌自幼在且末长大，感受不到巩乃斯沟到底是什么样子，一路上他好奇地问："那里是什么样的景色呢？"我说："这么说吧，塔克拉玛干沙漠长满绿嫩的青草，草丛中开满红、紫、黄等颜色的小花，远处的沙丘上长满松柏……大概就是这样。"

由于修路，车速较慢，我们于下午四点到达了目的地。上午这里刚下过雨，空气湿润清新，树木、花草被新鲜的雨水冲洗得干干净净，像穿上盛装迎接远方的客人。朋友羽飞哥和小韩早都做好准备，热情迎接我们。大家进屋歇息、寒暄。张斌他们顾不上沿途的颠簸、疲劳，小屋的热情难以关闭他们好奇的心，他们走向山边，又是欣赏眼前博大的自然风光，又是拍照摄下难忘的景色，完全回归于那难忘的山水绿野之中。

准备好了饭菜，在三番五次的电话催促下，他们才意犹未尽地说笑着走回，小朋友掐了几朵小黄花戴在了头上，还说要带回几朵栽在花盆里。

朋友一入座，菜便上来了，有香喷喷的手抓肉，油亮亮的辣子鸡，绿油油的爆炒野菜……羽飞哥、小韩以蒙古族礼仪向客人敬酒，热情的蒙古族姑娘在悠悠的歌声中向客人献哈达，快乐冲击着小屋，从门窗甚至墙壁而出，辐射在茫茫的原野，松涛阵阵，那是动听的歌声感动了它们；波涛滚滚，那是巩乃斯河按捺不住内心的喜悦，和着歌声在跳跃……

第二天一早，还没等我起床，张斌他们又走进了欢乐的原野，或掬一口清澈的河水入口，或不时举起相机摄下诱人的画面，或放声高歌，或回味昨晚的歌声和蒙古族姑娘的热情大方。张斌见我高兴地说："昨晚醉，没想到今天更醉！"如果巩乃斯沟是一部作品，那么我敢说忠实的读者很多，就像张斌他们初次倾听蒙古族歌曲，听不懂歌词不要紧，感觉它的韵味，让那动人的歌声，以记忆的方式烙印在心灵深处，时时唤起不可磨灭的回忆，相信读过这部作品之后，一定能品出其中的"味道"。

五月的巩乃斯沟，不同于七八月，远山被皑皑白雪覆盖，从脚下延伸到山脚的是绿茵茵的嫩草，那草嫩得像小孩子的皮肤，忍不住让人去抚摸，抚摸着绿叶，感到生命的脉搏，望着这唯一的绿色风景，全身涌动着人类绿色情感的热流。这是一种孤独的绿，崇高的绿，伟大的绿！那种绿，不是画家笔下调和出来的绿，也不是散文家笔下描绘出来的绿，更不是音乐家用美的音符和韵律谱写出来的绿，是大自然原本的绿，是实实在在的绿，是没有渲染和夸张、也是巩乃斯沟独特的气候孕育出的一种诱人的、不能忘却的、留存在心里的绿。山上阴面的松柏，像刚刚换上了大地母亲、晴空父亲缝制的漂亮的绿衣，在太阳的照射下绿得发亮……张斌他们一个劲地说："真美！真美！"五月的巩乃斯沟，晨有清逸，暮有闲悠，梦随心动，心随梦求，是播撒希望的季节，也是催生万物的季节。

真是春有白雪秋望月，夏有凉风冬听雪，走进一天过四季，巩乃斯沟赏风光。她像一个美丽的少女，毫不害羞地向人们展示原本秀丽的情容和楚楚动人的窈窕身段，美——原本就不应遮掩！正如巩乃斯沟的美，她展示出来的是属于新疆的美，也是中国的美，更是世界的美！

哦，五月的巩乃斯沟呵

我点击整个你看到了你的神韵

我复制你的神韵粘贴在我的心间
我下载我的喜悦把它另存为憧憬
我打开电脑写下这样的祝愿——
你是绿的海洋
走进你就走进了希望……

那　仁

昨天，听说好朋友巴泰从山上回来了，我赶紧放下手头的活，迫不及待地前去看望。

巴泰是我在牧区工作时认识的一位蒙古族朋友，他身材高大，浓眉大眼，皮肤黝黑闪光，快人快语，说笑起来声音像打钟一样洪亮，宽阔的嘴里经常露出两排整齐、洁白的牙齿。总之，他是一个典型的蒙古族线条粗犷的汉子。

一到他家，他起身迎接，我们手紧紧握在一起，好久也不愿松开，就像久别的亲人团聚一样。女主人山巴也听说我来了，热情寒暄，微笑致意，赶紧相让。他家的客厅有淡绿色的沙发，衣架，家庭影院，花架，书柜……一切那么明净、整齐、素雅，散发出一股沁人心脾的芳馨。入座后，山巴也给我倒了水，拿出了糖、自己油炸的食品，还有奶酪。时间久了没见面，我和巴泰好像准备了几麻袋的话，聊起了在牧区共度的耐人寻味的好时光。有草原上骑马嬉戏、拣蘑菇、我俩的车陷泥泞中"泥人"模样推车的画面，有在蒙古包毡房喝着金杯银杯酒和桑加拉敬献的洁白哈达、巴都才次克动人的悠扬歌声、金花和阿丽泰的翩跹优美的舞姿，有我们参加草原那达慕盛会和映红草原夜空的象征草原儿女建设和谐社会的篝火晚会……我与巴泰形影不离，只是民族团结的一个缩影，如今的草原，各民族兄弟和睦相处，共同建设着草原的新生活，编织着幸福美好的新明天！……这些回忆是那么久远而又美好，这种象征民族大团结的兄弟情谊，比草原还辽阔、比哈达还洁白、比蓝天还深邃、比白酒还醇香！

　　说话间，山巴也端来了我在牧区常吃的那仁，巴泰劝我说："我想你可能好久没吃那仁了，今天我们吃个简单饭。"望着令我垂涎三尺的美味佳肴，我一再说："就这个好吃，就这个好吃！"

　　那仁，即手抓肉面，用羊肉和面做成的叫手抓羊肉面，用牛肉和面做成的叫手抓牛肉面，用马肉和面做成的叫手抓马肉面，它是哈萨克族、柯尔克孜族等民族的风味食品。这种饭食肉质酥烂鲜香，肉面合一，食用方便，味道可口。蒙古族同胞吃那仁则把肉煮熟了切成丁，和煮熟的面条加入适量的皮牙子拌在一起，这样食用既可以降血脂、帮助消化，又可以达到开胃、调剂口味的目的。那仁是牧区少数民族待客的佳品，来了尊贵的客人，热情好客的牧民多会做"那仁"招待客人。这也许是巴泰之所以用那仁款待我的原因吧。

　　吃那仁间，巴泰拿出酒说："我们弟兄两个喝一瓶，多说会儿话。"既然巴泰盛情，我客随主便。他家的酒杯真不小，一瓶酒只倒了六杯。还没等我开口说杯子太大，巴泰幽默地说："我们一人三杯，两条腿，一颗心。"说罢端起一杯一饮而尽。看着巴泰喝酒的言谈举止，我的心灵怦然一动，一股热流从心底迅速扩散到全身。我深深领悟了这种淳朴的民族之情，就像读懂草原民族这部作品，需要用心来感受，用情来体味。

　　人具有感情，动物具有本能，这是本质的区别。正如我们两个不同的民族，非常友好地坐下来，一起吃着那仁，喝着白酒，至于那仁和白酒到底有多大的诱惑力，这些是我们所不去考虑和计较的事。真正的友谊比那仁还有感染力，比白酒还隽永深刻。这就是人类感情的伟大之处，是世界上最崇高、最有诠释价值、最有魅力和影响力的，是任何东西都永远不能比拟的……

故乡的冬天

"北国风光，千里冰封，万里雪飘……"毛主席的词句把北国的冬天描写得淋漓尽致。作为一个北方人，生在新疆，长在新疆的我，已经习惯了这里的冬天，也喜欢这里四季分明的气候。故乡的冬天给人的感觉总是那么轻盈，那么安分，那么温柔，表面似乎是安静的，其实内在是有思想，有感情，有理性的。我认为故乡的冬天可与春的温柔、夏的妩媚、秋的成熟相媲美。

故乡的冬天来得比较早，每年十月中旬，天气就开始变化了。北风呼啸着刮落杨树柳树的一片片叶子，天天如此，直到扫完树顶的最后一片叶。所以新疆人常常有这样的说法："冬风不刮消地不冻，春风不刮冻地不消。"这也说明了新疆是多风少雨天气。在冬风的催促中，冬天迈着沉重坚定的步子来了，一直到来年的四月份左右才依依不舍地离去，天气才开始转暖。

故乡的冬天很美。大雪下过，路上厚厚的雪，白白的，松松的，踩上去发出嘎吱嘎吱的声音，像是在演奏一首美妙的歌曲。从家里出来，路两边的树上都挂着白白的积雪，那树挂真像是一幅惟妙惟肖的画。公路两边放眼望去，一大片雪地，白白的，让人耳目一新，产生无限的遐想。看到一片一片的雪花，那种感觉好美丽啊！我忍不住，迫不及待走出去透透空气，感受雪花从天而降。走在故乡的原野上，感受着那种令人心颤，无法复制的奇妙的感觉，也是莫大的享受了。蓝天，白云……把你融入一个清新、一尘不染的世界，把一望无际的洁白、苍茫送入你的眼帘，把纯净如水的空气注入你的心肺。天地融为一体，没有喧嚣没有雕琢。一切是那么自然，和谐。晶莹的雪花覆盖了所有美的和不美的景象，林海雪原呈现在你的眼前，它不仅净化了你的脚印，你的呼吸，而且净化了你的思想，你的灵魂，擦洗出一个坦荡的心胸。习惯了生活在新疆冬天的我，才发觉自己是如此地眷恋着她，眷恋着故乡的冬天。

故乡的冬天更冷。水在屋外瞬间就可以凝成冰。路上的行人都穿得厚厚的，系上围巾，戴上手套。寒冷的冬天对于故乡的庄稼人来说，既是一个清闲的季节，也是一个绝不可少的季节。劳碌了大半年的乡亲们，在秋去冬来的时候便开始停下繁忙的身影，洗去满身的尘土。他们要在冬天彻底放松疲惫的身躯，静养生息，以待来年的春耕。冰天雪地的时候，关系好的、爱好相同的、玩得起的便开始聚居到一起，相互吃请，围坐在炉子旁，或打麻将、或玩扑克、或下象棋……之后，摆上几碟小菜，炖上一锅手抓肉，当然也少不了小酒，大家一边津津有味地吃着喝着，话题也逐渐开始转入了"正题"，唠一唠生活琐事，聊一聊农忙闲话，侃一侃家庭收入，交流交流来年计划，大家开怀畅饮，无话不谈，虽然不是节日，却也像过节一样热闹。火炉熊熊燃烧，象征着生活就像这火炉一样红红火火越燃越旺，像芝麻开花节节升高。也许这就是生活的规律，生命意义的终极所至。孩子们似乎不怕冷，在结冰的地上，滑着自制的冰车，嬉戏打闹，直到大人散去，听到家人呼唤自己的乳名时才知道回家。冬天是寒冷的，正因为有了"寒冷"，才有了大人和孩子们忙中偷闲的乐趣！

这样的冬天，真好。虽然没有春天的奇花异草、夏天的姹紫嫣红、秋天的瓜果飘香，皑皑白雪覆盖大地，细细领略，这就是冬的韵味、冬的博大、冬的安逸、冬的空旷！

和静雾凇

作为一名地地道道的北方人，新疆人，土生土长的和静人，自入冬以来，能让我产生兴趣的当然莫过于雪和雾凇了。

雾凇俗称树挂，是大自然中较为常见的现象。如果你在这个季节来北方，来新疆，来和静，你会在和静的每一个地方，看到雾凇的身影——她仪态万方、独具丰韵，就像体态婀娜的北国少女，敞开丰腴的胸怀欢迎各位宾朋，让络绎不绝的摄影爱好者和游客赞不绝口。我大胆地说：雾凇装扮了和静，美化了边疆，不愧为北国的一枝独秀！

今年的雾凇仿佛来得很特别，一场大雪后的和静显得分外妖娆，蓝天、白雪、雾凇同时来到，给美丽的和静带来勃勃生机。市民、旅游者和摄影爱好者纷至沓来，一赏这难得一见的雾凇美景。一些来自外地的游客情不自禁地在雪地上打起滚来，尽情享受大自然给他们带来的快乐。乘车行驶在和静县城通往乡镇的公路上，公路两旁"忽如一夜春风来，千树万树梨花开"，柳树结银花，杨树绽银菊，把人们带进如诗如画的仙境。当人们在观赏玉树琼花般的雾凇时，都会感到空气格外清新舒爽、滋润肺腑，这是因为雾凇有净化空气的内在功能。其实，作为干燥的北方，渴望雾凇也算是一种期望和等待了。

有关资料显示，中国是世界上记载雾凇最早的国家，我国古人很早就对雾凇有了许多称呼和赞美。早在春秋时代（前770年—前476年）成书的《春秋》上就有关于"树稼"的记载，也有的叫"树介"，就是现在所称的"雾凇"。"雾凇"一词最早出现于西晋时期吕忱所编的《字林》里，其解释为："寒气结冰如珠见日光乃消，齐鲁谓之雾凇。"这是1700多年前最早见于文献记载的"雾凇"一词。

而最玄妙的当属"梦送"这一称呼。宋末黄震（1213年—1280年）在《黄氏日钞》中说，当时民间称雾凇为"梦送"，意思是说它是在夜间人们做梦时天公送来的天气现象。

置身于雾凇之中，我目不暇接。此刻，我无心研究古人如何用"树稼""树介""梦送"谓之，我只想在我迷恋的风景里找回自己的幻觉。因为她美丽皎洁，晶莹闪烁，像盎然怒放的花儿，被称为"冰花"；因为她不屑一顾凛冽寒流席卷大地、万物失去生机之时，像松柏凌霜傲雪，像腊梅在斗寒盛开，韵味浓郁，被称为"傲霜花"；因为她像气势磅礴的落雪挂满枝头，把神州点缀得繁花似锦，景观壮丽迷人，成为北国风光之最，它使人心旷神怡，激起各界文人骚客的雅兴，吟诗绘画，抒发情怀，象征了中华民族所不可或缺的质朴、坚强、力求上进的精神，被称为"雪柳"。不信？你瞧！它那又粗又黑的树干上结满了晶莹剔透的霜花，枝头的凇花似银针，在阳光的照耀下，银光闪烁，十分耀眼，许许多多的"银针"组合在一起，形成了一支高低错落的"队伍"。三九严寒，大地冰封，远远望去一片雪白，蔚为壮观。无论杨树柳树还是沙枣树，或者其他树木，在雾凇里姿态优美，枝干强劲，饱经风雪，它的各个枝条，层层叠叠，连绵起伏，云雾缭绕，有浓，有淡，好似那幻想中美丽的人间天堂。这时，我仿佛置身于画中，摸了摸洁白美丽的雾凇，又碰了碰被冻得硬邦邦的枝条，顿时我感觉手上有一股凉丝丝的感觉，我这才从画中"跳出"，刚定了定神，又被吸引住了，我这才知道已经无法走出这雾凇世界了。

身陷雾凇"沼泽"，倒也心甘情愿。当天夜里，我满脑子尽是雾凇的影子，夜不能寐，奋笔疾书，写下了《雾凇·痴情》：

知道吗，你的惊喜

把我人生的灿烂

画成永恒的美艳

于是，你便在我深深的夜里

进入我甜蜜的梦想

我知道呵，你似雨

从心间的沟壑中流过

你似霜

自天间殿堂里飘来

我就想呵在这个季节里

一身呵护你的清纯……

赛尔木村的神奇美

如果说巴音布鲁克草原是宽阔无边、横无际涯、逶迤连绵、绿遍山野的大气之美；那么，赛尔木村便是择水草居、色彩渲染、墨线勾勒、山花烂漫之隽秀，是巴音布鲁克草原的景中之景。

时至初秋，风懒懒地、缓缓地在赛尔木村的草海上移动着，无声无息。依然淅淅沥沥的小雨，打扰了这个青翠的早晨，打破了草原的寂静。雨水毫不留情地打在蒙古包上，发出噼噼啪啪的响声，又顺着毡布流下来，落在地上，一会儿消失得无影无踪了。碧草贪婪地吮吸着雨水，滋润自己，像绿毯一样柔润，像铺在地上的被褥一样软绵，给草原以生机，给大地以光彩。本来想去爬山，现在只好望山了。弯腰从蒙古包出来，朦朦胧胧，云里雾里的感觉便在眼前了。真是"水光潋滟晴方好，山色空蒙雨亦奇"。远处的山，近处的蒙古包，迷迷蒙蒙、烟雾弥漫，宛如海市蜃楼一般。一座座山峦连绵起伏，隐隐约约，如同人间仙境。硕大的草场，刚刚浸染过的绿，透着新生的青嫩，仿佛是绿意朦胧的海洋。

赛尔木村因地处巴音布鲁克草原腹地，故而降雨量大，空气湿润，植被众多。有"看见一片云，飘来一阵雨"之说。不远的山，笼罩着一层轻纱，影影绰绰，在缥缈的云烟中忽远忽近，若即若离，就像是几笔淡墨，抹在蓝色的天边。广袤的绿色原野上，有野花，有草甸，有坡地，有山丘，有河流，有雪山。雨中的赛尔木村，烟雨如织，黛青的底色，缭绕的云雾，是素到极致的婉约，无须涂脂抹粉，修饰边幅。细雨如万条银丝从天上飘下来，像美丽的珠帘。对于久居城市的人们，这种踩一脚泥土的芬芳，闻一地花草的气息，听一处落雨的声音，让身心放飞在大自然之中，无疑是最惬意了。眼前的雨雾，虚无缥缈，像幅中国山水画，妙手丹青，出神入化；像一位成熟的蒙古族姑娘，有初恋般的羞涩，还有热恋般的多情；像一首传唱已久的草原歌曲，惊艳了时光，丰盈了岁月，带不走记忆……沙沙的小雨，淡淡地把天地涂抹成浓白的清澈，悄悄地扑在人们的脸上，一种清润的凉沁人心脾，雨把赛尔木村洗刷成了神秘的天堂。

雨后的赛尔木村，蒙古包袅袅的炊烟，升腾着神奇的氤氲。带着露珠的植被翠色欲滴，绿意盎然，郁郁葱葱，广袤俊秀。彪悍的马儿驰骋草原、自由奔跑，披着棉衣的牦牛甩动着粗粗的尾巴随心所欲。羊群悠闲地在草原上吃草，远远看去，像白蘑菇般点缀在草原上，格外醒目。天空从浅蓝色到宝石蓝，变幻莫测，浩瀚璀璨，每一种颜色都有它独特的风味。白云在蓝天和茸绿的草地间游荡，微风中的草丛、山花一起跳动，抖着露珠，好像比雨后谁更美。山谷间的云朵或幻化成长龙游浮于半山腰，或滚作一团团棉絮依附于山峦，或变成长长的绫罗系在两山间，或腾起一卷一卷的波涛游走山涧，或像一个巨大的曼纱把山峰拥在那儿……雾从藏匿的山谷汹涌而来，像轻盈的帷幕，飘悬空中，又似香炉里生出的紫烟，笔直升起，让这里增添了梦幻般的意韵。天晴过后，碧空如洗，彩虹就在这时飘飘然出现在天边，划破了蔚蓝，像一座跨越苍穹的拱桥，又如一条瑰丽的丝带飘洒地舒展开来。不大一会儿，彩虹慢慢消失了，融化在天空中，仿佛诠释一个永远不会凝固的梦境。这种神奇美，难道不正是赛尔木村在巴音布鲁克草原上的图腾，大自然最美的杰作吗？

自然灵性的各式植被和种类繁多的飞禽走兽构成了巴音布鲁克草原如画的风景，赛尔木村则如同镶嵌在巴音布鲁克草原的翡翠，是巴音布鲁克草原中的草原，蕴含了巴音布鲁克草原所有的景致，又超越了巴音布鲁克草原之美，集细腻与柔美、热情与大气于一身，是巴音布鲁克草原雕琢的精华。

邂逅赛尔木村，渴望的就在视野里，描绘的就在遐想里，憧憬的就在心坎里。我惊诧于这里与众不同的神奇美！

巩乃斯看景

巩乃斯，看不够的如画风景，赏不尽的如诗美景，写不完的别样风情。

—— 题记

花海班禅沟

班禅沟位于新疆维吾尔自治区巴音郭楞蒙古自治州和静县巩乃斯景区以南，为两青山相夹的一条山沟地带，原名茶汗乌苏沟，1984年7月，因全国人大常委会副委员长班禅额尔德尼·确吉坚赞来此坐禅、诵经而得名。

称班禅沟为花海，怎么也不为过，不折不扣的花的海洋！

在很多草原上，花是草的点缀，朵朵鲜花在绿草的映衬下，妩媚娇艳。而在班禅沟，却很例外，草成了花的点缀。远远望去，没有松的山坡，从沟底到山顶雪线以下，全都被厚厚的绿草覆盖着，那厚厚的绿草上面浮着一层美丽的山花，有红的、粉的、黄的、紫的、白的等等。每一朵盛开的花，都是一株怒放的生命。满目流彩的各色山花，像是铺上了五彩斑斓的花毯。置身于这花的海洋，就如走进天堂一般。

看到漫山遍野的花开，才觉出辽阔是无法用脚丈量的远。极目远眺，花成为"主角"，近处的花，姹紫嫣红，开得生动；远处的花，百花争艳，开得绚丽；更远的花，灿若云锦，看到的只是彩色的线条了。站在山下，这些色彩从脚下漫无边际地延伸到山坡上、山顶上，延伸几公里、十几公里、几十公里的地方，这些花随着山坡的起伏而起伏，或冲向远方，或铺向山坳，或越过山顶，或扑向另一座山峰，就像是给群山披上了一件大大的花衫。微风吹过，形成了花的波浪，一波又一波向前翻滚，连绵起伏，延伸远方……云雾缭绕之时，天地间笼罩在白雾中，远处的山朦朦胧胧，近处的花草、树木，在浓雾中时隐时现，幻化成千奇百怪的形状。或如一幅轻盈的帷幕，飘悬空中；或若一缕青烟从香炉里逸出，笔直升起，随风飘荡；或似乳白色的薄纱，如梦、如幻、如诗、如画，挥不走，扯不开，斩不断，梦幻了视线。班禅沟的雾，在翠林如海里，丰富多彩，变幻莫测，苍黛凝重。给这群山增添了无穷的魅力，仿佛进入了虚无缥缈的"仙境"之中……

　　一方水土养一方人，一方山水养一方风情。班禅沟，极具委婉柔情，又有豪迈奔放，得天独厚的地理条件受润于它一方灵气，使这里生成了一幅活的山水画。班禅沟分别生长着野韭菜、野沙葱、野大蒜、椒蒿、车前子、藁本、艾草、野芹菜、大黄、马齿苋、蒲公英、雪莲、天山贝母、麻黄、甘草等二十几种野菜和中草药；有长毛银莲花、美女樱、聚合草、老鹳草、金莲花、勿忘草、糙苏、波叶大黄、蛇床等山花野花。有雪鸡、黄羊、马鹿、熊等国家二三级保护动物。大自然因为有花的存在而多姿多彩，芳香四溢，光彩绚丽。班禅沟的花，始终释放着人世间的美丽，让每一个赏它的人都能领略到自然之美，用一种宁静和从容，温柔地聆听花开花落的声音；让懂它的人神会魅力的真谛，不需要华丽的修饰，不需要胭脂花粉的妆饰，更不需名贵花卉的衬托，它以独有的千般娇媚，万种风情，或开在空旷的山野，经历着风雨的日夜洗礼，依然绽放；或开在深深的山谷中，孤芳自赏，寂寞一生；或开在高高的山崖，即使凋谢也留有余香，独自享受辽远；或开在丘陵山谷林海，草原雪山冰川，与茫茫绿野交相辉映，构成一幅浓墨重彩，气势磅礴的油画；或开在山涧峡谷，静默地吐露幽渺的芬芳，多姿多彩，透彻晶莹。

当游览车驶进班禅沟，花海和白色车搭配的效果宛如"天仙配"，就仿佛是婚礼现场，在山花烂漫时，和心爱的人一起出现在花海中，引发无数动人的遐想。走在花丛中，头顶着蓝天白云，四周尽是山峦、松树、绿草、野花……置身在这唯美的大自然怀抱里，心一下子就酥醉在无限风光里。山花似乎看不到边际，如海洋一般广阔；风吹来时，花浪起伏，如同大海的波涛翻滚。

山花满绿地，青松挺上天，人在此间行，飘然若成仙。走进班禅沟，让人的心灵一次次在五颜六色当中洗礼；身在班禅沟，仿佛进入一方人与自然和谐相处的世外桃源；人在班禅沟，时时处处都沐浴在一种既有原始古朴乡土气息又有现代时尚的曼妙空间之中！

班禅沟的神奇美，以及源自它深处的内涵，都值得簇拥在它的怀里，捻一缕清幽，静静地注视和惊叹，继而在心灵的田园上植下一株株翠绿，一束束花香，将花草树木的素雅芬芳妥帖珍藏，永恒成世间美好和人间天堂！

苍翠巩乃斯

巩乃斯森林公园地处新疆维吾尔自治区巴音郭楞蒙古自治州和静县城西北部255公里处。东西长55公里，南北宽32公里，公园面积为78546公顷，国道218线横穿景区。汽车从火烧桥缓缓驶入，沿着黑缎子似的蜿蜒公路，过草原、爬达坂、越林海，渐渐进入巩乃斯景区。巩乃斯像一条龙，从山川平地间拔地而起，卧在新疆大地上。

盛夏的巩乃斯景区松柏参天，林木葱茏，绿草如茵、河水清清，山花烂漫，清爽宜人……一棵棵挺拔的松柏，屹立不倒，衬托得巩乃斯天更高、云更白、地更广。山、水、树的结合，有原始森林的自然风貌，有亭台楼阁的人文景观，又有踏上木栈道欣赏醉美风光的惬意。山云、岭雾，游人置身其中，仿佛天人合一、人与自然和谐相处，优雅，美丽，宁静，富有勃勃生机。

清晨，漫步巩乃斯景区，天空水灵灵的一片，近的叠着远的，一层一层，由深到浅，像是一幅水墨画，浓墨重彩总相宜，分得格外清楚。这时的巩乃斯仿佛还在沉睡中，令人不忍打搅。对于久居城市的人们，山间的风，清凉透爽，拂去心中的干燥，长舒一口气，如同汲取最甜美的甘露，从头爽到脚底。

在山脚下，抬头之间，就可以看到一条公路，在群山中间，若隐若现，如一条黑色的蛟龙，在林海碧草之间兴风作浪。有掀起浪花的狂舞，有波涛起伏的汹涌，有风起呼啸的躁动……似乎增添了几分神秘。这条公路，看不到起始，也看不到尽头，极目远眺，跃上了天空，如同天空垂下的绶带。幽幽山谷，野草在脚下羁绊，山外青山，景外有景，美丽的景色，根本望不到边，没有被山遮挡住，迷了眼，醉了心。

山，高低不平，起起伏伏，却又充满着诱惑。满眼都是植被，装满苍翠。这里除了漫山遍野的松树和山花，还出产雪莲、贝母等名贵药材。如同巨大的动植物宝库，或者说是动植物王国。雪鸡、狐狸、旱獭、猎隼、马鹿、棕熊等动物出没在森林和草丛间，悠游自在。辽阔的草原，美丽的山岗、群群牛羊和点点毡房构成草原之夏的生活圈。远远看去，就像长在碧绿山谷的野蘑菇，为壮美的大草原增添了盎然生机。朵朵白云，似娇柔的天女在深蓝的天空飘来飘去，岂不是也在眷顾万绿丛中点缀的缕缕色彩？

一棵棵屹立的松柏，翠色欲流。它没有桃树的争奇斗艳，也没有白杨的硕大叶片，更没有秋天里胡杨的一身金黄外衣，稳稳地立在春夏秋冬，任凭风儿摇晃，毫不动摇；草原辽阔，一碧万顷，像一个硕大无比的墨绿色的大翡翠漫过山坡、山崖，伸向带有雪边的峰巅，苍莽浩渺，气势逼人。一缕阳光，带着热情，带着温柔，带着妩媚，罩着整个色彩斑斓的原野，树木的影子在它们身上掠过，变成一大片一大片深绿色的阴影。水蒸气蒙蒙升起，每一朵小花，每一棵小草，散发出馥郁的气息。高耸入云的松柏，魁梧挺拔，朴实健壮，就像笔挺的年轻战士站在哨位上。山地、河谷、草原并存，溪水潺潺，泉水叮咚。河湖泉涧，野果山花，珍禽异兽，应有尽有，放眼巩乃斯，草原恰似给一座座山铺上了地毯，绿底银边花带，在蓝天映衬下尤显华丽而气势恢宏。如同看到记忆深处一张张珍贵隽永的美丽照片。

奔腾的巩乃斯河，如明镜一般透亮，如玻璃一般透明。巩乃斯河任性地袒露在阳光下，奔腾不息，绚丽多彩，流过山谷，流过草原，流过茂密的杉树林，像滚沸了一样，到处是涛声浪花，带着盛夏的问候。远远看去，像一条发光的银项链。河水在参天大树的掩映下有一种身心回归大自然的飘逸和旷荡，在这静谧里没有尘世的喧闹和流走的劳顿，如箭离弦，如马脱缰，如虎出山，一直延伸到松林山谷尽头，流向希望的远方……

顺着栈道登上山顶，眼前豁然开朗，近处山岚弥漫，远处苍山绵延，脚下绿树满坡，头顶白云飞渡……露珠打湿的记忆，濡染着一缕怀念，渐渐邈远。这种山中绝景，吸天地之灵气、吞乾坤之光华而茁壮生长，也许在巩乃斯独有。

郁郁葱葱，遮天蔽日，山花烂漫、争奇斗艳，鸟语花香，流水潺潺，牛羊满坡，一路美景。这就是天然画卷巩乃斯。走进巩乃斯，就有最美的景；有最美的景，心中就有巩乃斯！

用时光之笔，岁月之笺，将最美的邂逅写在心间，将芬芳的初遇一路珍藏。每每回首巩乃斯的足迹，总感到有一丝植物的清香沁人心脾，温暖着我渐行渐远的里程。如若能听懂植物的声音，巩乃斯森林公园将带给我怎样的一种酣畅？

仙境阿尔先

阿尔先景区位于新疆维吾尔自治区巴音郭楞蒙古自治州和静县巩乃斯镇。"阿尔先"蒙古语意为"圣水",阿尔先因温泉分布广、泉孔多、水温高、水质甘甜、含有多种矿物质和微量元素,以医用保健疗效高而闻名新疆,乃至全国。阿尔先松杉密布,翠谷鸟鸣,气候凉爽,是避暑、休闲、旅游、疗养、药浴的理想地。

阿尔先,宛如一块碧绿无瑕的翡翠,静静地镶嵌在山谷间,与四周环绕着的郁郁葱葱的树木,连绵不断的青山绿水连在一起,构成了一幅妙不可言的天然风景画,令人胸怀舒阔、心境澄明,深深地沉醉于这山水的环绕交融之中。行走于此,如临绿色长廊,碧水和四周翠绿的松树等相映成趣,浑然一体,别具一番韵致,不能不惊叹于这里的美!唐代诗人孟浩然有诗曰:"绿树村边合,青山郭外斜",似乎就是这里的写照。

阿尔先群山环绕,天水相映,山清水秀,鸟语花香。温泉附近的高山瀑布,海拔3400米,冰川消融水从30米高的峭壁上端飞流而下,飞花溅玉,雾涌云蒸,颇为壮观。坡谷中云杉挺立,高山草甸平铺,生长着党参、贝母、冬虫夏草等名贵药材。附近的断崖上,有许多岩画,以相传温泉守护神 ——"香宁神"最引人注目。不同泉眼流出的泉水有着不同的药浴效果,也就有了不同的神奇传说,真是一泉一故事,一泉一典故。所有这些历史传说和典故,都为阿尔先蒙上了一层极富想象力的神秘面纱。在这里,天气变化无常,时而艳阳高照,时而风起云涌,霞光、云雾、彩虹、雾瀑等奇观交相出现,蔚为壮观。

雾起之时,间杂在茫茫云雾里的红黄蓝白紫等颜色的山花,朦朦胧胧,蕴含隐约中的美。看远处,云雾绕在巨峰怪石上,像是仙女穿着纱裙,腰系飘带,婀娜多姿,似乎可以看到羞涩的面庞;云雾挂在树梢上,似薄纱,似挂前川的瀑布,轻舞飞扬;云雾落在山坳里,像白雪飘下,像丝绵覆盖山峦，袅袅婷婷；云雾淌在山涧里，如山涧溪流，如琼浆清澈，伴随巩乃斯河绵绵长长；云雾和在微风里，徘徊徊徊，断断续续，浓淡两相宜。这姿态万千，变幻莫测的奇观，使人如临仙境，让阿尔先更具辉煌和壮丽。

　　来阿尔先，千万不能错过哈尔巴西沟万亩油菜花。这让原本娟秀的景色更加添姿增色。哈尔巴西沟油菜花，是由巩乃斯景区自行研发种植的集观赏性与功能性为一体的山区景观。它不同于其他油菜花，开在阳春三月。这里的油菜花开在盛夏，如同热情的胸怀。漫山遍野的油菜花，在起起伏伏的山坡上生长着，如同大海一波波流淌的浪花，氤氲扑面而来的一缕缕清香。强烈的淡淡的金黄色的色彩，一丛丛，一簇簇，一片片铺天盖地，与天地相连，把大地构成一幅幅壮观多彩的图画，当偶尔一阵微风吹来，它似天地一色的一望无际的茫茫汪洋，金波闪烁，又像一个硕大无比的金黄色的地毯，铺设成恢宏的气概。莽莽山野，被油菜花淹没，在金黄色油菜花的辉映下，构成了一幅幅美丽的图画。金黄色的油菜花成了蝴蝶的天堂，五颜六色的蝴蝶在金黄色的舞台上，跳着柔和而优美的舞，一会儿在空中悄悄飞旋，一会儿静静地停留在油菜花上。油菜花的美丽也吸引着成千上万的蜜蜂，它们迅速地扇动着翅膀，转动着眼睛，挥舞着小腿，不辞辛劳地授粉采蜜。观万亩油菜花，已成为巩乃斯景区一道亮丽的风景。

　　阿尔先一座座拔地而起的雄伟山峰，树木繁茂，群山连亘，陡峭突兀，宛如一条蜿蜒盘旋的巨龙，环绕着整个草原。远看，苍翠峭拔，云遮雾绕，怪石嶙峋，或巨崖直立，或横断其上，或直插山腰，或如苍龙昂首……有的像巨人矗立，有的似骆驼昂首，有的如骏马奔腾……形态各异，活灵活现。影影绰绰的群山像是一个睡意未醒的仙女，披着蝉翼般的薄纱，含情脉脉，凝眸不语。俯瞰足下，白云迷漫，环视群峰，云雾缭绕，一个个山顶探出云雾外，似朵朵芙蓉出水。远望，山顶千年积雪，像

　　一位久经沧桑的白衣老人安详地卧在那里，不管春夏秋冬，总是一身洁白。当日出时的万道金光照射到积雪的山峰，像给山峰戴上了黄金的桂冠，银光闪闪，分外妖娆。

　　游走于阿尔先，车窗外是远到天边的一座座山，大到无边的一片片草场。蓝天白云下画出柔和的曲线，让这里多了诗意和浪漫。

　　这种很独特的美，大概只有在阿尔先才能看到。

巴音布鲁克草原冬韵

巴音布鲁克草原位于新疆维吾尔自治区巴音郭楞蒙古自治州和静县境内。它地处天山山脉中段的高山间盆地，四周为雪山环抱，海拔约2500米，面积23835平方公里，是中国第二大草原，仅次于内蒙古自治区鄂尔多斯草原。巴音布鲁克蒙古语意为"丰富的泉水"。巴音布鲁克草原地势平坦，水草丰盛，是典型的禾草草甸草原，也是新疆重要的畜牧业基地之一。那里不但有雪山环抱下的世外桃源，还有"九曲十八弯"的开都河盛景，更有优雅迷人的天鹅湖。

有人说秋夏的巴音布鲁克草原起伏着绿色波浪，层层叠叠、蜿蜒屈伸的优美，是它的"黄金季节"。我只能说，你过于偏激狭隘了，只看到了它的一面，远远不能代表它的全部。秋夏的巴音布鲁克草原固然很美，但冬天的巴音布鲁克草原，同样有着迷人的远山，神秘的湖水，展翅的雄鹰，开阔的视野，让人在一望无际的遐想里流连忘返！

巴音布鲁克草原的冬天，往往在没有相约里，悄然而至。它比任何人的想象还要广阔，广阔得漫无天际，就像远去的马蹄声，驮着一路的唐诗宋词行走在远古的空旷里。

春天姗姗来迟，夏天转瞬即逝，秋天秋风萧瑟，冬天时过境迁。这就是巴音布鲁克草原的冬天，它的冬天长得像一部童话，写满了风趣的故事。不去体验，可能会读不懂。可不是吗？在巴音布鲁克草原，六月穿棉袄不觉新鲜，八月飞雪不是夸大，围着火炉吃西瓜不是传奇，突然降温不在梦里。在冬天里，呈现在你眼前的它又是怎样一幅景象呢？"千里黄云白日曛，北风吹雁雪纷纷。"纷纷扬扬的雪花，漫天飞舞，跳着轻盈的舞步，从空中飘落。整个草原就变成了银色的世界，仿佛冬天的化妆师给草原化了一个纯洁的雪白的妆。仿佛一切的喧嚣与热烈，狂躁与泛滥，不安与焦虑，都渐渐冷却，只有宁静淡然植根在人们的心田。返璞归真，从此眼里延伸着一份静谧一份美好。

冬天，裸露出草原生命的精神风骨，它呈现给世界的，只有不屈的骨骼，顽强的生命，铮铮的豪气。它从不附和春天的早与迟，不攀爬夏天的暖与热，不媚笑秋天的短与快，在空静、博大、精深的天地里，不去打搅从窗前掠过的纷扰，不去扰乱活蹦乱跳的迷人光彩，不去骚扰鸟鸣虫唤的莺歌燕舞……而是，如同雪花，像轻轻盈盈飞舞的白蝴蝶般纵情飘舞，挥洒自如，让心默默地皈依洁白的神圣。

雪后的巴音布鲁克草原的清晨，睡意蒙眬里，太阳慢慢地透过云霞，完整地露出早已涨得通红的脸庞，像一个害羞的小姑娘。当你轻轻推开房门，极目远望，银装素裹，阳光白雪布满天地，充盈大地万物，分不清哪儿是地，哪儿是天。白雪已刷新了整个草原，如同铺上了一条厚厚的地毯，走在上面发出咯吱咯吱的声音，随后留下了一串串深一脚浅一脚的清晰脚印。你会倏然间想起"天苍苍，野茫茫，风吹草低见牛羊"的古诗。在云雾与白雪之间，隐约可以看到两匹骏马之上骑着的男子忽有忽无的扬鞭策马，奔着羊群而去，为苍茫质朴的大草原锦上添花地增加了一缕色彩。也有三五成群的小孩，他们穿着五颜六色的衣服，像花瓣一样飘来飘去，在雪地上尽情地追逐着、嬉戏着，滚得满身是雪，欢快的笑声回荡在一望无际的原野上，又在冰封的大地辐射散开。冬天，感受一下巴音布鲁克草原的蓝天与大地，高远与深邃，宽广与悠远，还有冰与雪，牧民与火炉，从牧民的憨厚与朴实里，你会感到这里并不像想象的那样刺骨寒冷，似乎又觉察不到寒风像绣花针扎着人的脸颊，有的是凉爽而又梦幻的气息，有的是清凉而又柔和的清新。置身在这样的冬景中，那种氛围，那种情趣，那种格调，会让你心旷神怡，宠辱偕忘，在记忆里构成一个完美的季节。你会在淳朴而自然的情境里，找到不一样的自己，找到不一样的心情，找到不一样的快乐。

巴音布鲁克草原的冬天，又是冷峻的。如同新疆人冷酷而豪放的性格。尖刻起来，北风凛冽，张扬出自己的个性，如同一种气节，或从嶙峋的山谷吹出，或从无垠的大地袭来，吼出悲壮的西北风，长啸旷野，如入无人之境，巨翅翻卷，风号雪舞，肆虐大地，狼藉一席，不惧命运注定，敢与规则抗衡，勇于挑战逆袭。这何尝不是一种英雄气概？豪放起来，又似沸腾的熔炉，袒露一切，直面应对，不铺陈，不粉饰，不矫情。冷酷里蕴含勃发的热情，幽深里写满大度与慷慨，荒凉里孕育万象的丰美。似乎能听得见它急促的呼吸、感觉得到它大鼓一般的心跳、看到它捧腹大笑的爽直。此刻，我对它的褒奖与热爱，让文字带着无尽的遐想，天高地阔，浮想联翩。在山有棱里博取广采，在似水彩画的秀润里兼收精华，在孤傲刚直里饰美极目，让炽烈的爱被眼前的各具姿态，震撼人心。其实，这是一个写作者最大、最深沉、最激越的幸福。这岂不是一种宽大胸襟？巴音布鲁克草原的冬天，有着纯洁的美。雪天、雪地、雪路，白茫茫的一片，天地交融成一体，构成了宏伟壮丽的世界。抬头望去，每一片飞舞的雪花，在阳光的映射下，仿佛就是一簇簇从天上洒下来的银屑，绽开了璀璨的银花，晶莹剔透。茫茫的天地间，一切事物都是白色的，流露出它那清淡、洁白的主色调。正如人生里为自己保留的一块孤独宁静的田野，只为简单、清纯、静雅、妩媚，只为在空旷与辽远里释怀，穿过云霄，放牧灵魂。

地处巴音布鲁克草原腹地的天鹅湖，是亚洲最大、我国唯一的天鹅自然保护区，栖息着我国最大的野生天鹅种群，平均海拔2400米，总面积约1100平方公里，由无数条弯弯曲曲的大小湖组成。开都河弯来绕去，形成"九曲十八弯"的奇特景观。河水清澈见底，如同被白云擦过的蓝宝石一般，仿佛是一条奔腾的巨龙永不停息。阳光照射下，河面泛出银色的微光，仿佛是天上的银河降落在人间。苍鹰等鸟类在天空静静地盘旋，守候着这片神秘的草原。虽是冬季，也有不忍离去的天鹅轻轻地拨水，在湖中梳妆打扮。携带"长枪短炮"的摄影家们忙碌地举起相机，咔嚓咔嚓，定格美好的瞬间。每逢春季，冰雪解冻，春暖花开之时，旅居在印度、缅甸、巴基斯坦，甚至远在黑海、红海和地中海沿岸诸国的以大天鹅、小天鹅、疣鼻天鹅为主的上万只珍禽，不远万里，成群结队地飞到巴音布鲁克栖息繁衍。当冬季来临，它们又携带家眷，飞越喜马拉雅山向南离去。雪后的天鹅湖，整个湖面被大雪覆盖，四周万籁俱寂，偶尔天空中飞下来灰鹤、灰雁、鸬鹚、黑鹳、云雀等鸟类，扑棱着翅膀，扇起几片雪花。湖边被一片白雾包围，不大一会儿，头上便积聚了数以亿计的小水珠，就像满天星般点缀着。天鹅湖是自然之湖，是上天对这方热土的馈赠。蓝天映衬了湖之深邃，白云舞动了湖之灵气，阳光照亮了湖之姿彩。太阳跃出山峦，两岸结冰的湖面变得像一面镜子般澄澈，好像天空也一下子变得无比的高蓝。天有多高，湖即有多深，天有多蓝，湖即有多蓝，云有多白，湖即有多白。水天之间，水天一色；山水之间，水与山影相接。蓝天、白云、山水、水草、飞鸟……你不用抬头在天上找寻，也不用在山间看白雾弥漫，湖中自可一览无余。当雾起之时，总感觉自己在高高的云层中，亦有种飘飘欲仙的感觉，总想象着像孙猴子一般腾云驾雾。雾就弥漫在身边，没有感觉地在身上蹭来蹭去，似乎伸手可触，眼前犹如一块神奇的面纱，带着冬天的奇幻。这或许是巴音布鲁克草原固有的一种生机勃勃，一种柔曼妖媚，一种风情万种，把已经走过的春夏秋变成了凝固的风景画，凝聚成了刻在心海里永远的记忆和珍藏。

巴音布鲁克草原的冬天，乍一看，它没有妖娆的姿色，似乎闭目凝思，养精蓄锐，内心蕴藏着无限的希望，厚积薄发，待春暖之时，点染江山，绿满大地。冬是无私的，它用寒冷孕育了春的蓬勃，夏的狂热，秋的丰硕。那样子就像草原的彪形汉子，厚重又纯朴，憨厚又果断，默默守护着足下的土地，心灵的牧场。

漫漫寒冬的草原，在许多人眼里，远不及秋夏之时的姹紫嫣红，千里莺啼招摇过目。但细细咀嚼，冬意也充满了温暖博爱，雪花讲述着故事，风诉说着沧桑，沉浸在洁白的美丽与韵味中，留下浅浅的痕迹，也许在某个慵懒的午后，顺着暖暖的流光，伴着轻轻的风儿，将它浅吟低唱。

"冬风似虎狂，书斋皆掩窗。"冬风里的巴音布鲁克草原，裹挟着冬日的肃杀，凋谢了勃勃草木，荒芜了茫茫旷野，淹没了虚虚假假，多了静谧，少了喧嚣，世界一片安然。只有强烈、猛劲的风，肆意张扬，打破原本的宁静，它每次呼呼狂叫总会叫人毛骨悚然。但细细观望，风挽着草的手，立在一片静穆里，似乎露出了铮铮铁汉柔情的一面。这时候，出去走一会儿，从嘴里、鼻孔里喷出来的团团热气便凝成了一层层霜花儿，冻结在皮帽四周，恰似一顶银色的头盔戴在冻得通红的脸膛上。对于挑战者来说，只有这样，才能在猎猎寒风中，展示自我，勇敢承受着那份凛冽，更真实地感受到自己的存在。

冬日的阳光缓缓泻下，淌进每一个角落，天空和大地仿佛离得很近很近。我突然想起了曾经在巴音布鲁克工作期间在一篇文章里写下的"巴音布鲁克，伸手触云彩，天宫犹可见，仙女忙摘采"的句子。可不是吗？万里晴空，一碧如洗，清澈的蓝在雪光的映衬下直逼你的眼。沧桑、大气、磅礴和静谧里夹杂着似雪非雪的冰滴，泛着亮晶晶的光芒，悄悄滴落，滋润每一寸土地，滋养一株株生命，孕育出缕缕希望。它没有春的激情四射，没有夏的火热绚烂，没有秋的丰收缀枝，不懂得浮夸、颂歌，默默承受着寒潮、风雷、雨雪，多了一分含蓄，多了一分厚重，多了一分执着。最终才让山川大地有了"经历一番寒彻，赢得山花烂漫"的壮美！

有人爱"吹面不寒杨柳风"的春天，可以陶醉在春暖花开里，享受风

情万种带来的美好；有人爱"映日荷花别样红"的夏天，可以贪婪在热情似火的深情浪漫里；有人爱"霜叶红于二月花"的秋天，可以在满眼金色里领略收获的喜悦；也有人爱"千里冰封，万里雪飘"的冬天，它随寒流如期而至，无声无息、轻舞着衣袂，轻灵、飘逸而来，让大地遍地圣洁，一片宁静致远，它涤荡了人们心灵的阴霾，还我们一个清新雅致的世界。我们何不妨尽情地领略冬日的阳光，积蓄生活中的片片温馨，使其化为无限能量，以静寂清澄的心境，感受人生变幻沧桑，让冬日的暖阳，永远在心中尽数收藏，待明年春暖种下，欣赏花开一季的芬芳。感受冬之韵，可以在冷静中活出素面朝天的精彩，可以在冰封大地里感受爱的光辉温暖人间，可以在长风破浪中直挂云帆济沧海！感悟冬这个季节所蕴含的独特韵味，领悟人生之大境界，岂不是在冬的深邃睿智里蕴藏着收获呢？

　　巴音布鲁克草原，用青春的美丽演绎了一幅动人的画面，美化着人们的心灵，给人以美的视角；无论春夏秋冬，风云变幻，在不同的风韵里，解读着生命的内涵，诠释生命的价值，激励着万物对生命的希望。在四季轮回里，孕育出独有的清丽，芬芳的惬意，无华的素雅，高雅的品格，自信的力量，奉献的精神！

巩乃斯听雪

巩乃斯地处新疆维吾尔自治区巴音郭楞蒙古自治州和静县境内，巩乃斯河的上游。这里海拔1600米到2400米，雪山倒映在湖泊中，漫山遍野都是松树和野花，山岗上是一群群的白羊，犹如一座巨大的动植物宝库，分别生长着野韭菜、野沙葱、野大蒜、椒蒿、藁本、野芹菜、雪莲、天山贝母等二十几种野菜、中草药等植物；雪鸡、黄羊、马鹿、猎隼、棕熊等国家二、三类保护动物生活于其中。巩乃斯，蒙古语意为"绿色的谷地"，地域辽阔，地势跌宕起伏，气象万千，水系发达，物种繁多，素有"云中翡翠"之美誉。

如果说平日的巩乃斯有如五彩织成的地毯，绿底银边花带，在蓝天映衬下尤显华丽而恢宏气势，那么到了冬天，飘起雪后，又是另外一个世界了。氤氲朦胧一片的视野，令人仿佛进入空灵曼妙的冰寒仙境，开始体验和感悟冬日的严寒、静谧与素白之美。

巩乃斯的冬天，西北风吹着口哨，大地裹着白棉被，天空仿佛一只白天鹅，那片片雪花像白天鹅的洁白银毛，一羽一羽在空中舞动着各种姿势，或飞翔，或盘旋，或直直地快速坠落，或铺落在地上，或在苍翠的松树树梢。似乎可以听到它优美的声音。

雪是冬天的语言，没有雪的冬天，不能称为完美，就像春天没有绿，夏天没有花，秋天没有果一样。巩乃斯的冬天，雪是极佳的舞者，它穿着白色的舞裙，像一个个美丽的小仙女，穿着醉人的裙衣，翩翩起舞，如纱般的透明，纯白洁净，透出粉色温柔，从空中跳着欢喜的舞步，没有伴奏，没有欢呼，没有掌声，没有共鸣，悄悄地落向大地、丛林。放眼望去，世界全部变成了白色，天仿佛与硕大的树林接成了一片，没有了层次，树木站立成一种姿势，肃穆，矗立。在纷纷扬扬的落雪中，沟壑被风雪抹平，分不清哪里是岭哪里是谷。或有隐以芳华，不惧高冷的一些植被，藏匿不住载着冰凌的身体，悄悄附上一点点素雅，不失华丽的色彩，盈盈绽放胸怀。尽管天寒地冻，松树依然郁郁葱葱，雪花飘落在上面，白雪夹杂绿色，满载着松针，承载着厚厚的雪挺立着，不向寒风大雪低头。一会儿工夫，漫天皆白，万物尽被白色掩盖，就连那细细的松针上也裹上了白雪。白茫茫的雪天，仿佛一切都已冬眠，静得可以听到自己的心跳和喘息。倚门听雪，可以聆听雪落的闲逸，可以静听飞雪洋洒的奏鸣，可以倾听到雪落大地的呼吸声。雪，像一位仙女，温柔起来，婀娜多姿，娇滴羞涩，衬托了冬天纯洁、素颜之美；野蛮之时，毫无忌惮地释放，仿佛是一幅硕大的写意画，从天际垂下，使得林海似隐似现，彰显唯我独尊的气势。我想，只要来过巩乃斯，除了对苍翠松柏的钦佩和不舍，还应该有一缕醉人的牵挂。期待着在下一个冬日，不妨再来走走，和自己的心再进行一次畅谈，那一定又会是别样情景……

雪中的松柏等树木，在薄雾轻纱的含蓄里露出独有的风骨。雾仿佛就从藏匿的山谷汹涌而来，像轻烟飘逸，弥漫在林间，虚无缥缈，若隐若现。向下看是白茫茫的云海，向上看是耸立的山峰，自己犹如滔滔江水中的一叶扁舟，山在云中飘，人在画中游。雾一会儿从山上跑到山下，一会儿又钻进了密林，露出灰蒙蒙的一片。云一层一层地堆积着，越积越厚，最后终于汇成了一片云海。一会儿像山峰兀立，一会儿像仙女下凡，一会儿像群英荟萃，一会儿像金鸡独立，一会儿像猴子望月，一会儿变成一匹奔跑的骏马，一会儿变成温顺的牧羊，一会儿变成凶恶的蛟龙，一会儿变成撒野的牦牛……真是千姿百态，瞬息万变。置身于巩乃斯云雾，如临仙境之中。

　　飘雪，是大自然的馈赠，是蕴含禅意返璞归真的静美。像一幅水墨画，寥寥几笔，便画出了冬天里树木的千姿百态。没有错杂，没有取舍，不渴求他人的青睐，简单，明了，丝毫不拖泥带水，一切随风而流，却又处处体现了雪的柔情和魅力。累了，落到了屋顶上，树上，花草上，大地上……热了，化成了一滴水，滋润着沉睡的泥土。在漫天飞雪中漫步，聆听雪花盛开的声音，突然想起一句话："下雪的时候，一定要约自己喜欢的人出来走走，因为一不小心，就一起白了头。"眼前，突然出现了一幅画面，一对恋人手牵着手，你扶着我，我扶着你，就这样任由漫天飞雪染白一对渐行渐远的身影。在眼前不断飘来飘去轻纱似的白雾里穿行，配着仿佛是天女散下羽毛般的雪花，时隐时现，若隐若现，岂不像漫游在天上人间？面对此景，忽而，心头闪过一个念头：什么神啊仙啊，其实人人都做得！

　　巩乃斯的冬天，厚厚的积雪覆盖了落叶，踩上去软绵绵的，发出"咯吱咯吱"的响声，像是同伴随行的脚步。树木各具特色，各具形态，各有各的韵味、各有各的不同。与秋夏比起来，虽干枯却不失尊严，虽单调却依旧丰盈，虽萧疏却仍然美丽。雪飘落在常青的松柏之上，远远看去，好像翡翠盘中盛着白色的美玉。苍翠的松柏，青苍苍、浓郁郁，挺拔直立苍穹之下，傲视群雄于冰天雪地，没有婆娑的姿态，没有屈曲盘旋的虬枝，有的，是那坚强不屈的挺拔，犹如铁柱一般矗立在万树之间，顶天立地。冬日的巩乃斯，是"千山鸟飞绝，万径人踪灭"的隔世之地，也是"不敢高声语，恐惊天上人"的人间仙境，还有"大雪压青松，青松挺且直"的铮铮气概！

　　如果说，雪是仙女撒的碎玉，是微风放飞的柳絮，是嫦娥打翻的胭脂，是冬天特有的蝴蝶，那么，巩乃斯的雾凇，便是冬季锦上添花的浓墨一笔了。雾凇之美，除了壮观，还在于奇绝。

随着太阳升起，在万道霞光的辉映下，雾凇像涂上了一层薄薄的五彩粉，一簇簇、一团团、一串串晶莹剔透的银色花朵，构成了一个冰清玉洁、绚丽无比的世界。

每棵树上，枝托着花，花依着枝，花枝一体，经脉相连。放眼望去，那一望无际的千姿百态的雪树银花，使人心旷神怡。这边婀娜多姿的一株，若轻歌曼舞的少女，向游人撒着小巧玲珑的银花；那边松树和柏树上的雾凇，像一个个雪球，开出了端庄秀丽的"银菊"，站在树下，仿佛可以闻到淡淡的花香。还有的雾凇像一个没有一点杂色的超大白珊瑚，晶莹剔透，闪耀着迷人、神秘的白光，令人仿佛置身海底世界。阳光下，雾凇如水晶一样亮丽，如宝石一样耀眼，如珍珠一样晶亮。

巩乃斯的冬天，一个冰雪的世界，整个山谷被洁白的冰雪覆盖着，似超大的冰挂从天而降，鬼斧神工，浑然天成一个白色的宫殿；一棵棵站立冰雪中的大树，在阳光里，晖照着彩晕，伸出玉臂琼枝轻风起舞，相邀着落花，为冬天景色平添了一丝如诗如画的神秘……

巩乃斯听雪，听到一种苛求完美的冷艳，听到了冬的回忆和惦念，听到了冬日阳光下响彻云霄的恋歌，看到了朦胧与雾霭里鹰击长空的画卷，听到了从光彩夺目的璀璨世界升腾的希望！

神韵博斯腾湖

博斯腾湖古称"西海",据说是小说《西游记》中西海龙王的龙宫所在地,位于新疆维吾尔自治区巴音郭楞蒙古自治州博湖县境内,是我国最大的内陆淡水湖。这里四季变换的景致和丰富的物产,不论哪个季节,都能感受到她的独特魅力。春天,水鸟翔集于湖畔,翩翩起舞,不负春光;夏天,万亩野生睡莲冰清玉洁,夺人眼球,妩媚了夏;秋天,芦花飘飘,像一簇簇柔软的轻盈羽毛,在风中摇曳,醉了金秋;冬天,银装素裹,冰封千里,一派北国风光,再现西海神韵,幽美了冬。春探绿,夏看花,秋观果,冬赏雪,自古以来就是中国人的生活情趣。博斯腾湖的四季,季季有景,季季飘香,景景迥异,景景迷人,如一幅水墨画卷,不寂寞,不孤单,不纠结,不失望,优雅随意,淡定安宁,温暖和谐。只要你来,不分季节,不拘早晚,不受限制,任何时间都可以约起,不会有"迟到"之说。

博斯腾湖的春天,虽淡,却雅

迟日江山丽,春风花草香。雪融冰消,万物复苏,小草钻出地皮,露出葱心似的嫩芽,不同颜色的蒲公英花、苜蓿花像是一片片胭脂,点缀着她的富饶,像是打开了属于这个季节的每一个灿烂记忆。湖边的杨柳抽出嫩绿的枝芽,在春风的裁剪下,迫不及待脱掉了穿了一冬天的灰头土脸外套,换上了绿茸茸的新装,万象更新,轻盈舞蹈。微风拂过水面,湖水掀起粼粼波纹，与蓝天白云连成一片，和湖面淡淡的薄雾融合，时隐时现，时远时近，静谧而美好。如同一位"绰约多逸态，轻盈不自持"的丽人，暗香盈袖，楚楚动人，让人情不自禁地痴迷，心动神驰共赴一场春天的邀约。

博斯腾湖的蓝，如同调了色的蓝，蓝得纯净，蓝得深湛，蓝得透亮，像一面镜子，似一块镶嵌在大地上的碧玉，这是大自然妙手丹青的神来之笔绘制的画卷。蓝天白云织在这幅天然画卷上，随风而起，伴着跳跃的波光渐渐远去。远处，湖面连着天，水天交融。再远处，水和天朦胧在一起，只透出一道水天相交的白色痕迹。这湖光山色中的梦里天堂，水天一色，辽阔无垠，纯美空灵，抑或就是诗和远方所蕴含的意境！

博斯腾湖的夏天，虽秀，却靓

博斯腾湖好风光，万亩荷花百里秧。依着旖旎的时光，倾听，凝望，任涛声漫过心海，穿过期盼的帷幔，去填满淤积已久的记忆，温婉成一季盛夏的暖，与梦回的博斯腾湖生生约定。

碧绿的湖水像一面明镜，层层叠叠的波浪里，闪着点点金光。亭亭玉立的万亩睡莲像一位位披着轻纱的仙子，从唐诗宋词中走出，从西游神话里走来，清澈的湖水轻轻和上悠扬婉转的曲调，千姿百态，争奇斗艳，婀娜多姿。有的仰起头，似向游人打着招呼；有的低着头，似对着湖水梳妆打扮；有的侧着脸，犹如"犹抱琵琶半遮面"的娇羞少女，微微含笑；有的躲在葱绿的荷叶里，悄悄托出朵朵芙蓉，如同少女绯红的面颊，迷人醉眼 …… 千万朵荷花，千万种姿态，嫩蕊凝珠，盈盈欲滴，清香阵阵，沁人心脾，把湖面点缀得灿烂夺目。映日荷花别样红的荷叶丛中，一艘艘游船若从远方驶来的信使，一声声尖叫的喜悦填满快活的信笺，快门"咔咔"记录雀跃的瞬间，含笑脉脉，乐而忘返，用时光的影，寄希望于这湖、这水、这浪，最终把一种娇艳夺目的美映在心里。

一湖碧水，一湖荷叶，一湖倒影，远山近水，尽在眼前。远山是我的情，近水是我的心，山水相依，山水有情，这如梦幻般的博斯腾湖，可是我前世今生的等待？

博斯腾湖的秋天，虽艳，却爽

明月出天山，苍茫云海间。秋天的博斯腾湖，微风荡漾的水面将风景搅动，宛如一首诗，在耳边吟唱，轻轻撩拨着心弦，这种独特的美，或许在别处不曾有过。

迎着丝丝凉风，沐浴缕缕阳光，漫步杨柳掩映的曼妙河堤，闻着花世界的芬芳，沐着风和日丽的轻柔，浴着阳光炫耀的温热，看蝶舞花飞，听蜜蜂吟唱，身边没有了喧嚣浮华，悠然自得的宁静也与水面一样浮了上来。一望无际的是平静的湖面，与天相连，那么宽广，陶然自乐的"心旷神怡，宠辱偕忘，把酒临风，其喜洋洋者矣"的微醉弥漫开来，心融融，意绵绵，一切烦忧与郁结瞬间飘飞云外，化为乌有，只想沉醉在这份难得的安逸里长醉不醒。

蓝天白云，没有一丝的杂质。开阔的湖面，天很低，云也很低，低得让你忘记了天空与大地的距离。人们常说，有鸟的地方，就是好地方。博斯腾湖水多，草多，花多，树多，是鸟类生存的理想之地。你说，这地方能不好吗？近年来，随着生态环境的改善，天鹅、野鸭、白鹭、鸬鹚、苍鹭、红嘴鸥等百余种鸟类在这里生长繁殖，成为水鸟栖息的乐园。平静的湖面，碧水激滟，沙鸥翔集，时而戏水，时而低飞，时而箭一般翱翔，用一道移动的风景线点缀着绚丽的湖面。湖的一隅，蒹葭苍苍，随风摇曳，苇叶浮在水面上，默默守候这有故事的秋天。游客在浓密的芦苇旁，享受着得天独厚的天光云影、青山绿水、洁净空气。神采飞扬的摆着各种姿势，留下美丽的情影。

博斯腾湖物华天宝，钟灵毓秀，是宜人宜居，施展才华，投资创业的理想天地。优雅宁静的休闲，开放包容的胸怀，渗透在她的每个角落的一花一草里，渗透在万顷波涛的每一朵浪花里，渗透在每一位游客灿烂的笑容里。

博斯腾湖的冬天，虽凄，却美

忽如一夜春风来，千树万树梨花开。邂逅于纷纷扬扬的一片片雪花，其实也是人世间最美好的相遇，是冬季送来的最惊艳的礼物。无雪不成冬，飘雪，是冬天的一种美丽。冬季的博斯腾湖，一点都不逊色于春有绿夏有花秋有果的诱惑，千里冰封、银装素裹、冰挂如织，冰天雪地是她巨大的生态资源宝库。冰面上，惊险、刺激的冰雪运动，带给游人无限乐趣。冰上走马、徒步穿越、冰上长跑、滑冰、卡丁车、冰滑梯、碰碰车以及冰上婚礼等一系列冰雪活动，无不让你领略"冰雪西海，欢乐博湖"的独特魅力。还有"巨网冬捕"抢头彩，舌尖上的冬季野鱼盛宴，"西海第一锅"等等饕餮盛宴，让你在回味无穷里，深切感受到博斯腾湖冰雪旅游带给游人的酣畅快乐。置身博斯腾湖的寒冬，没有万籁俱寂的萧条，没有寒风侵肌的萧瑟，幸福时尚的冬旅，红红火火的冰雪旅游，给人们带来了美轮美奂、别有天地的快乐情趣。依靠自身特色，打造自身品牌，发展冰雪旅游，冰天雪地成了名副其实的金山银山。

博斯腾湖的冬季没有沉默，雪花漫天卷地落下来，落在大地上，落在山峰上，落在冰封的湖面上，好像整个世界都是银白色的，闪闪发光。把心情归结于洁白的雪花，沉浸在淡雅的优美中，你或许会感受到她虽然没有春天迷人的鸟语花香，没有夏天壮观的万亩葱茏，没有秋天诱人的硕果累累，但她有献给大自然的含蓄的美，素雅的美，高洁的美。

神韵博斯腾湖，春秋冬夏，四季轮回。无论和煦的春天，热情的夏天，收获的秋天，迷人的冬天，一望无际的辽阔，耳目一新的感受，一见倾心的眷顾，始终萦绕于心。所有的风景，无须雕琢，清新自然，自成最美，熠熠生辉，蔚为壮观。如同一副隽永画卷，生机勃勃，富有活力，画中有诗，诗中有画，诗情画意，令人久久回想，铭记不忘，让人在别具一格的风情四季，揣摩那份发自内心的油然而生的悸动。

第四辑

辽阔疆土·风光

尉犁，都因走过而美丽

每一次到达或途经尉犁，我都用心感受着不同的体验不同的感动。喜欢尉犁，我不是矫情，而是心灵深处的情感需求。在城市里过腻了喧闹的生活，总向往惬意的生活，向往田园的风，向往一抹一抹的绿意，向往"鸟鸣山更幽"的静谧。因此，尉犁成了我心中那片难以割舍的地方，一片纯净的土地，一种高尚的情愫。

尉犁又名"罗布淖尔"，因"罗布泊"而得名，意为"水草丰腴的湖泊"。她位于天山南麓，塔里木盆地东北缘，地处新疆维吾尔自治区东南部，巴音郭楞蒙古自治州腹地，总面积5.97万平方公里。东邻若羌县，南依塔克拉玛干沙漠与且末县相望，西与阿克苏地区的沙雅、库车县交界，北与轮台县、库尔勒市、博湖县、和硕县和吐鲁番市的高昌区、托克逊县、鄯善县接壤。尉犁县县域内有全国最长的内陆河——塔里木河，有全国最大的胡杨林保护区。尉犁县盛产棉花、香梨、甘草、罗布麻、牛羊肉、羊绒、鹿茸等，有石油、蛭石、钽铌、磷、镍、铅锌、石墨、金、铜、煤、铁、钾盐等十余种矿种。国道218线横贯全县，是南疆的重要交通枢纽之一，矿产资源、旅游资源特别丰富。县城距巴音郭楞蒙古自治州首府库尔勒市公路里程52公里，距新疆维吾尔自治区首府乌鲁木齐市公路里程530公里，有库尔勒的"后花园"之称。罗布人村寨、塔里木胡杨保护区等著名的旅游景点就在尉犁县境内。

尉犁，在不同的季节，绽放出不同的光彩。你或许会留恋她春天的暖阳，或许迷恋她夏日的多姿多彩，或许沉醉深秋胡杨的流金溢彩，或许执着冬天的北国风光······无论选择哪一个季节出游，尉犁总有让你"不白来一回"的心动风景。

春天，踏寻早春的痕迹

尉犁的春季，似乎来得更早一些。这与她独特的地理位置息息相关。春风拂过，春姑娘笑意盈盈欣然撩开神秘的面纱，随着春风春雨轻捷飞舞，千呼万唤还在睡梦里的这块富饶的土地。沉睡了一冬的花草树木也开始揉着朦胧的双眼，伸伸懒腰，振作精神，投入春天的怀抱。在春的气息里，绿叶起初托出了一个个娇嫩欲滴的花骨朵儿，继而长出了嫩绿的枝叶，像一颗颗镶嵌在枝条上的绿宝石，在暖阳的照射下，熠熠生辉，格外耀眼。难怪韩愈有"最是一年春好处"之说。一年之计在于春，春天给人们希望，也给尉犁带来了完美。

如果在这个季节漫步宽敞、整洁的尉犁街头，你会感觉到一丝丝和蔼可亲的微风，似柔嫩光滑的手掌轻轻抚摸着你的脸儿。春风无声无息滋润着万物，莞尔轻盈迈动着脚步，怕惊扰了这一块风水宝地。春风柔柔地吹着，柳丝开始垂青，杨树开始泛绿，百花逐渐吐蕊。小草从嫩绿变为鲜绿，又从鲜绿变为翠绿、碧绿，绿主宰了世界，满眼的绿点缀了视野······

随着天气转暖，太阳也变得暖洋洋的。微风中，各种各样的鲜花在不知不觉中盛开了，它们轻轻摇曳着，害羞地露出了笑脸。最美的春天一定有花开，最美的春色一定在尉犁。赴一场花海的盛宴，一定不要错过尉犁。火红的桃花、雪白的梨花、粉红的杏花、淡粉色的罗布麻花、金黄的油菜花······五颜六色，极为悦目。尉犁的春季到处充满花儿的芳香，所有的植物、动物，都沉浸在这美丽的花海之中！兴奋的小鸟在树上"叽叽喳喳"唱歌，美妙的歌声打破了原本的宁静。勤劳的蜜蜂围着花儿，不知疲倦地飞来飞去，"嗡嗡"地叫着，兴高采烈地忙着采蜜。小燕子拖着剪刀似的尾巴，"叽叽喳喳"地叫着，好像在说："春来了，春来了。"麻雀则成群结队箭一般在树林里不停地穿梭，好像有使不完的劲儿。

县城的周边，扑入眼帘的是满天满地的绿浪。随处可见的一望无边的棉花地，郁郁葱葱，生机勃勃，一棵棵棉花像枝枝丫丫的小树苗，在阳光照射下，小叶片上泛着油亮的青光。阵阵微风拂来，棉花田一波一波延伸至远方，碧波荡漾，如同潮涌。成群的蝴蝶、蜜蜂、飞鸟流连其中，尽情遨游，有的飞鸟无拘无束翱翔于天空，又急于飞回田野。在蓝天、白云、花草、树木、阳光的映衬下，构成好一派优美的田园景色。走近棉田，一株株棉花枝叶茂盛，每枝棉花都有一根主干撑着，主干上又分出无数小枝，小枝上又长着许多鸭掌似的叶子。枝叶之间长着许多棉花，含苞欲放。虽然没有水仙花那样亭亭玉立，没有海棠花那样婀娜多姿，没有牡丹花那样雍容华贵，没有玫瑰花那样绚丽多彩，但是她们团结、纯净、无私、坚强，俨然这里勤劳朴实的各族人民，守护着自己的家园，装扮着美好的家乡！

桃李争春，百花争艳，春色撩人，香满人间。尉犁的春季像一个天使，带着飘逸的风情，踏着愉快的脚步，翩翩来到人间，叩开了喜悦的大门，涂满了蓬勃的色彩，泼墨出一首瑰丽的诗，如梦般甜蜜，如酒般香醇，如画般高雅，如水般清丽。

夏天，没有酷暑的地方

尉犁的夏季，四周巍巍的群山和花海的田园披上五彩斑斓的节日盛装，山清水秀，天高气爽，景色十分绮丽。茫茫原野上，色彩缤纷的野花，把绿色的绒毯点缀得如锦似缎，数不尽的罗布羊和膘肥体壮的马、牛、骆驼在广阔的原野上犹如斑驳珍珠洒满草原，又像朵朵云块落下，轻轻蠕动。说起尉犁罗布羊，尉犁人自豪地用"天下羊肉尉犁香"来赞美这里羊肉的肥而不腻、稚嫩爽滑。尉犁羊肉之所以香，据说是"走的丝路道，喝的塔河水，吃的罗布麻"。罗布羊手抓肉，当地人的吃法要原汁原味。做法较简单，即先将带骨的羊肉剁成块，放入清水中煮熟，捞出后上面撒上皮牙子末（即洋葱），再浇点放有盐的滚汤即成。这种肉味道清纯软嫩，香而不腻，既可吃肉，又可喝汤，是本地人招待客人的美食。用当地红柳炭火烤制的罗布羊烤肉，色泽酱红，麻辣鲜香、油亮，不腻不膻，外酥里嫩，肉质鲜美，别具风味。那才是"一吃一个不言传"。

提起罗布麻，那可是产自尉犁的一种极具药用价值的"宝贝"。《本草纲目》等十余部医学巨著都对罗布麻叶降压、降脂、软化血管、强心、安神助眠等功效有翔实、肯定的记载；《三国志·华佗列传》记载：罗布麻是神医华佗主治眩晕症（现称高血压）、延年益寿的传世方剂。进入6月以来，尉犁县数百万亩罗布麻花肆意开放，戈壁荒漠上飘起了朵朵彩霞，放眼望去如粉红的海洋，一串串绯红的铃铛，迎风摆动，空气中散发着罗布麻花特有的清香，沁人心脾，使尉犁大地弥漫着生命的活力，燃烧着热情，升腾着希望，令八方游客陶醉，纷纷驻足观赏、留影。年轻人则摆出不同的"pose"，与花海亲密接触，留下迷人的瞬间。而罗布麻茶的保健作用也日渐受到人们的关注，罗布麻茶的"平肝安神，清热利水"也受到了广泛青睐。

尉犁的夏季，是多姿多彩的季节。绿意盎然，姹紫嫣红，热情奔放。在田间地头，酱紫色皮肤的农人挥汗如雨，或打理菜地，或修枝棉田，或锄草梨园……村边小河中，泥鳅一样光着脊背的一群小孩在水中嬉戏玩耍，他们银铃般的笑声是人间最美的天籁之音；时不时地看到几个顶着宽檐凉帽穿着运动装的男男女女，在水渠旁的林带里采野花挖野菜，什么野苜蓿、蒲公英、马齿苋、荠菜……既采撷了无污染的纯天然食材，又陶

冶了情操、放飞了心情，锻炼了身体，真是一举两得；也有披着秀发、穿着时尚的年轻姑娘，露着雪白的长腿，三三两两、袅袅婷婷地行走在绿荫丛林中，时而说笑，时而自拍，快乐和幸福洋溢在青春的笑靥。

正午时候，坐在树荫下，可以听到在烈日的暴晒下，庄稼伴着咔咔的拔节声不停歇地疯长着的节奏。炎炎的夏，热烈地把一方土地上农人的渴盼快速地变成金黄的果实。望着田地里起伏不平的绿色波浪，幸福快乐溢满人们的双眼。在这个绚丽多彩的季节，更显生命力量的旺盛，或许容易萌生丰饶的梦。这样的季节，谁能不爱？这样的地方，谁能不想？

尉犁的夏季，昼长夜短，日照时长，再加上塔里木河、孔雀河两大水系的"调和"作用，使得这里并不干燥，因而树木等植被欣喜若狂，她们争先恐后地长出了郁郁葱葱、枝繁叶茂的枝条，为人们遮阴纳凉。无论在公园里，或是乡村郊野，草地像一块碧绿的地毯展现在游人眼前，绿得像翡翠，绿得像碧玉。微风习习，一棵棵小草翩翩起舞，好像正在欢迎游人的到来。在尉犁，无论太阳多大，气温多高，在有树的地方就有清凉，在有水的地方就有甘霖，在有草有花的地方就有享乐。去过尉犁的人，无不为这片迷人的土地而倾倒。故此，这里被称为"没有酷暑的地方"。

尉犁是被"绿"包裹的地方，因而充满了生机活力。只要走进尉犁，就能看到广袤无垠的土地，就能看到大块大块的田园，就能看到令人叹为观止的欣欣向荣的景象。田园阡陌之间，大块条田、村寨、森林、流水相互融合依存，构成了一幅和谐的田园风光图。如果说悠扬高亢的信天游是黄土高原的忧郁的诗情，那么欢快的新疆歌舞就是这块土地上顽强生命的欢唱。每一处豪迈粗犷的动作变化，每一个刚劲奔放的雄浑舞姿，每一声声嘶力竭的原生态发音与呐喊，充分体现着新疆民众憨厚朴实、悍勇威猛的个性特征，张扬着自信和力量。

秋天，随处可见的诗情画意

坐在夏的心扉门槛，还没来得及看繁华盛开，一转身，便与秋撞了个满怀。

秋天的尉犁，纯净的天空，连绵巍峨的山峦，丰收的田野，蔚蓝的河水，构成了一幅绝美画卷，一下子便映入眼帘。闭上眼睛，清爽的风吹拂脸颊，一切是那么的舒适。

尉犁的秋天，来得很轻很轻，轻得让你发觉不了，只是觉得天渐渐凉了，叶渐渐黄了、落了，才发觉秋来了。不经意间，树上的叶儿逐渐变成了黄色，或像蝴蝶一般在空中翩翩起舞，多姿多彩，各种各样；或形成旋涡状，打着圈儿飘落，跳起了华尔兹，始终都那么美。落叶一片一片慢慢地飞进大地的怀抱，仿佛为大地铺上了金色的毯子。

秋天，尉犁的天空永远是蓝湛湛，扑入车窗的景色，每一次从眼前后移，都有不同的视觉效果，一种似曾相识的感触油然而生。天边的云，漫漫黄沙，粉饰着被秋霜洗黄的野草树木，她们如同一位位饰着金色面纱的少女，排成队，列成行，站成形，裸露着奶黄色的胴体，在萧瑟的秋风中展现着令游人销魂的情姿。

一大片一大片的棉花地，结满棉桃。白花花的棉花开满枝头，犹如天上的白云掉落在人间。放眼望去，盛开着千千万万棉花的棉田像大大的棉被，像层层的白浪，像团团的棉花糖，让希望的田野如同腾云驾雾，日新月异。

如果你深秋时节来到尉犁，不能不去看胡杨。伫立在茫茫大漠的枝干粗壮的胡杨林，犹如一座天然艺术宫殿，她们盘根错节，千姿百态，美丽而独特。漫漫荒原之上，浩浩朔风之中，不屈不挠，百折不摧的胡杨，在生存艰难的沙漠里挺立着，那豪气、那雄韵，给人们不仅仅是视觉的冲击，更是一种心灵的震撼，让人激情跌宕……她们有的苍劲、有的秀

美，有的昂然挺胸，有的如妙龄女子妩媚娇艳。大片黄色树叶在阳光照射下，金黄透亮，耀眼夺目，精彩绝伦，无与伦比。一个个翻飞的落叶，点缀着日渐萧瑟的秋，渲染了秋的意境。站在胡杨林里看秋，明媚、静美而温婉。微风里沙沙作响的声音，散落在秋意的思绪里，似喃喃私语，又如推心置腹。秋的婀娜和宁静，在这一片遮云蔽日的绯红里，演示着生命由萌到繁至枯的倔强。位于罗布人村寨沙丘腹地的波光淡影的圣女湖，不能不说是一个奇迹，犹如传说。沙漠，给人的第一印象都是一望无际，漫天黄沙，还有难以承受的干燥和高温，是人类的禁区。而柔软细沙中竟然还有湖泊，而且湖水晶莹透明，举目远眺，湖水明亮如镜，秋风吹拂蔚蓝色的湖面，荡起微微的涟漪，风儿携着粼粼细浪跃到湖面上。这样的沙漠，你见过吗？而圣女湖就是这样一处蓝绿色的湖泊与天空遥相呼应，看一眼就能让你感受到从未有过的惊奇，让你在真实与虚幻间徘徊，这就是她的魅力所在。她的四周长满了芦苇，那毛茸茸的芦苇花，远看是一片雪白，近看却有各种不同的颜色，有奶白色的，有微红色的，还有淡青色的。一阵微风吹来，如细碎棉絮的芦苇花，便在阳光下摇荡，放眼望去，好像白色的波浪。难怪鱼儿、白鹭、野鸭等都选择这里作为栖息地。如镜的湖面上，摇曳着芦苇摆动的秋思与畅意，感怀着深邃的空旷，衔接着一枝一枝的花开，把花的芬芳拥揽入怀，直至在天高云淡的遐思悠长里。

站在深秋，守一份安宁，看残阳如血，满身褶皱的胡杨，孤傲沧桑，每段树桩仿佛都是一个故事；观满院瓜果飘香，余晖尽撒希望的田野，在阳光的照耀下，闪烁着丰收的喜悦；览汹涌澎湃，气势磅礴的塔里木河，用不容抗拒的力量敲打着大地古老的身躯；睹塔克拉玛干沙漠连绵起伏的山丘，绵绵的黄沙与天际相接，根本想象不出哪里才是沙的尽头……秋风中的每一片叶子在云卷云舒里泛黄、火红，每一处景色映衬着深邃天空下的一片壮丽，似乎要用翻页的方式赘述这一方土地的神秘。

秋天的尉犁，光与影交织，靓与美交融，一个转身就成就了故事，一次回眸，就成为风景，随手一拍便是一张明信片。同样的大漠、大河，不同的光影；同样的旅行，不同的心情，都会在这里寻找到快乐的答案。如果在这里小憩上一整天，小歇一整月，小住一整年，你每天看到的尉犁都是不一样的，她总能带给你无限惊喜与悸动。

冬天，邂逅最美的冰雪世界

送走了五谷丰登的秋天，雪花飞舞的冬天终于来临了。

假如选择冬天旅游，一定不要忘了去尉犁。尉犁的冬天，囊括了新疆冬季的景色，又有不同于其他冬景的风光，既有千里冰封的气势，又有万里雪飘的豪壮，还有大雪飞扬的洒脱。仿佛关于冬天的童话，都在这里了。

如果说春天之美是充满生机活力，唤醒了万物；夏天之美是朝气蓬勃，点缀了万物；秋天之美是羞涩腼腆，染红了万物。那么，冬天之美，莫过于银装素裹，粉白了万物的时候。不需要任何的"包装"，一切事物在雪的衬托下，都显得那么的单纯明了，看到这一切，自然带给人无限的遐想，没有人不被这种淳朴的美所折服……

冬日，雪花飞舞，谁雕琼花玉树？

飘雪，是冬天的一种美丽。而尉犁的冬天之美，美在雪花纷飞随风舞。风吹雪舞，犹如天女散花错落零乱，卷起来一些寒意。漫天的雪飘混沌了天地，浪漫了人间。雪后，那绵绵的白雪装饰着世界，琼枝玉叶，粉装玉砌，皓然一色，真是一派瑞雪丰年的喜人景象。

冬天的塔里木河，白雪皑皑覆盖着河岸，氤氲着雾气，在云雾衬托下，若有若无，若隐若现。雾凇来到时，远远望去，一排排胡杨、红柳、河柳等植被似烟似雾，与天上的蓝天白云融为一体，叫人分辨不出天地之间的界限。雾凇的颜色，如水晶一样亮丽，如宝石一样耀眼，如珍珠一样晶莹剔透。雾凇的样子，形态万千，千奇百怪。胡杨上的雾凇，像盛开的梨花，站在树下，仿佛可以闻到淡淡的花香；柳树上的雾凇，一丝丝的像老奶奶的银发；松树和柏树上的雾凇，则像一个个雪球；还有的雾凇像珊瑚，好像令人置身海底世界。有些树上还像挂着一树的棉花糖，真让人垂涎三尺！冬天，邂逅最美冰雪世界，莫属尉犁了！

冬天的尉犁，时常雾锁大地，让人想起雾的美妙！徜徉被誉为"精致小县城"的尉犁街头，天上的"路灯"冉冉升起，城市在她的呼唤下醒了。往窗外一看，满眼是迷雾。看不清远方。漫步在雾中，仿佛步入童话的世界。新颖别致的大楼在雾中隐约可见，街道好似迷宫，两旁的树木像一位位仙女披上树挂似的若隐若现。大雾把整个县城严严实实地笼罩着。人们好像被雾托起了身体，悬在半空中，进入仙境一般，产生种种神秘的感觉。路上的行人来来往往，却只能听见喘气声，说话声，脚步声，只有走近了才能看清对方的脸庞。街道上，只听到远处传来的阵阵喇叭声，提醒着人们要留意，车灯像天上的星星一样闪烁不定，眨巴眨巴。各种车辆像蚯蚓般缓缓爬行，走走停停。

雾一会儿分散，一会儿聚拢，一会儿徐徐升腾，一会儿滚滚向前，变化莫测、千姿百态。雾，不像大雪那样壮观，也不像小雨那样缠绵。她轻轻地抚摸着行人的面颊，或在人身上没有感觉地蹭来蹭去，给人一种湿润清凉的感觉。雾，从来不打扮自我，身上没有一朵花，一道彩纹，也没有一丝芬芳，而是以自己乳白色的本色弥漫于天地之间，会使人感到无际无涯，远在天涯，又近在眼前。置身雾里，仿佛觉得自己好像也是一团雾，在天空中飘来飘去，自由飘逸。不一会儿，雾渐渐消失了，太阳也渐渐地露出了笑脸，她在残留的薄雾中显得睡意蒙眬，憨厚可爱。雾是那样的来去不定，是那样的神秘，只有在一眼望不尽的朦朦胧胧里，感受到她的存在，她的灵气，她的故事。

尉犁的冬天，不是滴水成冰的冬天，冻得让人瑟瑟发抖；不是万物萧条的冬天，不见一丝生机。这里的冬天，有寒冷的风，洁白的雪；有空旷的原野，雾凇的风光……寒冷中透着春的气息，在时间的变换里蕴含着独有的魅力。无论在冰雪消融的春天，烈日灼人的夏天，秋高气爽的秋天，冰天雪地的冬天，四季分明，季季有景，景景迥异，甚至每个月都有不同的风景。

来到尉犁，走一走被花草或林荫包裹的乡间小路，摸一摸富有江南韵致的弯弯小桥，亲一亲悠悠流淌的母亲河 —— 塔里木河，看一看在秋风里频频点头致意的马鞭草，嗅一嗅在这块富有灵性土地上生长着具有浓厚生命气息的万物，你可以深深地感受得到，上苍对这块土地的馈赠是如此大度与偏爱！尉犁，似一部读不完的书，一幅品不够的画，一首听不厌的歌。这里宜人宜居宜业的优美环境，这里古老而淳朴的风土人情，这里的大漠风光和人文历史，都值得细细品味与体会。

尉犁，因走过而美丽！

行看且末

相遇天边且末，相逢就是缘分，切莫错过且末！

—— 题记

且末古城遗址探秘

一座古城，总是背负太多的往事。无论染着宣纸上晕开的淡淡墨色，还是载着历史甬道走来的漫长记忆，总有许多待解之谜。我想，且末古城也不例外。

说起且末古城，必先涉及且末扎滚鲁克墓地。墓地距新疆维吾尔自治区巴音郭楞蒙古自治州且末县城大约六公里。据县博物馆工作人员介绍，墓地的年代上限距今约3000年，下限为公元6世纪，墓地沿用时间1500余年。第24号墓为单基道长方形棚架墓，墓东西向，墓口二层台式，墓道分两级台阶，墓室为长方形，底长5米，宽2.7米，深3.4米，葬有男、女，包括小孩共14人，以仰身屈肢葬为主。随葬品包括石、陶、木、铜、铁以及色彩艳丽、做工精良的棉、毛服饰织品和殉牲等。专家认为，扎滚鲁克古墓葬是在昆仑山北麓发现的规模较大的墓葬之一。墓地已列为全国重点文物保护单位。第24号墓被上海大世界吉尼斯总部认定为"世界最多人数的家族丛葬干尸陈列室"。且末古城离扎滚鲁克墓地较近，仅隔一片已沙化土地，约数百米的距离，扎滚鲁克墓地是且末古城人的古墓地。

越野车在高低不平的沙石道上寸步难行，一路颠簸，不时甩着屁股，偏离方向，不远的路，竟然轰大油门走了约三十分钟，仿佛跨进了时间隧道的洞口，一下子便穿越到了古代历史氛围中，在亘古的静默中面面相觑，如两个平行的时空、永无交界。

眼前无路，下车，步行走进古城遗址。一眼望去，到处都是单调的黄色，只有生命力顽强的一株株红柳，不屈不挠地钻出柔如齑粉的沙层，给浩瀚无垠的大漠点缀几抹绿色和生机。沙漠的广阔使我们每一个人都感到疲倦，似乎永远找不到尽头。

没有像隽永的丽江古城那样大街小巷的青石板路，没有像繁华的平遥古城那样错落有致的建筑，没有像大气磅礴的北京故宫那样笃实完整的古城墙、城楼……只有悲凉和沧桑从迈进且末古城的一刹那，在心里扎下了深根。依稀可见的兀立着的土墙，粗糙，凹凸不平，残壁上横刻着一道道深深浅浅的刻痕，像无数的蜂窝。这些深浅不一的刻痕，是岁月年轮的印记，也是留给后人的思考。

无情的烈日，如火焰般毫无遮挡地喷吐到大地上，沙漠被烘烤得像个蒸笼，热气逼人。穿行在沙漠与古城遗址之间，只觉得沙丘的对面还是沙丘，远方的远方还是远方，广袤无垠的神秘里，终点始终遥不可及……唯有古老斑驳的城墙，在与它触碰的一瞬间，我感受到了一份历史的厚重，仿佛拨开千百年的雾霭，一个个沙浪向前涌动着，犹如无数巨龙奔腾，像一只无形的巨手，将且末古城揭去了一层，又揭去一层，在漫漫黄沙中，淹没了宫殿、花园、街巷、民房……残败的景象总是让人想起它昔日的繁华，想起烽烟弥漫的年代，想起曾经生活在这里的人们……

说实话，当且末古城遗址映入眼帘的瞬间，一种无以言状的情结萦绕脑际，一种穿越时空的遐思在脑海伸展。置身于这个无声胜有声的天地里，我似乎听到汹涌的车尔臣河从城中低洼处流过，两岸的居民依河而居，繁衍生存。就像古装电视剧描述的那样，这里有客栈，住着南来北往的客商；这里有私塾，满腹诗书的先生拿着戒尺给学生上课；这里有官署，文武官员出出进进；这里有酿酒的作坊，立起一杆"酒"旗，高高飘扬，屋内有大碗喝酒、大块吃肉的豪爽英雄侠客，也有斯斯文文的雅士聚在一起，端着小杯，刺溜下肚，就着油炸花生米，谈诗论画；还有穿着破皮烂衫，手里拿着破陶碗的乞讨者……稍远处，是一处居民区，大人见面了先作揖，互致问好，小孩互相追逐，嬉戏打闹，个个灰头土脸……站在废墟上，我的联想情不自禁，信马由缰，我的想象或许偏离主题，苍白无力，肤浅不堪，不足挂齿。但岁月留痕的细节，足以见证且末古城几度春秋轮回，兴衰成败，映衬了这里曾经有过的繁荣身影。古城建有多层或断或续的城垣，隔墙之间土丘重叠，乱石成堆，构成独特的风光。那些破碎的褐色瓦片，似乎在废墟上喧嚣吟唱，叩开历史记忆。这里的每一座废墟、每一座城堡，每一处残壁断垣，每一块破损瓦片，在历久弥新的万载古城，它的故事将继续下去！

　　一个地方能吸引人，不仅仅是因其旖旎的风光，有多少时尚的楼宇、亭台，还有历史赋予它的厚重的文化底蕴。且末古城则侧重于后者。它历尽沧桑，几经变迁，在数千年里承载了辉煌春秋，抒写了华丽篇章，也历经风风雨雨，坎坷磨难。荒枯干涸的河道痕迹，遍体鳞伤的枯死树木，灰秃的瓦砾在历史弥久的古城遗址上，震撼着你的灵魂，任尔遐想无限……

　　历史长河，浩浩荡荡。且末古城遗址，有着独有的历史文化与历史沉淀，它历经风云变迁，一路走过，一路见证着且末、巴州、新疆，乃至中国的发展与变化。正是因为如此，当你放慢脚步，轻轻驻足，沉静下来，让浮躁的心顺着历史、顺着时代，慢慢地向前推移，这时，你就会发现，在这些历经风霜依旧巍然的城墙断壁上，时时会发现中华五千年辉煌历史的缩影。

　　古往今来，物是人非，天地里，唯有江山不老。且末古城遗址作为中国重要的文化遗产，应得到更多的重视和保护。相信在不久的将来，且末古城遗址也应有步骤、有规划地重建、重修。且末古城遗址不仅是中国的古城遗址，还将是世界的文化遗产。

这终将成为研究探秘挖掘且末古城遗址的最大价值。

昆仑古村览胜

天，依然干净；风，依然凉爽；水，依然清澈；花，依然盛开。这就是且末县库拉木勒克乡库拉木勒克村（即昆仑古村）留给人的第一印象。

昆仑古村坐落于群山环抱、云雾缭绕的金色花海间，天空像一块晶莹透亮的蓝水晶，蓝得像要流下来。天空飘过几片薄薄的白云，没有一丝杂质，像洗过一样，随风缓缓浮游着。太阳在蓝天中高高挂起，让人们感受到了它的热情似火，就像古村淳朴憨厚的村民的盛情。只有山顶的皑皑白雪，在小暑烈日炎炎里，让人收获了从心底透发出的丝丝凉意。捧着这份清凉，登高远眺，放眼望去，古村掩映在枝繁叶茂之中，鲜花怒放，芳香扑鼻。在巍峨的山、美丽的景映衬下，总令人深深地感叹，更令人久久地回味。

走进村子，油菜花开，整个大地一片金黄，好像披上了一件金色的外衣。多少年来，到江南欣赏油菜花，似乎成了游客的心愿，那黄绿相间的热烈，在你敞开胸怀的时候，心情是另外的一种惬意。油菜花不仅美，而且还很香。然而，这种香却不同于玫瑰的浓香，牡丹的熏香，桂花的扑鼻，兰花的浓郁，这是一种淡淡的，沁人心脾的香。这或许是油菜花成为人们心中的"香饽饽"的原因之一吧。其实，赏花何须赴江南？每逢小暑前后，昆仑古村山花烂漫，便是一片花海，油菜花的世界。当邂逅于半腰高的那一大片油菜花田时，金黄的光泽，馥郁芬芳的油菜花香，交织成了一幅美丽清新的诗画。昆仑古村油菜花开得鲜艳，开得黄灿灿，开得流光溢彩，缘于这里得天独厚的自然条件。这里平均海拔2000多米，有着凉爽的气候和充分的日照，非常适合油菜的种植生长。每年的七月，古村风和日丽、晴空万里、蜂飞蝶舞，徜徉"万顷金波花如海"，驻足"流金溢彩百里香"，屏住呼吸，目睹这道亮丽的风景，穿梭于宽广的田野里，遥望圣洁雪山、蓝天白云，仿佛自己走进了画中，顿觉心胸突然开阔，耳目一新，这种陶醉在明媚风光里的惬意，难道不是一种洒脱吗？

细细咀嚼，昆仑古村的油菜花，蕴含了江南油菜花娇羞清丽馨香之美，却又不失热情奔放，豪迈大气的震撼之美！铺开，眼前似一幅巨大油画，鸟声、风声、水声交融在一起，那条写满沧桑的甬道，从鲜艳的花丛穿过，和着一路欢快的歌舞，抵达成熟，用智慧写下的含义，已经香满古村！

站在田野，放眼望去，古村农家院内，这里的一切都保留着古老的风貌，仿佛回到从前，领略到了3000年前古老大地的别样风情，似乎看到了金戈铁马，硝烟弥漫的古战场。一大早，牛羊从栅栏中走出来，踱步到小溪边饮水，骏马踏着欢快的步伐奔向草场。上古神话出昆仑，千年古村寻小宛。据说，唐僧师徒四人西天取经曾经途经这里歇息，在这里还留下了不少扑朔迷离的传奇故事，有关历史史料曾有记载。所以，在当地人的述说里，对于神话里传说的赘述，真是如临其境，如同耳闻目睹。不远处的山峰奇峰罗列，千姿百态，像老人，像巨象，像骆驼……有一座山，四周绿草丛生，而凸凹间，坚硬的石头像经霜的老人，银须飘然，古朴沧桑。有的石头像少女的脸颊，圆润光滑。有的石头像男人的胸膛，沉稳厚重。

花丛中，几位身着民族服饰、打着油纸伞的"花仙子"，舞姿轻灵，身轻似燕，伴随着《我们新疆好地方》的歌曲，翩翩起舞，如花间飞舞的蝴蝶，如山涧潺潺的流水……歌声透过幽深的古村，辐射远方，传出很远，很远……

昆仑古村，一个载满历史人文的村寨，一个舒适的冬暖夏凉非常适宜人类生存和繁衍的村庄，一个近到可以让人看到希望的小村。不张扬，不虚伪，低调而不颓废，以一种新生的力量，让那份宁静在灿烂阳光下熠熠生辉！

昆仑古村，一个不容错过的地方！走近它，你会在它的悠久历史和神奇传说里发现不一样的古典美和现代美！

天边且末

且末又称玉都，这里是"玉石之路"的发祥地和"丝绸之路"的南道重镇。东与若羌县交界，西与和田地区民丰县相邻，南与西藏自治区接壤，北部伸入塔克拉玛干沙漠，与尉犁、阿克苏地区沙雅县相望，形成南倚昆仑、北临大漠、东入阳关、西去葱岭的地势，总面积14.025万平方公里，为我国行政面积第二大县。之所以被称为"天边且末"，是因为且末县城距乌鲁木齐市公路里程1270公里，距库尔勒市公路里程约740公里，这在内地，不知道横跨了多少个省和多少座城市；这里又如天边一样静谧祥和，保持着原始和自然的状态。

既然且末这么远，那么，去且末看什么，感受什么呢？一登昆仑，二赏美玉，三临大漠，四观古迹，五品红枣，六鉴香蒜，七逛美景，八听箜篌，九游玉泉，十购全羊。

给鸟儿一片宁静的天空，它才能自由翱翔；给鱼儿一片蔚蓝的大海，它才能随心徜徉；给生活一个美好的环境，幸福才能扬帆远航。一直以来，饱受风沙侵害的且末人坚守"绿色、环保、有机"的信条，以等风来不如去追风的精神，把追逐的过程理解为人生的意义，全力打造"中国最优有机红枣生产基地"、香蒜种植产业、"美羊羊"之梦……凭借自身独特的优势资源和有利时机，且末红枣成为全国红枣市场一张最响亮的名片。香蒜由于富含各种维生素、氨基酸以及人体必需的微量元素硒，也称"长寿蒜"。且末羊肉更是以鲜嫩可口、无膻味、香味浓郁获得消费者青睐。

自古以来，人们爱玉、赏玉、佩玉、惜玉，荀子的"玉在山而草木润，渊生珠而崖不枯"的词句，就是对玉的高度褒奖。且末历史悠久，玉文化源远流长。早在七千年前，且末的先民们就开始在昆仑山北坡、阿尔金山北麓开采玉石，将玉石加工成玉斧、玉串珠，东运中原，西去巴比伦，开辟了一条横贯东西的"玉石之路"。这里的大街小巷，玉文化的浸润无处不在，随处可见的街道、建筑、酒店、超市都起着与"玉"相关的名称，与这座小城相映生辉。"玉都且末"因此而得名。中华五千年灿烂文明史，玉文化是史上灿烂的一笔，玉也因此被赋予了卓然不凡的品质。人们爱玉、赏玉、佩玉、惜玉，是因为爱它的温润，爱它的谦和，爱它的清越，爱它的气节，甚至有"宁为玉碎不为瓦全"的万丈豪情……且末人眼里有玉，心中有玉，不失为一种精神，一种风骨！

且末县城与沙漠只有一河之隔，且末人在河东坚持20年与沙漠抗争。通过多年来坚持不懈的植树造林与肉苁蓉等沙漠经济作物的培育，构筑了一道环抱县城近20万亩（约1.33万公顷）的绿色屏障，抒写了一曲人进沙退的英雄赞歌。做好沙漠文章，挖掘沙漠文化，打造沙漠旅游已成为且末发展文化旅游品牌的魅力名片，沙漠公园的加快实施将成为未来特色旅游的亮点。

丰富多彩的民族歌舞、民间礼俗、手工艺、服饰、民居等特色鲜明的大漠风情旅游和玉石文化，吸引着越来越多的游客到此深度体验。我感受到了中华民族优秀的传统文化。中华文化博大精深、源远流长，值得我们当代人好好继承。

莫勒切河岩画、来利勒克遗址、扎滚鲁克古墓群等，这些历史遗迹不仅记载了这里丰厚的历史，也让"天边小城"蒙上了神秘而梦幻的色彩。灿烂悠久的历史文化，将永远屹立在且末人的灵魂深处！

　　舌尖上的且末，犹如一条时空的长廊，将远古、现代与未来相连，营造出多元文化的主题餐饮。现今风味食品众多，烤全羊、烤肉串、奶制品、大薄馕、空姐包子等是当地最富特色的传统美食。让人感受到中国美食文化源远流长，美食文化是中国文化的重要组成部分。

　　"花儿再美，美不过微笑；阳光再暖，暖不过关心。"改善农村人居环境，建设美丽乡村，是实施乡村振兴战略的一项重要任务，事关全面建成小康社会。且末县对民居改造规划因地制宜，做到了时尚、统一、安美的三结合。民居改造有序推进，平坦的柏油马路从村村通到家家通，两旁的绿化带像两条长长的绸带，延伸到远方。笔直的杨树像一个个挺直了腰板的战士，花丛中游人竞相拍照，恰似"待到山花烂漫时，她在丛中笑"。同时，发展高品质、高效益、高附加值的生态农业，环境优美的"乡村游"与旅游业有机结合，以不断增加农民的有效收入，真正鼓了农民的"腰包"。

　　且末县在县域经济发展建设中，既看"颜值"，更看"品质"，把"青山绿水就是金山银山"融入城市建设、美丽乡村建设过程中，兼顾长远发展和历史文化传承，真正实现让城市融入大自然，让大自然融入城市，让居民望得见山、看得见水、记得住乡愁，把爱家与爱国统一于实现伟大的中国梦。

　　且末是一个梦幻般的地域，感受到不同风光的境地。这里有浩瀚无比、广袤无垠的大漠，有绿洲白杨、戈壁红柳、天山青松和千年胡杨，有沃野千里、茵茵绿草的草原，还有湖的旖旎、山的峻岭，集田园风光、草原风光、平湖风光、沙漠风光于一身，美轮美奂、尽善尽美。它如世外桃源般宁静，似人间天堂般美丽。

　　且末，处处流淌着诗意的芬芳，这里可以找到心灵的栖息地和归宿。且末远在天边，近在咫尺。相遇天边且末，相逢就是缘分，切莫错过且末！

车尔臣河走笔

来到且末，听朋友说，不到车尔臣河看看，等于是到且末留下的遗憾，这种期盼和等待一直萦绕在心头。

机会终于来了，那是一个周末，热情的小张、小杜邀请了石河子的客人约了我们一同前往。我坐在车上，心里却在描绘着车尔臣河的美景。

车尔臣河是发育自西部阿尔金山的最大河流。车尔臣河最早直接向北穿进塔克拉玛干大沙漠的中部。现在河道沿年轻的断裂向东北流入罗布泊湖，冲积平原，宽约10公里，主要是粉砂及亚砂土的沉积物，河水泥沙含量高。来到车尔臣河，我被河两岸有着极强生命力的红柳和密密麻麻的芦苇所吸引，我大笑高呼着冲向丛林，投身于一望无际的绿色中！同行者也情不自禁地下车观望着这一片绿海，石河子客人赞叹着说："谁想到沙漠腹地还有这么美的地方！"

听说，车尔臣河曾是神话故事《西游记》里记载的唐僧师徒西天取经唐僧饮马歇脚的地方，不过，我们到车尔臣河不是去为了考古，而是完全冲着这条母亲河而来。

天无涯，水无边，天连水，水连天，车尔臣河带有泥沙的水，孕育了塔里木河独特的鱼种尖嘴和大头在那里自由地繁衍生息，正是这种水质，才是它们的需要。

一到目的地，有着丰富野外旅游经验的小张说："你们下河洗澡摸鱼尽情放松心情，我来准备食物。"他一边说一边麻利地拿出事先准备好的肉，削了红柳穿上，就地拾起了干红柳烤起来，并自信地说："用红柳串起来，用红柳烤的羊肉才是正宗的烤羊肉。"

既然有人做后勤保障，我们一行几人便疾步登高观赏着这里的美景，岸上的沙山蔚然挺秀，翠嶂青峰，杂树葱茏，青翠欲滴；宽敞的河流，冲散了这里原有的宁静，流向远方不回头。

玩了两个多小时，回到聚集地时，小张已为我们烤好了羊肉，凉拌好了菜，我们津津有味地吃着烤肉喝着啤酒望着美景，心旷神怡，疲惫皆忘，举杯畅饮，快乐无极！"从小到大吃过了无数次的烤羊肉，唯独忘不了这一次！"石河子客人高兴地说道。

回味着回归大自然的兴奋，我想起了作家徐志摩在《北戴河海滨的幻想》一文中的这样一段话："在这艳丽的日辉中，只见愉悦与欢舞与生趣，希望，闪烁的希望，在荡漾，在无穷的碧空中，在绿叶的光泽里，在虫鸟的歌吟中，在青草的摇曳中 —— 夏之荣华，春之成功。春光与希望，是长驻的；自然与人生，是调谐的。"我想，如果作家能到车尔臣河，也许会用更精妙的句子描述这里的景致。

呵，小游车尔臣河，恰似观赏一幅人与自然和谐相伴的画卷，让人流连忘返。

天边小城

早都梦想着到"沙漠明珠"且末看一看，这里因为路途遥远，有"天边小城"之称。今年七月总算圆了这个梦。

那天，带着对且末县的种种描绘从库尔勒出发了，尽管天很热，也没有一丝倦意，我们行走在具有现代化气息的沙漠公路，万千思绪宽阔得像超越了塔克拉玛干沙漠。

汽车载着我们于下午六时到达且末。来到且末，给我们印象最深的是这里的城建：宽阔的城市大道、一流的中心广场、繁华的商业城、别致的住宅小区、独特的玉石一条街……城市布局非常得体、规划有序，一个气势恢宏的现代化城镇在深处塔克拉玛干沙漠腹地的塔东南已经初步形成。且末的风景迷人秀丽，处处可见高大的参天古树，姹紫嫣红的花草，葡萄架布置得既美观又大方，形成一道绿色走廊。

位于县城中心的昆仑广场非常有名。真是万紫千红秀且末。广场上有枝叶繁茂的树木；绿茵似毯的草坪；有雕塑、有喷泉、有凉亭。广场的喷泉引人入胜，清澈见底的水中有五颜六色的彩灯，水里喷出五彩缤纷的水带、水花、小圈和水柱。有的水柱像柔软的手指在舞动，正如且末县花枝招展的维吾尔族少女优美的舞姿；有的水柱像直冲蓝天的火箭，正如且末人战胜风沙，勇往直前的大无畏气魄！

昆仑广场笔直的道路四通八达，任游人闲庭信步，欢乐的游人兴高采烈地尽情观光、拍照、录像，市民则不分男女老幼，或拉家常、或约会、或观看百日文艺演出、或伴着民族器乐翩跹起舞，使整个广场更加生机勃勃。

每当夜幕降临，五彩的华灯把整个城市打扮得更加富丽堂皇。

倚靠在石椅上，思绪万千，情海涛涛。这座沙漠明珠哟，在这充满生机的季节里歌唱。望着那醉人的夜色，你不觉又会想起你心中曾经爱过的一位姑娘。伴着夜色你会想起她的秀顽，长发、迷人的眼睛，也许你还会说：这是在且末吗？哦，天，地，人，是那样的和谐，美丽情人的倩影，全合在了一起。也许你还会想：在这玉之故乡且末能唤回我追寻的梦吗？　——其实，这都是我永远珍藏着的美好的记忆！

面对夜色，诗人能够吟咏出最美的佳句；面对华灯，画家能够绘制出最美的画卷。而面对且末，人们又能够发出怎样的感慨呢？

来到且末，我感觉这里很美，美得就像一个梦境，她只叫你在梦里流连着，久久地不愿离去。

记忆往事

总有一份情，隐隐的在我的心里，想要倾诉……

很多时候想到，在我孤寂的时候给了我无限的快乐，给了我难忘的心灵寄托，给了我无限的温馨和体贴……

2004年春天，我有幸成为巴州工商行政管理系统第二批援若（指若羌县）援且（指且末县）干部，来到了且末县，将与且末县工商局的干部开始一年的工作生活。随着时间的慢慢流逝，感悟也越来越深，我始终被一种浓厚的创业精神、朴素的乡土情感所感染。一种强烈的责任感、使命感迫使自己必须飞快将那段所见所闻用文字形式固定下来，在以后的工作中用心去感受、揣摩、消化、吸收。

这里所记述的是我在且末县塔提让乡的一段故事，真诚献给朴实无华的且末县朋友。

时间推移到十几年前。且末地处塔克拉玛干沙漠腹地。没到且末之前，就听说这里一年有三分之二的天气是沙尘天气，初次听说，也只当是传闻。当真正来到且末才知道什么是且末的风、且末的风沙。后来才知道刮的原来不是沙是土，是正宗的黄土，是由于气候干燥所致（到了且末才领教了这里的干燥）。当刮风时，天地浑然一体都是土黄色的，太阳也失去了光彩，天昏地暗，日月无光，空气中弥漫着呛人的沙尘，行人表情难堪，行动匆匆，就好像是在惊涛骇浪中翻动的鱼。风沙过后，马路上、墙壁上、玻璃上都积满了厚厚的沙土，风沙从缝隙中钻进了屋子里，屋子的地面上也是薄薄的一层土。风停时，空气中也弥漫着一层薄薄的沙尘，若隐若现，如同烟雾一般，在马路上逛一圈，衣服上、帽子上就沾上了一层土，嘴里"吃"进了土，鼻孔里"吸"入了土。这真是听起来是传闻，说起来是笑谈。这也不由得使我想到了一句顺口溜：且末人就是苦，一天要吃半斤土，白天不够晚上补。风沙过后，天真淘气的小朋友开始拿着长长的树条在地上练起了"书法"，倒也寻找到了欢乐。

走进且末县城，现实冲破了我以往对且末狭隘的偏见，我为这里的城市建设惊叹。山与天相连，山与山遥相呼应，万物空灵中，显示出山的伟岸、天的蔚蓝、地的广阔。县城楼房鳞次栉比，参天古木随处可见。每当夜幕降临，别致新颖的昆仑广场，成了当地居民、各界群众以及游客的重要娱乐场所。天色渐渐暗下来，广场上的五彩缤纷的灯都亮了起来，人们纷纷从家里走出来，带着愉悦的心情。或三三两两、或成群结队，渐渐的，人越聚越多，摩肩接踵地不断涌来。花坛边上坐满了人，喷泉周围站满了人，有看节目的、有跳迪斯科的、有拍照摄像的，悠闲自在，无忧无虑，嬉笑声中，酣畅淋漓，别有一番滋味在心头。

有一个周末，阿局长对我说："今天，我们去塔提让乡我的朋友家里玩。"听到这个消息，我真的是兴奋不已。因为到了且末还没去过乡下。越野车在蜿蜒曲折的公路上行驶，回头望，从车后到远处尘土飞扬，好像是腾"土"驾雾（我权且不说腾云驾雾），犹如车在"云"中走，心在天上飞。

车到塔提让乡，与其说是乡政府，不如说是一个小村庄。没有楼房，没有柏油马路（通往县城的马路正在建设之中）。这里几乎是与世隔绝的世外桃源。当我们出现在乡政府大门口时，一群小朋友用一种怪异审视的眼光远远地看着我们，好像我们是"外星人"。在这个交通落后、信息闭塞的地方，一群素不相识的"外地人"突然出现，不能不令他们惊奇、怪异。

　　听同行人说，阿局长曾担任过塔提让乡党委书记。到底是土生土长的且末人，或者说是老领导回来，阿局长朋友非常多，"面子"非常大。我们一行被阿局长的好朋友牙生邀请到了家里。牙生头戴小花帽，个头不高，肤色黝黑，相貌平平，却不乏刚毅。他们用自己烤制的烤全羊来款待我们。牙生幽默地说："到塔提让乡来，就是要大块吃肉，大碗喝酒。"牙生边用木刀切肉不停地递给客人，边说着俏皮话，牙生给每个人分好肉，举起酒碗说（茶碗里倒了酒，我暂且称酒碗）："欢迎老朋友新朋友来我村，今天在座的有汉族、维吾尔族、蒙古族，不管哪个民族，我们都是地球妈妈的儿女，是兄弟姐妹，是亲人。现在，我提议，为今天亲人的团聚干！"说罢，他自己首先一饮而尽。所有在场的人都为牙生的风趣和脍炙人口的言语打动，都情不自禁地开怀畅饮。大家吃着大块肉，喝着大碗酒，大声说着话，完全沉浸于浓厚的融洽氛围。那天，我第一次品尝到维吾尔族用"土办法"烤制的正宗羊肉、馕饼和奶茶。牛粪烤制的馕饼嫩黄酥软，奶茶清香诱人；维吾尔族姑娘的坦诚善良，随处见到银须飘然的老人神态虔诚，令人平生难忘。

　　当酒足饭饱回到县城后，已经是晚上。牙生的热情好客和美味佳肴让我终生难忘。其实，细细品味，更令人难忘的是那种淳朴的民族之情，自然朴实。

　　至今，我仍觉得一年的时光太短暂。曾经的且末工作生活，心灵的那份沉醉，思绪稍一触动，快乐就自然地洋溢在心底，多少次地想起，沉在痴痴遥望的目光里，多少次梦一般的美好感觉，醉了我自己。

　　三年后的今天，当我坐在办公室工作、无忧无虑地生活时，且末往事如在昨天。总是希望能够平息自己波澜的心情，享受这份平静，有时候却不能实现。在任何时候，我都衷心祝愿且末的明天更美好，这也是我最朴素也最重要的祈祷。每当我在工作生活中遭遇坎坷时，我就会想起在且末度过的日日夜夜，这已经成为催我奋进的力量之源、精神支柱，所有的欲望也就消失得无影无踪，所有的困难也都"乌蒙磅礴走泥丸"了。

昨天的且末，光彩照人；今天的且末，充满活力；明天的且末，风光无限。我又何时才能回到且末，再见您的新模样？

啊，且末——
三百六十天的不期相遇
彼此相望于塔克拉玛干大沙漠
当我看到你的豪迈
我的心顷刻间迷醉
春花烂漫，夏牧欢歌
——因你而精彩
秋月散步，风歌雪舞
——因你而生辉
你总是在我想你的时候
突然给予我撼动心灵的美好
又一次不得不想你
因为我知道
我们生活在地球母亲的怀抱

且末，让我带走记忆

2004年3月，受新疆巴州工商局党组的委派，成为巴州工商系统第二批援若（若羌）援且（且末）干部，我们一行五人来到了且末，进行为期十三个月的学习和锻炼。这是我们人生道路上意义深刻的历程，是浓墨重彩的一笔，也将成为我们人生经历中最宝贵的财富。

记得那天天空晴朗，万里无云，可内心有一种说不出的忐忑：这个离我家800余公里的且末县，会给我的工作、生活产生怎样的影响呢？带着对塔克拉玛干边缘的且末县的种种想象从库尔勒出发了。

且末县隶属于巴音郭楞蒙古自治州，位于塔里木盆地东南缘，昆仑山、阿尔金山北麓，东与若羌县交界，西与和田地区的民丰县毗邻，南屏阿尔金山与西藏接壤，北部伸入塔克拉玛干沙漠与尉犁县和阿克苏地区的沙雅县相望，总面积为14.025万平方公里，为全国面积第二大县。总面积中，山地面积6.23万平方公里，占44.42%；沙漠面积5.381万平方公里，占38.37%；山前倾斜平原面积2.414万平方公里，占17.21%。山与天相连，山与山遥相呼应，万物空灵中，显示出山的伟岸、天的蔚蓝、地的广阔、水的清凉（地下水是山之雪水，冰凉而惬意）。位于县城中心的昆仑广场，成了各族群众的娱乐场所，散步、健身、娱乐，嬉笑声中，酣畅淋漓，别有一番滋味在心头。

不知不觉中，几个月的时间过去了。一天，注册科的杜科长告诉我，明天私个协会要去百余公里的江格沙依村举办活动，邀我一同前往。听到这个消息，我真是兴奋不已。

第二天一早，我们从且末县城出发了，汽车在蜿蜒曲折的山路上爬行，回头望，山路像空中的丝带在飘荡，群山叠嶂中，如火七月的山野，青草绿树为荒漠中的且末增添几分生机，颇有"沙漠中的绿洲"之势。

经过几个小时的艰苦跋涉，终于到达了目的地江格沙依村。江格沙依村，与我有缘的地方，这里是一个小村庄，没有楼房，没有电视，更没有饮用自来水（吃水在河坝用水桶提），几乎是与世隔绝的世外桃源。当我们出现在村支书家的大门口时，一群维吾尔族小朋友用一种好奇的目光远远地看着我们，好像我们是外星人一样。

时间不长，支书家为我们准备好了香喷喷的手抓肉、黄酥酥的烤全羊、油亮亮的烤羊肉 …… 还有几种凉拌小菜，看着这美味佳肴，我咂咂嘴，抹了一下流到嘴角的口水。当一切安顿完毕后，我们便开始吃肉喝酒。那天，我们吃着大块肉，喝着大碗酒，在世外桃源江格沙依村，在美丽的葡萄架下，在热情好客的维吾尔族村支书家，亲身感受了民族团结的亲情、感情、友情，也真如江格沙依的清清河水，纯洁而甘甜。

清晨起床，观望着挤奶的美丽姑娘，手法娴熟、动作到位，实在是叹为观止。青春的躁动禁不住在心中澎湃，向往美丽的心在放飞。—— 江格沙依给我留下难忘的印象！

离开江格沙依之后，我常常想起这里，在这茫茫无际的塔克拉玛干腹地，有这样一块地方孕育着一方无忧无虑生活的人们，尽管他们与世"隔绝"，却也与世无争，充满了快乐和安逸。这也使我想起了一个朋友发给我的短信中的一句话："快乐是一天，不快乐也是一天，为什么不选择快乐呢？"

十三个月，三百多个日日夜夜里，带给我们的，不仅仅是视觉上的冲击，更多的是来自心灵的震撼、思想上的震动和内心深处的撞击。

虽然在且末待了短短的十三个月，但在这些时间里，且末县工商局的

领导和同志们在工作、生活上给予了我们无微不至的关怀和帮助，使我们这些远离家人、身在异乡的同志感受到了大家庭的温暖。在这里有阿布都拉局长带我们慰问塔提让乡贫苦户的身影；有张斌带我们垂钓于车尔臣河的嬉戏场面；有我们每逢库尔班节、肉孜节在少数民族干部家里欢乐的聚会；有我们在所在地学习、参观和考察、与同志进行沟通和交流、介绍工商工作的讲座活动。相识是缘，相知则是心与心的沟通与交流。十三个月，我们与且末县工商局的领导和同志结下了深厚的友谊，且末生活中的点点滴滴也给我们留下了深刻的印象和亲切的回忆。

且末的山山水水也留下了我们五个人的足迹，且末工商局的花名册也有了我们来自巴州北三县（市）的五个人的姓名：冯忠文、秦江、张萍、刘先学、闪图雅。

其实在且末的工作生活，本身就是我们人生经历中一段美好的记忆，在这里，不仅仅是友谊，是交流，是回味悠长，是沉甸甸的收获，更多的是，能带走的记忆。

记忆老屋

　　老屋就像燃在记忆深处的一盏灯，不管走到哪里，总在心头闪闪发亮。

　　小小的老屋是那么的平和、安逸，一切都未有大的改变。只是我知道，看到她就仿佛找寻到了童年的记忆，找寻到了父亲清瘦而又矍铄的背影，找寻那已消逝的但在记忆中难以磨灭的印象。多年以来，老屋以她延续的一份无止无尽的爱，成为我永远温暖的港湾；从襁褓中的婴儿成为顶天立地的男子汉，老屋以她博大的胸怀和宽厚仁慈的和蔼，养育了一个健康的我；老屋以她泰山般的背影抵挡过多少风雨和雪霜，洒进一片又一片温暖的眼光……

　　自从考学离家、工作到城里，至今已经二十多年了，发现自己越来越对自己儿时成长的地方有点模糊，但骨子里老屋却又是如此的清晰。我的童年是在老屋度过的。老屋很普通，是土木结构的矮平房，岁月的洗礼使老屋看上去很苍老、斑驳。我在老屋的怀抱中成长，老屋的人们，老屋里发生的一件件事情，都让我体味到一种血浓于水的情感，教会我做人要做个善良、纯朴的人。

　　我在这所老屋度过了自己的少年时代，曾在老屋里与爷爷奶奶相依为命，在他们的呵护下渐渐长大；曾在老屋里在父亲的指导下做着算术题，每天从老师那里带回一个"好"字；曾在老屋那昏暗油灯下伏炕发奋读书，编制着"作家梦""诗人梦"等不少五彩缤纷梦；曾在老屋里与兄弟

姊妹嬉戏打闹、玩捉迷藏的天真岁月 …… 虽然这些都成了一去不复返的记忆，但现在回忆起老屋那种感觉依然是甜甜的，儿时的幸福在自己的心底洋溢着，伴我儿时成长的老屋承载着我太多太多的记忆。每每用目光凝视着她，再次仔细端详时，她愈发显得沧桑了，生锈的铁栅栏，似乎轻轻一碰就要剥落。白色的墙早已发黄发黑，站在这熟悉的角落，总能勾起过去的回忆，转瞬就能从时光的点滴中回望那渐渐模糊的记忆。

儿时，最开心的事之一便是向往每年的春节了，这样就有好吃的，外出拜年人家可以给几个水果糖吃；还可以穿新衣服和漂亮的鞋子，那种快乐可以维持整整一个星期。

距离我家不远的地方有一棵特别粗大的老榆树，据老人家们说有一百多年的历史了。这里也是大队部所在地。儿时记得最清楚的是每逢过年或过节，这里总是最热闹的地方，那儿可真是小孩子们的天堂。因为可以和很多小伙伴玩游戏，还可以看电影。

童年的记忆特别的多，那时老屋前后的林荫下满是背书的同学们，那时读书真的很苦，从家里到学校是三四公里的土路（有的更远），春季时常道路泥泞，夏天时时酷暑难耐，秋季经常瓢泼大雨，冬季天天冰天雪地，除因家庭困难等其他原因辍学外，几乎没有一人不肯上学，每个人都是一样的积极与勤奋，琅琅的读书声在林荫下，在田野边，在耕地里，走到哪里，都会见到我熟悉的同学们的影子……

春天的老屋，生机盎然。院内的杨柳已在不经意间吐出绿芽了，墙角里随意点种的向日葵和豆角也破土而出，屋后的小麦苗如抹过油般翠绿，桃树已是满目缤纷、芳香扑鼻。

初夏时节，顶刺带花的嫩黄瓜，酸涩的青葡萄和茸毛未褪的桃子、杏子，早被嘴馋的小伙伴偷着尝了个遍，以至于未到收获时节，已是所剩无几了。

秋天的老屋附近，油菜花已蓬蓬勃勃一片金黄，正灿然热烈地散发着清香，成堆的玉米堆在屋前大院里，一派丰收景象。

冬天的老屋，只剩下安静，成了"鸟巢"，人被关在屋子里，围绕着炉子转。人们把粮食收回家，村子外面剩下光秃秃的田野和道路。中午的时候，太阳把空气煴暖一些，人们去井台饮牲口，水桶磕碰井沿，叮叮当当零零星星传进村子，村子里才热闹一阵儿。在我童年的记忆里，最怕过的就是冬天了。那是每一岁中"多余"的一个季节，是天和地清算的日子，庄稼停止生长，鸟儿不飞，鱼不游，人不出门，寒风过来，把地上的东西数了一遍又一遍，把能带走的全带走。

每一个冬天，我们挖好菜窖，把白菜、洋芋（土豆）、胡萝卜、白萝卜等储存在里面，那些菜够我们吃一个冬天，我们每天吃炒白菜、炒洋芋、炖白菜、炖萝卜、熬白菜、熬萝卜、拌白菜、拌萝卜、醋熘白菜、醋熘洋芋、酸辣白菜、白菜炖粉条、白菜炖豆腐、烧洋芋、烤洋芋……等储藏的菜吃完，春天就来了。那时的菜虽然没有现在这么丰盛，一年四季能吃上新鲜的蔬菜，可每当回忆起来，怎么也找不到童年里那种可口的醇香。那种充满快乐与幸福的记忆我会充满感激并珍藏着，每次打开那种珍藏则是扑面而来的浓香。

在童年的记忆里，老屋充满了欢乐，记载着童年的成长。现在，我虽然住在楼房里，可邻里之间那些温馨的往事已很遥远，高楼似一堵有形的墙，隔开了人与人之间的距离。生活水平是提高了，可生活却不像以前那样充满欢乐，这是我的悲哀，抑或是现代人的悲哀？外面的世界无论多么精彩，可我对老屋的思念，对老屋的深情却永远不会改变。

回家之际，再感老屋之亲切，遂作此文，以表怀念。

童年的煤油灯

　　每当工作之余回乡下，看到勤劳、能干的妹妹，我总是忘不了看看冷落在角落的那盏小小的煤油灯，内心总是涌起阵阵激动和兴奋。记忆中的煤油灯上面有透明的玻璃灯罩，银灰色圆形灯座，灯罩下面有一个调试灯光的棍式旋钮（当时我们又叫它"马灯"）。记忆中，它的全身总是布满了厚厚的灰尘。不知咋的，每当回到乡下，我便情不自禁地想起在当时极普通而现在早已过时的童年的煤油灯，它曾伴我走过求学期间艰难的岁月，记载了我的心路历程，印证了我童年的酸甜苦辣，引领了我朦胧的理想，印记着我的成长历程，映现着我童年时的点点滴滴……

　　日子过得真快，转眼我已人到中年。四十年前的冬天，我出生于新疆巴音郭楞蒙古自治州和静县哈尔莫墩镇萨拉村，在我印象中，童年时代除了爷爷奶奶的百般呵护，父母的关爱教诲，弟兄姊妹的嬉闹，玩泥巴一起欢乐的伙伴，破旧的童年老屋，养育几代人的那口老井，便是铭记在心的煤油灯。

　　童年的煤油灯，自制的棉花捻子头总是过几天就结了一层茧子。一有茧子，灯亮就变小了，就得用针把棉花捻子往上拽拽，把捻子头的硬茧剪去才能恢复光亮，常常弄得手、脸油黑。每当夜阑人静，昏暗的灯光摇曳着，照我在静谧的夜里踽踽独行。在这盏煤油灯下，我读完了五年小学（后来有了电，电极不稳定，大部分时间仍使用煤油灯），懵懵懂懂地学到了知识；在这盏煤油灯下，我攻破了一个个难题，取得了一次次优异的成绩；在这盏煤油灯下，我用了摞起来有当时我那么高的草纸；在这盏煤油灯下，我写下了赞美爷爷奶奶的作文，写下了讴歌父亲的日记，体会到了长辈的辛苦，更多的是品尝到了亲情的温暖。煤油灯，一次次感动着我，一次次驱散我的劳累与寂寞。

那时候，煤油是各家各户在夜晚的光亮之源，每家都会准备一两个几公斤的铁壶来装煤油，提前到供销社门市部把煤油打满储存起来，以备用。在我的记忆里，桌子底下那黑黢黢的装煤油的铁壶始终没有空过。我上学的时候，从住处到学校往返将近三公里。用"日出而作日落而息"形容当时早出晚归的求学经历是再恰当不过了。每天下午放学回到家外面都是一片漆黑，除了自家的那点油灯光亮，其他的就是天空的星星，时常耳熟能详的就是犬的叫声。家里、弟弟、妹妹和我几个人把一盏煤油灯围个水泄不通，吸吮着散发出淡淡的煤油味，努力写着老师布置的作业，我们兄妹常因你挡了我的光线，我碰歪了你写的字而闹得不可开交，打着闹着学着，这时大人也不予理睬，爷爷只顾蹲在墙角吸烟，奶奶只顾在微弱的灯光下专心致志地做着针线活儿，爸爸则在一旁借着从我们缝隙中透过的光记着生产队的账目，闹得实在厉害了，父亲会站起来不由分说，照着我们的头轻轻扇两下……第二天起来，每个人的鼻孔里都是黑黑的，擦不净的鼻涕上沾满了黑烟，天天如此……

真正告别煤油灯时代是在我上初中那年，村子里通了电，各家各户都安上了电灯，于是，煤油灯便成了一种历史产物被大家收藏了起来。如果遇到停电，煤油灯照样会派上用场，因为那是乡下人多少年以来与之相伴的一种古老的照明方式，大家都知道，时不时还派得上用场呢。

如今，我已离开故乡二十多年了，家乡的变化不能想象，这里在继大山口水电站之后，又建起了察汗乌苏水电站，工农业生产都用上了电，人们的生活一天一个样，一天比一天好。乡里主要街道装上了路灯，家家户户用上了电冰箱、洗衣机、电视机等家用电器，家家户户都用上了便利洁

净的电能，再也不怕那暗淡的日日夜夜了。然而，我的内心永远难以忘却那盏小小的煤油灯。每当我想起童年的煤油灯时，往事又会在遥远的记忆中纷纷复活。这一盏朴实无华的煤油灯，就是我人生跋涉的奋斗之路，也许正是由于这种难忘，才使我在之后的岁月里，不再惧怕任何暗淡，无论多么迷茫的日子，我都咬紧牙关朝着光明前行。

如今，童年的煤油灯已珍藏在我暗淡的记忆里，随着年龄和岁月的增长愈发刻骨铭心，它不仅是我见证历史的产物，也是亲情定格在我心头一道美丽的风景。

难忘老井

　　工作在外，故乡的老井在我的记忆中依然是那样的清晰。普通的一口老井如我生活的村里人一样憨厚热心，朴实无华。老井以汩汩的泉眼孕育了无数的生命；老井以有限的体积容纳了无限的故事；老井以倾其一生、呕心沥血的博大胸怀，造就了我气势磅礴、诗情澎湃的激情！

　　小时候，我生活在农村。留在童年记忆最深刻的就是村里的老井。那时，周围的人吃水要到大队部的井里去挑。常常是十几个人围着井口水桶大小的水井打水，那才叫十五个吊桶打水——七上八下。每到放假的时候，挑水的"工作"自然落到了我肩上。在我的记忆里那口井从来没有闲过，最喧嚣的要数夏季和秋季了。每次去打水，井边都有打水的人，或男或女或老或少，你走了，他来了，就像凑热闹一样。井距我们家三四百米之遥，我童年的不少闲暇时光是在井边度过的。记忆中井边最热闹的是中午。中午似乎是女人的世界，井旁挤满了洗衣服的村妇村姑。她们或悠然地在井旁唠嗑，或从家里拿来小凳坐在井庭上，有的干脆蹲在那里，一边忙着纳鞋底、做针线活，一边说说笑笑，全然没有劳累的感觉，倒是像在享受、在放松。她们说到兴奋时，或红着脸，或低着头，或开怀大笑。从她们的笑脸上，我似乎读出了什么叫快乐轻松。以我现在的理解，那时的老井非常像现在城里的休闲广场……特别是到了冬天，挑水的挑着桶子在前面走，后面或者跟着羊，或者跟着牛，或者跟着马……小孩子拿着鞭子使劲赶着跑。冬季，老井边多了孤寂，人们打完水打个招呼赶快回家取暖，除了打水的人，井边很少围人，没有了天气暖和时的热闹。冬季里，这口井除了解决人的饮用水问题，还要解决牲畜的饮水问题。自然，冬天挑水比其他季节更困难了。我们在冬天挑一担子水，起码比夏天用的时间多一至两倍。井口周围结满了冰，滑个四脚朝天、狗吃屎是常事了。我也常常这么着。没有人对这司空见惯的摔跤在意、耻笑。

后来，我们搬到了一个叫夏尔扎克的居民区。一天，父亲和大人们商量说："为了吃水方便，咱们自己打一口井吧。"我们兄妹听后甭提有多高兴了。

说干就干。父亲请来了从内地来投亲的周铁等人帮忙，家里老少发扬愚公精神，有力气的帮着提土，小的在家里做饭，足足干了十天，终于打出了水。我们沉浸在幸福中，那时的心情就像塔里木打出第一口油井一样激动。自从家里打了水井，我们足不出户就能打到水，方便极了。

后来，村里多数人都在自家门前打了井，去老井汲水的人越来越少了。近几年，家乡人日子过得越来越红火，基本都用上了自来水，有的自己也打了机井，童年的老井和家里打的那口老井再也派不上用场。可是，每当我回到家乡，看到老井，一是回忆起童年的往事，二是想起了勤劳一生的父亲。那口长满青苔的老井成了我永远的记忆，深深地扎根在我的心里。在我漫长的人生旅途上，它就像灯塔，照亮我的前程。老井，给我思想启迪，给我孕育了种种回忆，成为我人生与生活的缩影，是我永远的情结……

多情的山水那拉提

啊，那拉提，当走进你的怀抱，我才懂得自己的词汇是那么的欠缺，描述你的辞藻是那么苍白无力。在我看来，任何褒奖你的文字诗章都被你山清水秀、层峦叠嶂的山水风光所湮没覆盖，你迷人的色彩总会氤氲成一幅富有生机的多情山水画在我的脑海里铺开来。在我心中，你永远是我最好的守望。

大自然是神奇的，孕育了那拉提五彩缤纷的美丽。一条蜿蜒的柏油马路，伸向穹庐的尽头，一条缠绵的巩乃斯河，流动着你的温柔。辽阔的草原在苍穹之下，像一块巨大的幕布，任柔柔的阳光和煦灿烂的色彩，在上面留下神奇而多姿多彩的影像。一簇簇、一片片的山花长满了草地和山冈，五色的花朵，像婴儿的唇，像惺忪的眼，像极乐鸟的羽毛，像没有融化的雪，像早晨飞动的彩霞……鲜艳极了。遥远的羊群，如从天上飘落在草地上的片片云朵，慢慢地流动着，流过层层叠叠的山峦，流过弯弯曲曲的河流。

夕阳西下，望着那对手拉手骑马走向原野的恋人，我不禁想起了那首脍炙人口的《在那遥远的地方》。草原人以皓月当空的光芒明亮生命悠远乡情，以巩乃斯河水的清澈透明爱情洗涤灵魂，以哈达的洁白纯净友情静穆心空，以那拉提崇山峻岭的青翠润染思维诗意人生，以骏马的驰骋踏碎沧桑放牧胸怀。此刻，我情不自禁联想到了新疆哈萨克族的一种马上竞技活动——"姑娘追"，它富有青年男女交往中的纯真而又浪漫的生活情趣，它有时就是纯情男女相爱的一场喜剧。几度岁月风雨，几经阴晴圆缺，硕大的草原凝练成《在那遥远的地方》那首歌，唱亮草原人坦坦荡荡粗粗犷犷清清纯纯的灵魂。那悠扬高亢的歌声，让人无法躲藏地倾听草原上的悠扬、大气、飘逸。

大自然是一位画家，也是一位魔法师，描绘了那拉提的峰峦雄伟，锦绣河山。置身那拉提的怀抱，蓝天，白云，红霞，皎月，绿草，松林，苍鹰，骏马，牛羊……还有从毡房飘逸出的酥油奶茶清香，烤羊肉的芳香，手抓肉的醇香，大碗喝酒的豪放，无拘无束放声高歌的洒脱……映衬出一个民族奔跃的亘古的历史，映照成草原人把生命与灵魂放逐大草原的诗韵。

连天连地的花海，各种色彩，铺铺展展，浩浩渺渺，斑斑斓斓，烂烂漫漫地绽放着，泼泼辣辣地飘摇着，浓浓烈烈地张扬着，坦坦荡荡、姹紫嫣红，满眼的壮观，如梦如幻。仿佛整个身心不断弥散在蓝天白云草香流水之中……

山是书画，水是诗歌。富有"小江南"美誉的那拉提山水是镶嵌在新疆广袤大地的永恒载体，这里给文学爱好者以启迪，可以放飞想象，尽情书写，演绎在那里的有关云雾白雪的故事，被多情的诗人墨客痴痴吟咏，以具山水之灵秀的传神笔墨赋予其生命的气息，让后来的你我沉醉其中，在惊叹造化的神奇之余，甘愿将自己醉成一泓清泉，一尊瘦石，一棵虬松，一片流云，拥山色而眠，随水声而歌。

一路的风景，一路的精彩。赏心悦目，心旷神怡。曾经在山区牧区工作多年的我，现在，似乎才对风景有了全新的认识，原来，最美的风景就在身边。"人生不缺少风景，只是缺少看风景的心情"，只要我们每个人有一双善于观察的眼睛，用心去感悟生活，你将会获得最大的收获。

江布拉克，梦中的天堂

七月，透蓝的天空，悬着火球般的太阳，云彩像被太阳烧化了，似乎消失得无影无踪。那暑日的酷热，晒得人汗珠直往下滚。在这个时节，到哪里去找一片能让心灵安歇、身心愉悦、心情放飞的惬意之处呢？期盼已久的时刻来到了，自然喜不自禁。那天由玉君亲自驾车，我们一行从首府乌鲁木齐出发，途经大片的农田，与天池擦身而过，经过三个多小时的车程，终于来到梦中的境地 —— 江布拉克。江布拉克，位于新疆昌吉回族自治州奇台县半截沟镇南部山区，总面积48平方公里，是古丝绸北道重要景区之一。景区由天山怪坡、万亩麦田、汉疏勒城、木栈道、黑涝坝等五区十八景构成。独特的地理位置赋予了她绮丽多姿的自然风光，覆盖了记忆中很多深刻的画面，锁住了此刻的记忆，封印了将来的回忆。

一

在没有来到江布拉克之前，曾经听知识渊博的玉君介绍过她，说是没有被渲染过的美丽，亦如天山腰间的碧玉，真正的"世外桃源"，"很有必要"去看看。自此对"江布拉克"这个诗意的名字烙上了梦幻般的感觉，一直萦绕在心中，一直期待着走进她。而今，身临其境，理想变为现实，那种心情可想而知了。当车子行驶在江布拉克景区蜿蜒的盘山道路时，我们迫不及待地放下车窗玻璃，放眼窗外。碧空如洗，云朵洁白，空气清新，凉爽惬意。脚下是无边无垠的草原，一个宁静的世界，一片处于静止状态的绿野，一个让人可以触摸到心灵的地方。沐浴着和煦的风，脚踩在草地上，眼睛不停地摄取着美景，想把一切储存于心灵的胶片中，作为永久的纪念。

走进江布拉克，禁不住被眼前的美景所震撼。盛夏的江布拉克，天，深邃湛蓝；云，洁白如絮；水，幽深清澈；绿，诗情画意。微风轻抚着青草，在阳光的照耀下轻摆着自己的身躯，形成了一片又一片的波浪……睁大双眸，那一片片依山势而逐渐延伸的绿野，让目光不知该如何移动？那一片绿中带黄、黄中有绿、黄绿中夹杂着斑斑红白的色彩，是大自然的点睛之笔才能描绘出如此美轮美奂，独一无二的充满丰富浪漫色调的艺术佳作。面对此景，你除了赞美还有什么呢？此刻，酝酿已久的所有的赞美辞藻都是多余的，所有的赞美言语都是苍白无力的，所有的赞美文章都是枯燥无味的……想做的，只能凭借一种自然流放的情感，敞开怀抱，热烈拥抱似恋人一般美丽的草原，拥吻她，把最诚的心、最真的情、最挚的爱、最美的语言毫不吝啬地统统献给她！一生醉卧在她倾国倾城、丰姿绰约、妩媚动人、独冠群芳的怀抱，把与她最美丽的相遇作为人生的守护，不是"过客"，不仅仅是"遇见"，而是自然而然地发自内心地流露出敢想敢爱敢做的真谛，相互依存，相互依靠，相互提携的境界，在漫漫人生里以一种默契来实现彼此存在的价值和生存的意义。凝望此景，真想做一棵树，站成永恒，没有悲欢的姿势，没有分离的痛苦，没有憋屈的压抑，没有沮丧的低落。根在土里安详，枝在风里飞扬，叶在阴凉洒落，花在阳光沐浴，将所有的风景浅浅收藏，默默欣赏，以内心丰腴，听着涛声依旧、风声呼啸、雨声嘀嗒，享受自己那份独特的心情。这种坦荡释怀，亦如美丽而潇洒的人生。

当车子途经天山怪坡，友人为了让我们体会怪坡的神奇，在一下坡处，提示玉君挂上空挡，本来车应该朝下溜去，可是，在这个怪坡上，车却反其道而行之，竟然慢慢向上坡的方向倒去，就好像踩了油门似的，越倒越快，吓得大人小孩惊叫着 …… 大自然真是有太多奇妙之处了，这也让江布拉克充满了神奇色彩。难怪叫"怪坡"，试过了，也不足为怪了。

二

记忆犹新的还属江布拉克的麦田，她随着连绵起伏的浅山土丘生长。万亩麦田又称万亩旱（麦）田。每逢播种时节，当地村民在连绵不绝的山坡、谷地、沟沟坎坎间种上大麦、小麦、红花等各种农作物，播完种后，就不再浇灌，完全靠天下雨生长，所以被称为旱田，这也是万亩旱田的由来。这里最高处海拔大约2600米，雨水充沛，有"圣水之源"之说。这里风光旖旎、气候宜人，土地肥沃，当地人说插根棍子都可以发芽，随便挖盆土都可以栽花，自然景观和人文景观在这里得到了完美体现。此时此刻，你会领略到万亩旱（麦）田的壮观景象，它会带给你不同凡响的视觉冲击！

站在高处俯瞰，那层层叠叠的麦田，像绿毯一样铺满整个山峦、沟壑，最后与远山的翠绿连成一片，微风吹过，恍如在向游客点头致意，或轻舞漫步，或自由奔放，把春的期盼、夏的炽烈、秋的喜悦、冬的妖娆都在此刻融为了一体。随处可见摄影人愉快地摁动着快门，记录着漫山遍野、波澜壮阔的精彩画面。其实，这种瞬间记忆，早已融汇在这群山之上草原之中，自然流放与五彩缤纷一并荟萃，永远地变成了一道绚丽多彩的风景，构成了一幅得天独厚的高原牧歌画卷，点缀着江布拉克充满诱惑的夏季。在这个酷暑难耐的季节，来到仅有十几度，甚至晚上还接近零度的避暑胜地，无疑是优美而超脱的享受。置身其中，我突然想起了这样的话，用一朵花看世界，世界就在花中；用一只眼看世界，世界就在眼前；用一颗心看世界，世界就在心里。美丽的江布拉克，展现给我们的不仅仅是草长莺飞、碧野千里的景致，她更像蕴涵丰富的调色板，为我们绘出了一幅蔚为壮观的迷人世界，她让人迷恋，引人遐想，令人沉醉……

三

一时玩得尽兴，竟然错过了吃午饭的时间。大约下午四点，我们被朋友邀请到了一处蒙古包用餐。远远望去，大小不一、错落有致的毡房顶上升腾着袅袅炊烟，在万树丛林中弥漫散开，如同仙境。大家在蒙古包围着火炉，取着暖，感受着"夏天的冬季"。在准备午饭之际，我从车上拿出早晨从乌鲁木齐出发时与玉君买的西瓜、桃子，大家一起吃了起来。玉君一边吃一边笑着说："这才叫围着火炉吃西瓜。"活泼可爱的毛毛边吃边吐着西瓜子问道："咦，什么是围着火炉吃西瓜？""毛毛，你现在在哪里吃西瓜？"玉君反问道。"蒙古包火炉旁。噢，我知道了。确实是围着火炉。"毛毛的回答惹得满屋子的人大笑起来，笑声穿过蒙古包辐射远方，消失在漫漫山谷。

友人特意安排为我们做了出自江布拉克山中的野菜，有翠绿翠绿的好几道凉拌菜，有白嫩嫩的炒蘑菇，有绿莹莹的肉炒野芹菜，亮油油的炒蒴菜……玉君吃着蒴菜，情不自禁地说："蒴菜我已经十几年没吃了，今天吃了蒴菜，我就想起了小时候爸爸种蒴菜的情景。今天我要多吃点。"叔叔接过玉君的话茬给我们介绍说，蒴菜极易生长，不择土壤，不择气候，有祛痰、止咳的功效，不仅有药用价值，还可作为蔬菜食用。我们边吃边聊，驻足在青山怀抱之中，呼吸清新的空气，心情舒畅，就像蓝天的白云那样安闲、自在。那一刻，我真想约上睿睿、毛毛一起蹦蹦跳跳起来，忘却久居城市的浮躁，抛开积淀在心里的烦恼，让身心完全坦然释放，回到快乐时代。吃罢午饭，玉君、叔叔在蒙古包小憩了一会，睿睿、毛毛早已按捺不住美景的诱惑忙着去拍照，我和友人聊起了江布拉克的人文、景观等，友人是土生土长的当地人，他给我详细介绍了江布拉克种植的农作物和经济作物、自然生长的物种、野菜品种、出没于山中的野生动物，使我更加感受到其神秘、博大、富有。

四

走出蒙古包，玉君说，我们一定要在木栈道上走走，再次领略自然风光。

踏上"木栈道"，一种震撼油然而生。这是在海拔几千米的山上盘旋而建的木质台阶，大约长78公里，能够方便驴友攀爬千米高山，安全快捷地达到顶峰，尽情挥洒自己的激情，放飞心情，领略古人"会当凌绝顶，一览众山小"的意境。在蓝天白云之下，与一望无际、柔顺、平滑得如毡如毯的碧草亲密接触，跨过草原上蜿蜒穿行的小河，观赏远处五彩斑斓的花草，望着成群的牛羊，零星散落的蒙古包和嘶鸣着奔腾的骏马，还有微风吹拂下那掀起碧波的牧草，再次感受"风吹草低见牛羊"的壮美……在脑海里、心里刻上深深的记忆，形成一个久驻的向往，占据着心田。

在木栈道看草原，恢宏、恬静、柔和、舒缓。那广袤的草场，每一个坡，每一个谷，随着地形起起伏伏，与碧蓝的天空连成一片，或随着微风的吹动变换着，偶尔出现亮丽的金黄色，那是整片的油菜花，那静谧的黄，如同一种装饰。葱茏的草甸间或出现一抹暗红，或各种颜色的野花开满栈道两侧，这五颜六色的小花，娇小但执着，柔嫩却刚毅，点缀着整个草原，使草原有了青春的气息，亮丽的明媚，微风吹来，在风中轻轻摇曳，为这里增添一份朦胧的美感。也为百花争艳、姹紫嫣红的夏季拉开了序幕！无垠的草原和无穷的天空，让你眼里的世界，除了天上的蓝，就是草原的绿，云朵的洁白，花儿的艳丽。那撼人心魄的绿，那深远澄净的

蓝，让你的心一下安静下来，那一刻只感觉到自己怦然的心跳声，将自己融进这片绿色，用心感受着那份淡然、空旷，泼洒诗意的天地。

五

下午六点，我们在返回途中，天突然放晴。极目眺望，那绿色的麦田、那连绵一片的峡谷密林，那静谧的山野溪流，映衬着蓝天、白云和绿油油的草地，组成一幅绝美的画卷。

"因为我们今生有缘，让我有个心愿，等到草原最美的季节，陪你一起看草原。去看那青青的草，去看那蓝蓝的天，看那白云轻轻地飘，带着我的思念。陪你一起看草原，阳光多灿烂，让爱留心间……"这首《陪你一起看草原》的歌曲不由自主地在耳边萦绕，在心里唱响。的确，在最美丽的季节，陪着心仪之人一起看草原，这何尝不是代表了自己的心情，从灵魂深处唱出的心声呢？此刻，仿佛聆听到了马头琴悠扬的旋律，仿佛感受到在一望无际的牧场看万马奔腾，任云卷云舒，海阔天空，任我逍遥洒脱，仿佛看到了心仪的人在栈道上招手的身影，仿佛又回到了在红光山景区、水磨沟公园亲密的牵手……

景美不美，看和谁往；饭香不香，看与谁食；酒醇不醇，看与谁饮。人生如同一场旅行，沿途的风景之美，在于看风景的心情，更在于一起看风景的人……江布拉克，梦中的天堂，一个让心灵去旅行的地方，一个让人能领略到笔下或粗犷、或豪迈的境地，一个古朴、宁静、自然的神圣世界，一个远离尘世，远离喧嚣的静谧土地，一个来自大自然的舒淡怡然，让美梦成真的人间天堂！

江布拉克，一个遥远而熟悉的地方，一个让红红的脸颊滚动着暧昧眼神的地方，一个带给我难忘记忆的魂牵梦绕的地方，一个写满爱情让诗歌发芽的地方，一个暗香在痴情处浮动的地方……她必将成为我一世的牵挂，深深镌刻在记忆的石壁上，时时触动我心里的牧场，伴着那份熟透了的故事，行走在我的梦中！

走进江布拉克的那一刻
心花悄然开放了
放下所有的浮躁
在平川与山峦之间
寻找心灵的归属
在千层万顷的良田
送来厚重的墨绿
在五彩斑斓的原野
泼墨浓郁的清香
在起伏沟壑的峭壁
挥毫流放的清澈
在茂密丛林的云雾

一幕幕的美好在心里播放
一片片的芬芳溢满情感的胸膛
天地之间
浑然一体
我中有你
你中有我
置身于此
喜悦如初恋般绽放
在飞翔的诗情里定格
江布拉克，一幅巨大的油画

不曾修饰的景致

无须渲染衬托

在美与纯的色彩里

让心随她去

我只在外守住一窗静美

喀什噶尔古城探秘

不到新疆，不知祖国之辽阔；不到喀什，不知新疆之广袤；不到喀什噶尔古城，不知新疆之神奇。喀什全称"喀什噶尔"，意为"玉石集中之地"，位于新疆维吾尔自治区西南部，西邻帕米尔高原，东近塔克拉玛干沙漠，是一座有着两千多年历史的古城，古称疏勒。

提起喀什，人们常用"不到喀什不算来过新疆，不到喀什噶尔古城，如同没到喀什"来定位喀什在新疆的重要地位。古城喀什，有许多旅游景点，诸如艾提尕尔清真寺、香妃墓、卡拉库里湖、慕士塔格峰等等，都是游客选择的好去处。除此景点之外，喀什噶尔古城是来喀什必去的地方。喀什噶尔古城以其独特的人文景观，丰富的文物古迹，优美的民族风情而闻名遐迩，吸引着无数中外游客。喀什噶尔古城位于喀什市区中心，是国家5A级旅游景区，占地面积20平方公里。喀什，这座名城的灵魂在老城，而老城的精髓则是高台民居了。奇特的高台民居、迷宫式的古老街巷是维吾尔族建筑文化的集中荟萃，代表了这个城市古老的过去。

喀什噶尔古城，以她特有的厚重和底蕴吸引了无数中外游客，也吸引了我。

站在喀什古城的城门之下，首先映入眼帘的是"喀什噶尔古城"六个大字，浑浊有劲、顺畅大气。古老的城门、斑驳的城墙庄重而显得高不可攀。静静凝望着这座写满历史的城池，思绪万千。迫切走进古城，瞻仰古建筑，无论是那些废墟遗址，还是千年古建筑群，或是破旧土屋……我都心怀虔诚和崇拜。虽然她没有北京故宫的恢宏之美、西安兵马俑的悠久神奇、平遥古城的繁华喧闹、福建土楼的古色古香，但也不失当地古民居的宅肃雍堂，这些无疑是先人们聪明才智的结晶，是他们留给后人最为珍贵的财富。每瞻仰一处古迹的时候，心情都有着迥然不同的感受 —— 有惊喜、有叹服、有沉重 ……

时至正午，骄阳似火。阳光把古城暴晒成白花花的，如一个天然桑拿房，遍地热浪翻滚，只走上几步，就汗流不止。炙人的热浪，使得不少游人在参观古城时就显得有些走马观花，漫不经心。一窝蜂地进城，拍几张照片，留下个影，证明来过，一走了之。

面对令人叹为观止的古城，我瞻前顾后，应接不暇，选择了驻足观望。我想，如果就这样匆匆走了，能看出什么名堂呢？一定要不虚此行。

真是无巧不成书。那天在古城，无意中邂逅了喀什姑娘小艾，原本要单的我有了"伴侣"，使得观光增添了几分情趣。小艾是一名活泼开朗的姑娘，个头不高不矮，身体不胖不瘦，乌黑秀发不长不短，和她圆圆的脸型相吻合，看起来特别美，美得像一首抒情诗，全身洋溢着少女的纯情和青春的风采。留给我印象最深的是她那双湖水般清澈的眸子，以及长长的一闪一闪的睫毛。像是探询，像是关切，像是问候。我们并肩同行，她饶有兴趣地给我介绍着自己了解的古城故事，给我当起了向导，还时不时帮我照相。我心里为相遇小艾暗自庆幸。

喀什噶尔古城的城区道路至今保持着她有史以来不太标准的棋盘式方格网结构，大街小巷横贯其中，深街幽巷，纵横交错，全城清一色的黄色砖或黄土砌成的墙壁，显示着古城的古朴和别致。古城巷道大部分路面都是用砖铺成，巷道两边的古建筑有的看上去很陈旧了，大部分重新翻修过。门窗上雕刻着复杂精细的富有地方特色的图案。每一座房前或是旁边都植养了各种花卉，或是种植了不同树木。轻风中绿树婆娑，花树轻轻摇曳，宁静悠远，古朴厚重。满街鳞次栉比的店铺里是琳琅满目的货架，被一种浓浓的现代商业气息所笼罩。各式各样的民族工艺品，旅游纪念品，风味饮食店，金银玉器行，特色商品店随处可见，犹如走进一座巨大的天然宝藏。维吾尔族花帽、土陶、民族乐器、维吾尔族织布、手工铜器、手工地毯、手工木雕等传统商品，更是吸引了人们的眼球。适逢周末，游人如织，川流不息，家家商行都是人进人出，生意似乎十分红火，一派繁华景象。据了解，这些具有维吾尔族特色的商品制作技艺流传至今，大部分已成为非物质文化遗产。喀什喀尔古城，向游人展示了她浓郁的历史文化，绚丽民俗风情的风貌。与车水马龙、富有现代化气息的喀什新城相比，喀什老城厚重的土墙似乎挡住了嘈杂，漫步在每一条深邃的小巷里，静谧而安详，时光好像停滞了一样。

老城的小巷很有名，小巷虽是七拐八绕却又有章可循。提起小巷最有代表性的当属"高台民居"了。高台民居是喀什市老城东北端一处建于高40多米、长800多米黄土高崖上的一处民居，距今已有600年历史，是展示当地特色建筑和民俗风情的一大景观。相传东汉名将班超、耿恭曾在此留下足迹。这里房屋依崖而建，房连房，楼连楼，层层叠叠，这些房屋大多是土房，也有不少新建的砖房。这些随意建造的楼上楼、楼外楼之间，形成了四通八达、纵横交错、曲曲弯弯、忽上忽下的数十条小巷，如同迷宫。到了这里，你才会从奇特的民居中，感受喀什这座中国历史文化名城的内涵和魅力所在。

在喀什噶尔古城，具有地方特色的喀什土陶可谓是一道亮丽的风景。说起喀什土陶，古老得可以追溯到新石器时代的工艺，这个最初仅仅是维吾尔族人盛水装物的日用器皿，在古城过去的岁月里，曾无比辉煌。而今，聪明的"匠人"将土陶转变成工艺品，可以定做，可以刻上名字，并设计制作了许多小型漂亮的土陶，类似于传说中的阿拉丁神灯、小烛台、小花瓶，还有各种规格的土陶碗，精美别致的小花盆等，让人看后抑制不住购买的冲动。穿行在狭窄的巷道里，这些巷道血管似的连接着各个民居，民居间有过街楼和半街楼，这是民居所独有的特色。虽然有的民居房屋已经倒塌，但这些残垣断壁似乎在向游人叙述着废墟曾经的沧桑故事……

离开千年民居，回望蓝天白云下的古城，她愈显得苍老而孤独，让人情不自禁沉浸在往事的回忆中。这是一座历史悠久的古城，历经沧桑的古城，屹立在时间洪流中的古城，摩挲出煎熬痕迹的古城，向世人诉说着亘古不变历史的古城，她在日复一日，年复一年里，承受着风沙打磨的艰难，历经砥砺，百折不挠，巍然屹立。犹存的满目疮痍，百孔千疮，古旧砖瓦，正是这座历史文化名城的底蕴和内涵所在。喀什噶尔古城的苍茫浮云，是最赏心悦目的风景，总是让人想起昔日的繁华，想起烽烟弥漫的岁月，想起绝代风流的故事。

喀什，一座国家级历史文化名城，一座在中亚坐标上赫赫有名的千年古城。如今，她古老的身躯因为"老城改造"而注入了强劲的活力，输入了澎湃的血液，投入了新鲜的能量。这座千年古城历经沧桑，终于实现了举世瞩目的华丽转身，成为丝绸之路上的一颗璀璨明珠。"老城区改造，是喀什城市建设发展的重要转折点。中国政府投入巨额资金改造喀什老城区，在国际上是罕见的、令人钦佩的举措。"经过周密考察后，联合国教科文组织这样评价。喀什噶尔古城，不愧为喀什之魂！

喀什噶尔古城，给人一种悠远的遐想，一种如影随形的凄美的幻觉。在时间的长河里，把记忆犹新的神秘，揉入时光的轮回里，明眸顾盼，几许痴缠，触动人心，不曾忘却！在此，由衷感谢小艾一路上的帮助和陪伴，让我加深了对古城的记忆，增添了对大美喀什的眷恋！

这座城池

无法寻觅旧时的斑斓

很想在她的残垣里

塑造一个辉煌的灿烂

泛滥在梦里

也可以在文字里

古老的城砖

铭刻着前人印记

仿佛递来一张红色门票

步入历史甬道上的铁血岁月

刻骨入髓，瞻仰不尽

在迷茫和漫长里放逐于天涯

徜徉幽深的小巷

诗和远方就在眼前

我看你时，很远很远

你看我时，很近很近

远去的，是那故乡的云

氤氲了如烟往事

围绕着沧桑岁月的砖瓦翻飞

牵挂着旧时的殇累

成了我脑海中不可抹去的一笔

眼前飘过唐诗宋词的靓影

积淀着历史，闪烁着陈年

我的心正与古城一起沸腾

库车大峡谷览胜

　　新疆境内有两个天山大峡谷，一个位于乌鲁木齐市乌鲁木齐县南山旅游区内，为国家5A级景区；一个位于阿克苏地区库车县北部，一般称为库车大峡谷或克孜利亚大峡谷，为国家级地质公园。如果说南山大峡谷是"会当凌绝顶，一览众山小"，那么库车大峡谷则是"行走地缝间，抬头一线天"。

　　国庆长假，应好友之约，我们来到古丝绸之路库车探秘库车大峡谷。从库车出发，沿独库公路前行，在大峡谷谷口的独库公路旁，雕刻精美的"库车大峡谷国家地质公园"几个鎏金大字屹立山边，如同一个恪尽职守的勇士，正牢牢坚守于自己的岗位上。

　　库车大峡谷，维吾尔语称"克孜利亚"，是"红色山崖"的意思。经亿万年的风雨剥蚀、山洪冲刷而成。独特的雅丹地貌奇观，使其具有"艺术性"和"观赏性"，宽宽窄窄，窄窄宽宽，该宽的地方宽，该窄的地方窄，行走其间，除了惊叹雅丹地貌的壮美外，更惊叹自然的鬼斧神工。大山脉，大沧桑，大山大峰，不毛之地，似乎有一种缺憾之美。但这种奇峰罗列，气势磅礴，博大，浑厚，有着独特魅力的景观，呈现在面前的恰恰是一幅原汁原味的原生态图画。无须雕琢打磨，不要人为加工，这何尝不是大自然造化的一种美呢？

　　从库车往大峡谷方向行走不久，距离盐水沟隧道不远，只见公路两旁一座座形状各异、高低错落的砂岩体，远望就似土丘城垣一般，像城堞堡垒，如亭台楼阁；有的如鹏展翅，有的犹兽归林，只要你愿想象，什么都有，想啥有啥。有一座山峰酷似布达拉宫，远看如诗如画，状若雕梁画栋，仙天琼阁；近瞧若人似物，如梦似幻，惟妙惟肖，神韵万端。苍茫的戈壁滩上出现巨大结实的布达拉宫，会让你有种错觉，以为是到了西藏。这块神秘的土地和远在千里之外的另一个佛教宫殿有什么联系呢，是风沙把那里的美丽神圣带到这里了吗？

库车大峡谷有神犬守谷、通天洞、旋天古堡、玉女泉等42处景点。走进大峡谷，只见谷口十分开阔，深谷之中却是峰回路转，时而宽阔，时而狭窄，有些地方仅容一人侧身通过。谷底平坦，脚下是柔软的细沙，有些路段还有一层浅浅的积水。信步其中，抬头向上望，只见耸立在面前的是一座高耸入云的大山，令人头晕目眩，如同影视剧《西游记》中呈现出的重峦叠嶂，奇峰异石，仿佛步入神话世界。两侧高耸的石壁，岩体为红褐色岩石经风雕雨刻而成，峡谷曲径通幽，别有洞天，山体千姿百态，峰峦直插云天，沟中有沟，谷中有谷，兼天山奇景之诡异，蕴万古流芳之灵气，融神、奇、险、峻、幽为一体，峰峦雄伟、千峰万仞、危峰兀立、怪石嶙峋、景异物奇、令人神往。

探秘大峡谷，真是神奇古怪，神秘莫测。大峡谷内沉积岩的形成主要是由于太阳辐射所引起的气候、水文、生物等自然过程对地表岩石的作用。沉积岩的层理构造是搬运作用在沉积过程中一层一层沉积下来的，先沉积的物质在下面，后沉积的物质在上面。不同时期的沉积物的颗粒大小、成分、颜色等性质不同。大峡谷的沉积岩层中的组成物质主要有石英、白云母、黏土岩、砂石等。沉积岩的颜色主要取决于组成岩石的矿物颜色和混入杂质的颜色。大峡谷中岩石的颜色为褐红色，主要原因是这种岩石含有较多的铁矿质。

大峡谷真可谓处处胜景，景景迷人。那是一道独特的风景线，绚丽，壮观，使人陶醉，令人遐想。

进入大峡谷最先映入眼帘的景观叫"神犬守谷"。顾名思义，就是神犬守家。那块石头看上去像一只猛犬欲扑，似一夫当关万夫莫开，栩栩如生，默默守卫着这个神秘的峡谷。

步入峡谷，在金秋一线蓝天的照映下，徜徉于窈冥的幽谷之中，我分明感觉到，自己的身子时而被峰壑射下的阳光衬托成一幅剪影，时而被深涧浮起的山岚掩饰成一团黑晕。自己仿若被抛进了一个玄妙的神话世界，在西游神话的故事里，一路荡漾，在奇观迭现的迷醉中，飘然前行。

伴着千仞万壁在昏暗中行走时，对面不时豁然出现一片玉白的光晕。那光晕犹如一面神奇的明镜，将眼前的空间映射得亮堂起来。迎着那明镜走去，光线越来越强，以至晃得难以睁眼。峡谷倏忽变得宽阔起来，展现出一幅硕大无比的大写意图画——群峰争雄，峭岩斗奇，众山苍茫，层岭迭现……所有这一切，都被彤红的霞光镀出一种奇特的神韵，使大峡谷美到了极致。

通天洞嵌于百米的悬崖之上，峡谷曲径通幽，别有洞天，山体千姿百态，峰峦直插云天。远望有山的雄奇，近看有水的清幽，如梦如幻，如临仙境。细细咀嚼，这何尝不是大自然给予人类的丰厚馈赠呢？

"无山不成谷，峰奇谷更幽。"旋天古堡奇峰林立、怪石峥嵘、雄伟壮观，还有一峰多景，景趣超凡的独特风貌。无不使人目不暇接，乐而忘返。

玉女泉位于峡谷深处紧靠峰基处，在一高约8米、宽4米的山洞的圆形顶壁上，终年有泉水滴落。望着这神奇的景观，有游人竟然情不自禁地唱起了那时脍炙人口的《泉水叮咚响》。此情此景不由得使你为大自然这妙不可言的造化而着迷。

总之，库车大峡谷集雄、奇、险、壮、美为一体，大气磅礴，壮美无比，沟谷中奇峰异石，险峻异常，风光独特，撩人情怀。石窟中保留的汉文化完整丰富，在新疆境内数百座石窟中绝无仅有，堪与同时代的敦煌莫高窟相媲美。这里是探险者的神秘之地，这里是"光与影的世界"——摄影家的天堂，这里是旅行者眼睛里心驰神往的圣地 …… 这来自亿年前的时光变迁，汇成了生活中的诗意，氤氲的梦想照亮了写着远方的前路，成了前行道路上最坚固的基石 …… 诗和远方，都在这里荟萃！

　　时间无声地走了，留下的是铭心的记忆 ……

人间仙境可可托海纪行

　　未到可可托海之前，知识渊博的知己蓝君曾经给我介绍过这里，山势雄峻、峰峦秀美、古藤缠绕、曲径通幽，是值得一去的旅游胜地。蓝君绘声绘色地描述让我痴迷沉醉。之后，从有关资料上看了可可托海一张张美丽动人的照片，那里有风景如画、青山碧水的清秀，有粉妆玉砌、姹紫嫣红的绚丽，有白浪滔天、波涛汹涌的气势，有危峰兀立、怪石嶙峋的神奇，有白云缭绕、淡妆浓抹的雅致，有苍翠欲滴、崇山峻岭的巍峨，有良辰美景、霞光万道的隽永。可以说，去可可托海，成为我梦寐以求的梦想。

　　之前，蓝君与我曾经策划过行程，细心的蓝君从手机上下载了导航，研究了行走路线，沿途需看的景点，可以说是"万无一失"了。我很佩服蓝君的睿智，一看地图，就知道路线怎么走，走一遍路，就记在心里，悟性超好，聪明过人。与蓝君出行，让人放心、开心、舒心。

一

　　7月28日一早，蓝君和我从乌鲁木齐出发向目的地可可托海进发。我们一路欢笑，一路行驶，天南地北，畅所欲言，行程200多公里，先是到了地处准噶尔盆地东北部、古尔班通古特沙漠东端的昌吉回族自治州吉木萨尔县境内的五彩湾古海温泉。这是一处远离城市和人群，自然风貌独特，空气清新的度假胜地。

"咱们去泡会温泉再赶路吧。"蓝君微笑着对我说。

"好吧。"我愉快地说。

我们停好车，拿了泳衣泳裤，蓝君还准备了泳镜浴帽浴巾，真是做好了一切准备工作。我暗暗赞赏蓝君的细心，同时也为此次出行做好一切准备工作的蓝君默默点赞。

走进造型别致的野骆驼跪卧大门，便到了古海温泉。映入眼帘的是"大漠孤烟直，长河落日圆"的辽阔景象，"海纳百川，有容乃大"的无比盛景。古海温泉水中富含溴、锂、锶、硼、硅等26种活性元素，正是这么多的微量元素，加上它高达75摄氏度的水温，对关节炎、痛风、肩周炎、偏瘫、肌肉萎缩、皮肤病等有显著疗效，还极具美肤作用。古海温泉分羚羊池、芦荟泉、海螺池、古贝池等小泉池和水深不一的两个大泉池。温泉池内泡温泉的人有坐着、趴着、卧着、泳着，姿态百千，有老人，有小孩，有男，有女，有发呆的、有打盹的，还有拥抱在一起的，各种萌态十分可爱。沐浴完温泉后身着各色泳装也是一道亮丽的风景线，与蓝天白云碧水交相辉映，构成一幅壮美的天然画卷，让思绪遐想回到遥远的亘古年代和时尚浪漫的现代气息。

那天是星期四，人并不多，我们更衣，换上泳裤，披上毛巾，先是到了羚羊池洗浴。这个小池无人，就我俩在洗浴。蓝君说："这池子好像是给我俩准备的。"我微笑着看着蓝君那双迷人的会说话的眼睛。我们相互搀扶，一同下水，身体一浸入水中，顿觉一股温暖洋溢全身，非常舒服。闭上眼，细细体味这温润的感觉。泡在温暖的池水里，惬意至极，心旷神怡。躺在温暖的池水里，沐浴在和煦的阳光下，看看四周的风景，想着最想说的话，很是开心。在氤氲的水气中，在无拘无束的举止中，可以随时揽一池波于心怀，释放自己的心声，让温暖的池水轻轻传递心中那份感天动地的情愫……从羚羊池出来，我们又去大池洗浴，蓝君快活地在池中游来游去，先是蛙泳，双臂轻巧地划水，一会又开始自由泳，再翻身来个仰泳，用脚蹬着水向前滑动，心里充满了无穷快乐。

走出浴池，明媚的阳光洒在水面，形成美丽无比的光环，就像是茫茫云海，时而，像嫦娥挥动着白色的纱，在翩翩起舞；时而，又像波涛汹涌的大海，从天外滚滚而来。因急于赶路，我们不得不离开。再见了古海温泉，难忘温泉的缠绕，难忘浴池的拥抱，难忘发自肺腑的柔情蜜语……

二

从古海浴池出来，我们直奔可可托海。汽车一路飞奔，我的心似乎也随着飞驰的车轮一路疾驰。眼前，一会是茫茫戈壁，一会是一望无际的草原，百余公里竟然见不到一棵树。边塞的粗犷，大漠的雄浑、豪放以及苍劲之美逐一在眸前伸展。草地从车轮下的黑缎子似的柏油马路旁一直延伸到天边，草是那样的新鲜，仿佛雨水刚滋润过。正值山花烂漫时节，红、黄、蓝、白……五颜六色的小花开满原野，给草原增添了许多光彩，真是美不胜收。车子一路前行，茫茫视野愈发变得辽远而宽阔。蓝君说，或许我们还可以看到野生动物呢，并催促我准备好相机。不出蓝君所料，果不其然离公路不远我们见到了悠闲漫步的野骆驼，一群群，一簇簇，或喝水、或吃草、或小憩，优雅的身姿，安然的神态……我举起相机"咔咔咔"拍下了一张张野骆驼栖息的照片。那天阳光异常明媚，车窗外天空瓦蓝，万里无云，茫茫大地在遥远天际与那一片蔚蓝融为一体，我们好似走向遥不可及的天边，走向那无边无际的大地尽头，宠辱偕忘，悠然自得，心儿也逐渐与大自然融为一体。轻风阵阵，摇曳着小草，使她的生命多变多姿，彰显生命的葱茏和生机，也为一路前行，增强了无尽的力量。不到新疆，不知中国之大。一路行驶在茫茫原野，拓宽了视野，陶冶了情操，加上我们相互关照，蓝君指导我开自动挡车（本次自驾是自动挡车，我第一次开，蓝君是我的师傅），更使这次旅行给予了我难忘的印记，在我记忆的荒芜里生根、发芽、开花、结果，繁衍出生生不息的希望，永不磨灭。

天堂很远，去不了；中国太大，走不完；新疆很美，在眼前。与蓝君同行，唯独拥有的是看风景的心情，哪怕是一棵树，一叶草，一朵花，一片云，一阵雨，甚至一只飞鸟，乃至擦肩而过的一个陌路人，都会在思绪里留下这样或那样的记忆，充满这样和那样的遐想，都是眼中的风景，也是一路的美景，在漫漫人生路上让我曾经贫瘠的心丰盈起来。

我们在途经卡拉麦里有蹄类野生动物保护区、恰库尔图等地，一路有击掌庆贺的喜悦，有相互信任的默契，有不拘小节的放纵，有春风化雨润物无声的呵护，有忘却烦恼忘记疲劳的洒脱，我们一路前行，于下午五点左右到达了富蕴县城。我们在县城未停留，一鼓作气驶向可可托海。

三

下午八点多，我们来到了向往已久的可可托海景区。

可可托海位于新疆维吾尔自治区北部富蕴县城东北48公里的阿尔泰山间，额尔齐斯河刚好从中穿流而过。可可托海，哈萨克语的意思为"绿色的丛林"，蒙古语意为"蓝色的河湾"，这里曾因矿产资源丰富而举世闻名。听蓝君说，这里是全国第二冷极（极寒天气），冬天气温都在零下40摄氏度以下，而最极寒的地方是黑龙江的漠河。这也使可可托海更具神秘色彩。正因为有了这种极寒天气，也为挑战极限的人赋予了"竞技场"。

我们被沿路那美丽的、神奇的、多彩的、气势磅礴的景色所深深迷住了。途经可可托海镇未做停留，径自来到了景区大门，由于是下班时间，景区已关门谢客，我们依然按捺不住内心的喜悦，不顾一路乘车的疲倦，去感受那波涛汹涌的气息，去享受回归自然的惬意，去领略无限风光在险峰的景致。可可托海，在蔚蓝色的天空下，白桦树、碧野和花草显得更加美丽。一缕缕阳光从绿树丛林的缝隙照出，在地面形成斑驳的阴影。微风徐来，光滑的皮肤接触那丝丝凉风，感到舒服极了。漫步在酥软的草坪，风，那么轻柔，带动着小树、小草一起翩翩起舞。当一阵清风飘来，如同一双柔软的小手轻轻抚摸自己的脸庞，我几乎都要醉倒。

从景区大门返回可可托海镇，我们在一家川味饭馆点了喜欢吃的鱼和青菜，晚宿于就近的一家宾馆。可可托海镇距离可可托海景区大约五公里，是屹立于山区的一个悠闲安静的镇子，疏疏的林，淡淡的月，衬着蔚蓝的天。不远处是郁郁葱葱、阴阴森森的山脉丛林，四面苍峰翠岳，两旁岗峦耸立，像巨龙、像蟾蜍、像羊群、像飞马，像利刃、像恋人牵手、像鲲鹏展翅……它们在大自然鬼斧神工的雕琢下奇峰罗列、形态万千、栩栩如生、活灵活现。仔细观之，又似乎蕴藏着无边的黑暗，让我们感到的只是薄薄的夜，更添诗情画意，令人思绪万千。

可可托海的夜，星光满载，空气清新，风吟细细，夜舞翩翩，璀璨炫目，令人迷醉。当夜，我们睡得很香很甜，甚至来不及多想、来不及眨眼、来不及做梦……

四

29日早起，我们按照养成的习惯先空腹喝水，洗漱，在宾馆吃了早餐。高兴的是外面下起了雨，像绢丝一样，又轻又细，好像是一种湿漉漉的烟雾。冒着蒙蒙细雨驱车来到了可可托海景区。没有阳光的雨天，别有一番美感，像一幅淡淡的水彩画。听着雨声，享受那份独特的心情，心如水般宁静，那是一种幸福的感觉。一路上，清新的空气，幽幽冉冉，沁人心脾，再加上细雨的做伴，让旅行更增添了浪漫。

　　不大一会，雨就停了，天空布满了云彩。蓝君笑着说："我们运气真好，这样的天气上景区，不冷不热，舒服。"听着蓝君的话，我突然想起了前不久去江布拉克景区，友人说的一席话："你们今天到，景区今天才开放，早几天天天大雨，上不了山，你们运气真好。"莫不是"好人有好报""吉人自有天相"？我这样想。我们乘坐游览车行走在景区平坦的道路上，可可托海夺人眼目的景致深深吸引了眼球，漫山遍野的绿，远远近近，铺满山间，层林尽染，一枝枝，一树林；一叶叶，一丛丛；一块块，一片片……在脚下，在眼前，在远方，在青色山脉的掩映下，在微风轻漾的抚摸下，扭摆腰肢，摇曳舞蹈，随风哗然，尽情歌咏……宛如我心仪的女子，微笑着大方地向我走来，活泼开朗、大方大气、大大咧咧，我不顾一切，与之拥抱，轻吻，在自然清新里流放情感，在千仞万壑里雕琢记忆，在茫茫青黛里留住青春，在一泻千里中流露爱慕！从这一刻起，我深深地爱上了可可托海。我誓与她在这静谧的人间仙境爱得轰轰烈烈、爱得潇潇洒洒、爱得惊天动地、爱得海枯石烂、爱得生死不渝！

　　观光车一路蜿蜒盘旋，沿途可见各种灌木，枝繁叶茂，形态多姿，在山涧玉树临风，在陡峭岩石缝隙里盘根错节，在沟沟壑壑里旁逸斜出，尽显其生命的华彩，这不能不说是一种在自然和神奇里孕育的伟大！放眼望去，整个山谷被植被湮没，浓妆艳抹，魅力无穷，翠绿的青松，墨绿的白桦，银灰的杨树，亮丽的红叶树，在蓝天白云的映衬下，争相吐艳，娇媚绝艳，各显风采，美不胜收，我们似游走在油画长廊的绮丽峡谷。极目远眺，额尔齐斯峡谷突兀幽深、山高水险、奇光异彩、气势磅礴，美到极致，美到绝伦，青色的山、灿然的水、缤纷的树，构成了这幅五彩斑斓的原始画卷。欣然走进河谷，就好似走进了梦幻般的七彩世界。青山，碧谷，鸟语花香；波涛、瀑布，飞流直下，仿佛走进了仙境一般，郁郁葱葱的原始森林，铺满山崖，林中有高大的银白杨、风姿卓绝的额河杨、傲然的欧洲黑杨、谦逊的银灰杨，还有那亭亭玉立温情浪漫的白桦林。微波涟漪，涓涓流淌的林中小溪随处可见，潺潺漾漾的溪流与娇美的景色相互依托，相互嬉戏，真是水因山而生，山因水而秀，人因秀而至。人如同也走进画里，有种"舟行碧波上，人在画中游"的美感。我们被眼前景致所吸引，我举起相机，为蓝君拍摄了一处又一处难忘的美景，这终究是一种镌刻于心，融景于情，情景交融，没齿难忘的印记，将记忆的青草如同可可托海的植被覆盖曾经被杂草填满的记忆。我捡了几块有山水画的小石头送给了蓝君，以此证明在这块神奇的土地上曾经留下的两人世界的故事。

额尔齐斯河，被当地哈萨克族亲切地称为母亲河。秀丽的河谷流经山涧，哗哗作响，两旁的绿树静静地守护，蓝天白云也只是默默的看客，看着她前行，看着她流淌，看着她的美丽和神奇。可可托海丰沛的降水，使得额尔齐斯河沿岸的草原水草丰美。在额尔齐斯河两岸，是首尾不见、数百里郁郁葱葱的原始林带，这也是额尔齐斯河独特的风景之一。挺拔的青杨、俊秀的白杨、苍郁的黑杨和枝叶散乱的胡杨，在额尔齐斯河两岸自由地享受着阳光与河流的恩泽，使这里成为中国闻名遐迩的杨树种基因库。雄伟的山，苍郁的树，苔染的石壁，滴水的丛林，都在额尔齐斯河投下绿油油的倒影，天空和地面绿成一片，就连自己也在那闪闪绿色之中了。

额尔齐斯河，一条雄性的河，又是一条慈母般的河。有深情缓冲的温馨，似摇篮曲，有拍岸惊涛的狂野，似万马奔腾，又在激流与平静中勇往直前，像一部悲怆的命运交响乐，回旋在故乡的土地上。

五

在可可托海景区里有好几座山峰，首先进入眼帘的是神钟山，其次是小钟山、神鹰峰、骆驼峰。这些山峰，是那般的逼真，令观赏者折服，更为大自然的利斧神功膜拜。

一河一天地，一石一世界。额尔齐斯河从阿勒泰山奔腾而下，创造了一方生机勃勃、姿态万千的河谷气象。一块完整的巨石，形成了一座巨大的神钟，屹立在额尔齐斯河谷中，屹立在人世间。神钟山是最高的山峰，海拔1608米，相对高度365米。样子很像一座倒扣的大钟，犹如天上的神仙把一座大钟立在额尔齐斯河边，雄伟壮观。这既是奇迹，也是大自然美轮美奂的极品。

神钟山又叫"阿米尔萨拉峰"，缘于当地哈萨克民间流传的一段美丽凄凉的传说。据说，有个小伙子叫洪太吉，他是蒙古王的儿子，他爱上一个姑娘叫萨拉，但姑娘却爱上了他的朋友阿米尔，为了萨拉，两个好友反目成仇。阿米尔和萨拉带领一队人马私奔，跋山涉水，来到钟山脚下，他惊叹于钟山的雄奇壮丽，爬到钟山之顶，安营扎寨。夏天，喝雨水，吃山顶上的野葱、野白菜；冬天，打猎。他们平静而幸福地生活着。洪太吉得知心爱的人与朋友私奔，心生仇恨，发誓一定要找到他们。终于有一天，他在钟山发现了他们的踪迹，于是，他在钟山对面的一座山上驻扎下来，隔河相望，等待萨拉出现。一天，萨拉背对额河，梳理美丽的长发，这时，洪太吉对着萨拉的背影射出了仇恨的箭，殷红的鲜血滴落在小溪里，萨拉从钟山顶上掉了下来。阿米尔悲痛欲绝，从山上跳下，他们双双落在额河中间的一块巨石上，鲜血染红了巨石。据说，至今这座巨石中间的凹陷处仍盛满了血红色的水，向人们诉说着发生在这里的爱情悲剧。据说，冬天下过雪后，有人在某块山崖上看到阿米尔抱萨拉欣赏着神钟山的美丽冬景。

传说终究是传说，我们无暇顾及。但见神钟山在群山中屹立，惟妙惟肖，孤峰突兀，直插云天，如擎天一柱，精妙绝伦，蔚为奇观。庄严、肃穆，与绿草野花、参天古木为映衬，与青山绿树为伴，显得分外壮美，也是大自然毫不吝啬馈赠于人类的一幅最完美的杰作。

走在山径蜿蜒曲折的观景云梯，仰望神钟山，峰上云雾缭绕，像一条彩带从云间飘落下来，山峰青得像透明的水晶，镶嵌在天边的连绵起伏的山峦，在阳光的照耀下反射出闪闪亮光，显得分外壮丽，好像一幅美丽的图画。远处是重重叠叠、连绵不断的山峰，有的山像瀑布一样壮观，似一泓清泉随着山体流下谷底，颇有"飞流直下三千尺，疑是银河落九天"的气势。在神钟山峡谷游览区，有"观山赏水接福气"之说，也许因此，才有人头攒动，摩肩接踵的游人，才有了纷纷与神钟山合影留念的不断人流。蓝君与我也选择了最佳位置，与神钟山合影，与这里绝美的山水合影，留下最美的记忆，留下甜蜜的微笑，祈求平安快乐和幸福。

游览完额尔齐斯风景区，在乘坐游览车返回的路上，我们在距景区大门约两公里时下车，走栈道返回。栈道一米多宽，由一条条规则的黑色木板铺成，在茂密丛林里，一路蜿蜒通向远方，更像是通向幽处的曲径，穿梭在树丛中。我们一路嬉戏，拍照，在笑声中度过了愉快难忘的时光。

在可可托海，每一处景，都孕育出了独特的人文，从而有着不同的传说，那无以计数的历史印记和鬼斧神工的大美景色，又该饱含有多少动人的故事呢？

六

依依不舍地离开迷人的额尔齐斯峡谷之后，我们又峰回路转，来到传说中的世界闻名的"三号矿脉"，它被世界公认为稀有金属"天然陈列馆"，拥有地球上已知140多种矿物中的86种，稀有金属占到矿山储量的九成以上。可可托海的神秘还在于富集铍、锂、铌、钽、锆等金属，从而成了一座天然的稀有金属元素储备库，因此它被誉为中国的英雄矿、功勋矿。

走到"三号矿坑"边缘，站在凭栏处俯瞰，有种眩晕的感觉。沿着环道慢慢望向坑底，一层一层地绕着环形往下延伸，似是一环一个奇迹，一环一个辉煌。采矿车在谷底就像火柴盒大小，叮叮咣咣的声音在山间回响，没有节奏、没有音律。抹开那飞扬起来的尘埃，仿佛看得见它曾经尘封的历史，平凡中的雄伟、沉重中的智慧、荏苒中的光耀……经过几十年的开挖，三号矿脉很快就形成了一个巨大的地坑，好似一顶草帽，深达140余米。眺望远方山坡，"大跃进万岁"的巨幅大字清晰可见，仿佛依稀回到了过去的岁月。

从"三号矿坑"出来，时值午后，带着一路的欣喜与愉悦我们来到了可可托海另一个迷人的景区——伊雷木湖。聪明的蓝君看着路标，绕着小道，询问路人，将车开到了湖边，让我们近距离走进了她。伊雷木湖是富蕴大断裂带上最大的断陷盆地，湖面海拔1120米，湖泊南北长大约6公里，东西宽大约2公里，湖水最深100米，蓄水1.13亿立方米。湖水深蓝，碧波万顷，清澈透明，东西两侧雄蜂屹立，南北两侧绿树环绕，良田万顷，村舍镶嵌，这一切奇妙地倒影于水中，形成两幅重叠的画面，真是"山绕平湖波撼城，湖光倒影浸山青"。微风习习，微波轻漾的湖面上，一蓬蓬芦苇随风轻摇，柔美，轻盈，水鸟翔集、大鹏展翅、野鸭欢歌、鸟语花香，点点野鸭等水鸟在水中悠闲踱步，轻歌曼舞，深深陶醉于湖面悠然的秀美。伊雷木湖四面环山，地势空旷，湖边绿草如茵，山花盛开，牛羊成群，宛如一幅边塞牧歌图，勾画出特有的一道风景线。

可可托海是神奇的，多彩的，纯净的，迷人的，这是一片不可多得的人间净土。

可可托海像一个大大咧咧的心仪女子，使心动的我把爱夹杂在额尔齐斯峡谷，感情在额尔齐斯河的漩涡回旋，对她的爱不容亵渎，锁住了一颗真诚的心。

可可托海的美是无法描述的，绵延不断的群山，与大自然融为一体，既是和谐幸福的家园，又是人人向往的人间天堂。走进她，一棵草、一片叶、一朵花……都会走进记忆，让人在沉迷里醉倒。

七

大约下午四点，我们走马观花地离开了伊雷木湖，朝着富蕴县的方向驶去。一路上，我们满载融入景致的喜悦，回味着一处处难忘的美景，心情舒畅，意犹未尽。

未到可可托海，总对她充满幻想。想着她的广袤和深远。走进她，可可托海的美，远比我想象的要真切，不仅仅是那如画的线条和轮廓，还有如诗的景象。用如诗如画来形容她再恰当不过了。

未到可可托海，总想着曾经被额尔齐斯河流响的可可托海，喧嚣被禁锢在了真空里的寂静。走进她，那山、那水、那景引来了四方宾客。只要用心体会，用情交融，处处都是风景，处处都是故事。

未到可可托海，总以为她是秀美、恬静、清秀的一幅画。走进她，她傲然，粲然，如一首澎湃的浪漫曲，热情奔放，灿烂辉煌，是神奇的大自然给人类慷慨的馈赠。

我们沿原路返回，一望无际的绿色铺天盖地，草是绿的，树是绿的，山是绿的，连空气好像都是绿的。那种绿，是一种能滴出水来的湿润的绿，还有那些叫不出名字的小草小花，时刻都像刚刚被雨水洗过一样，每一片叶子上都挂着晶莹的露珠，就连那一滴滴露珠都是绿的。蓝天和大地互相拥抱，你中有我，我中有你，把天上人间的一切都融化在令人向往的梦境里。车子行驶在这一片令人陶醉的绿色中，好像这一片天地属于我们，我们好像也超越了平常的自我，无拘无束，无忧无虑，任尔放纵，想说啥就说啥，想干啥就干啥，这种轻松，诠释着一种爱慕、信任、理解，无疑是世界上最幸福、最快乐的事了！

车子在行驶中，与号称“北国江南”的可可苏里擦肩而过。可可苏里又称野鸭湖，观之，一是蓝，二是绿，三是洁净。

透过车窗眺望，可可苏里在蔚蓝的天空掩映下湖水是那样湛蓝，那样晶莹清澈。湖水从一个山谷整装出发，满山奔走。在阳光照耀下，波光粼粼，像给水面铺上了一层闪闪发光的碎银，又像被揉皱了的绿缎。湖水步态闪闪妩媚，表情清亮秀美，腰肢柔弱坚韧。湖水蓝得纯净，蓝得深湛，蓝得温柔恬雅，蓝得像锦缎。微风下，起伏着一层微微的涟漪，一波一波辐射远方。周围树木郁郁葱葱，山花烂漫，深深浅浅，信天漫游，为寂静的山谷哗哗呼啸，为静谧的原野奏响音符，为青青的牧场唱响欢歌！金色的阳光照耀着湖水，湖面就像一个巨大无比的笑脸，露出了灿烂迷人的笑靥。

"欲把西湖比西子，淡妆浓抹总相宜"，虽然这是说杭州西湖，在可可苏里我情不自禁地想起了这句古诗。远处高大的裸体山坡，褶皱沟壑依稀可见，湖对岸万余亩开阔平坦的草原上散布着悠闲的群群牛羊，踏花觅草，恬静安逸，令人感慨大自然何以造就如此精致完美的山水画卷。我想，面对此景，想起这句古诗也不为过吧。

八

下午五点，我们到达富蕴县城。这是一座四周环山的精致的小县城，县城不大，人口不多，车辆不挤，干净整洁。

我们在宾馆洗了澡，休息了一会，到一家餐馆用了晚餐。便漫步街头，在霓虹灯下领略边陲小城的魅力。徜徉在穿城而过的额尔齐斯河边，沉醉于那天然氧吧释放出的沁人心脾的气息，无疑是一种莫大的享受。青山绿树中环抱着的一条条马路路灯，规整地排列在县城的大街小巷。依栏而望，额尔齐斯河上霓虹闪闪，蜿蜒朦胧。微风缓缓吹来，丝滑细腻，就像那双软绵绵的手，穿过我的夏衫，透过我的羞涩，不容我抵抗地拂在身上，面颊上。额尔齐斯河流经县城，似乎失去了峡谷的烈性，显得平缓沉稳。此刻，我静静地感受额尔齐斯河的柔弱、浪漫、诱惑。遥看彼岸，华灯灿烂，波光倒影，一闪一闪，就像一颗颗美丽的珍珠。整个河面在夜色里变成了黑色，就像打翻了墨瓶。灯光映在河面上，被拉成了长长的光影，随着灯光的变化不停地变换着色彩，把漆黑的河流装扮得亮丽无比。

不远处，是一处音乐喷泉。伴随着音乐响起，喷泉从四方喷射出来，喷泉形状奇特，时而如一条银龙直冲云霄，时而如飞鱼般互相交错着飞跃，时而如大雁展翅高飞，时而如舞者扭动腰身……颜色五彩缤纷，红的、黄的、粉的、绿的、蓝的、紫的……似乎形成了水的花海，令人刮目相看，眼花缭乱。

一方山水养育一方人。额尔齐斯河流域，这方充满神奇的土地，记载了多少刻骨铭心、催人泪下的故事，或优美、或浪漫、或震撼、或动人，这些故事，或在时空演进，或在世事变迁，就像源源流淌的额尔齐斯河，在生生不息里传承一种永恒的渊源文化！

夜阑人静，大地上万物都进入了梦乡。而我还在愉快中揣摩一种幸福。回味着和心爱的人在一阵轻风里牵手，摇曳生命的多变与多姿；和心爱的人在一处绿荫里追逐嬉闹，彰显生命的葱茏和生机；和心爱的人在红光山上祈福，在水磨沟公园的嘱咐，伴着悠长的佛歌在祝福里漫步；和心爱的人在河边健步，低头看脚，抬头看天，心如天空，包容一切，徒步廿里，精力不倦！

这次旅行是一次美妙的旅行、幸福的旅行、快乐的旅行、充满浪漫的旅行。每当想起这次旅行，都会让我流连忘返，在久久的记忆里想起的不仅仅是美景，而是伴随我欣赏美景的心仪之人！古人有"醉翁之意不在酒"之说，其寓意莫不包含了另一种心情？

可可托海，你这般美丽，丰腴了我记忆的土壤，让我的故事植根于漫山遍野，爬满记忆的山峦，我不知道今生赋予你多少爱恋和梦想，让爱的灯火照亮沉寂内心深处的荒芜？我不知道何时再回到你的身边，将已经栖息于额尔齐斯大峡谷幽静山谷的感情和伴随额尔齐斯河飞旋的诗情挥毫成章，重温在你的怀抱里经历的激情岁月？

北疆纪行

　　金色九月，我们策划了梦想之地的旅途。8月14日—16日，我们几人从乌鲁木齐出发，沿乌奎高速从奎屯到独山子，完成了独库公路独山子到乔尔玛的北疆路段之行。之后又从乔尔玛返回独山子，从独山子途经石河子到乌鲁木齐，再到位于乌鲁木齐南山的天山大峡谷。三天的时间，我们驰骋高速，行驶平川，翻越峻岭，赏瀑布、踏草原、步冰山、游景区……一路走过雄、奇、险、美的路段，领略了大美新疆的无穷魅力。沿途风光旖旎，处处有景，景景迥异，令人陶醉。让人感受新疆之美、北疆之美、秋天之美。笔者以游览顺序，分别以《独库公路览胜》《夜宿独山子》《幽静农家小院》《神奇天山大峡谷》记之，留作记忆。

独库公路览胜

　　8月14日，知己蓝君与我等几人从乌鲁木齐出发，沿着乌奎高速到奎屯。当车辆行驶在奎屯市区，沿途见高楼林立，绿树成荫，宽阔的马路上人来车往，熙熙攘攘，颇有大城市的繁华。马路边随处可见鲜花和草坪，绿树成荫，姹紫嫣红。蓝君赞不绝口地说，在这戈壁荒原上竟有如此气派的城市。在奎屯吃完午餐，买了西瓜等，短暂停留后，我们沿奎屯河盘旋而上，踏上了穿越独库公路之行，亲历独山子到乔尔玛一路的崇山峻岭和悬崖峭壁上接连天山南北的天路。入山越深，山势越高，公路在半山腰向远处延伸，似在劈山前进，汽车如一叶扁舟，穿梭在天山峰峦之中，如入仙境。行驶在独库公路，我的视线一直为窗外那一掠而过的山峦与群山环绕吸引，汽车或在山谷或在峭壁或钻防雪廊或越山洞，令人惊叹。知识渊博的蓝君介绍了当年修筑独库公路时的感人故事，并说这是一条国防公路。听完蓝君的介绍，顿感行驶在这条令人肃然起敬的英雄路上，禁不住热血往上涌，久违的崇高再次被唤醒，恍惚间又看到那些最可爱的人以愚公移山的气魄战天斗地的激情燃烧的峥嵘岁月……

如果说成昆铁路是中国最美的铁路，那么独库公路就是中国最美丽的公路！独库公路宛如一条巨龙横穿中部天山，有一日四季的神奇，有山势险要的雄伟，有一路绿洲的大美，有戈壁荒山的狂野……走上这条"英雄之路"，一种自信的力量自心底油然而生。

独库公路，即独山子到库车的公路，全长561公里，是连接南北疆的重要通道。从独山子出发，一路横亘崇山峻岭、穿越深山峡谷，连接了众多少数民族聚居区。它的贯通，使得南北疆路程由原来的1000多公里缩短了近一半，堪称中国公路建设史上的一座丰碑。为了修建这条公路，数万名官兵奋战10年，其中有168名筑路官兵献出了宝贵的生命。

车子刚进入山区，便经历了不断的90度转弯，真是充满惊悚和刺激。沿途可见多处冻土融沉路段、塌方路段、山体滑坡路段，悬崖绝壁上依然可见当年官兵们攀岩时留下的钢钎，这便是"飞线"段。这数百里在悬崖绝壁上横向凿出的路基，勘设者无法丈量，只能在图纸上标上虚线，是曰"飞线"。战士们身背风枪，腰缠炸药包，沿着绳索从万丈悬崖上吊下来，沿45度角往上打眼。他们扣着石缝，像壁虎一样慢慢向上移动，身后留下一个个炮眼……在"风吹石头跑，氧气吃不饱，天无三日晴，六月穿棉袄"的恶劣气候里，在"大雁难飞过，野羊不敢攀"的艰苦环境里，在"黄昏掩门后，寂寞心自知"的单调生活里创造了一个个令人震撼的奇迹，硬是开辟了这条通途，更是造福后人、利在千秋的宏伟基业。无法想象，在20世纪70年代那样落后的施工条件下，在每年大半年积雪封山的环境里，英雄们是如何顶着恶劣的天气，与疯狂的风雪搏斗，与险峻的山石搏斗，与肆虐的严酷搏斗，创造了我国和世界公路史上的奇迹的！这不能不说是中国军人的伟大！仰望绝壁，看到绝壁上留下的根根钢钎，仿佛是官兵们不屈的脊梁，深深插在天山之巅……

沿途的风光令人心旷神怡，天上的白云，山间的流水，浓荫遮天的青松，特别是可以看到两棵树、三棵树、四棵树盘根错节亲密屹立在一起，或像恋人，或像一家人，或像新疆各民族团结交融，让人情不自禁想起了在新疆广为传颂的"天山青松根连根，各族人民心连心"的谚语。我们穿行在松林中，夹杂在其间的是郁郁葱葱的碧草，争奇斗艳的野花……越过高山湖泊，有忘却一切的洒脱，心无杂念，就像湖水一样清澈。记得有人说，湖是风景中最美丽、最富于表情的姿容。它是大地的眼睛，观看着它的人也可衡量自身天性的深度。不远处，看到了一片墨蓝的湖面，点点繁花点缀着湖边。湖水如一块碧黛的翡翠镶嵌在群山环抱中，湖水倒映着雪峰、青松，闪烁着多彩的光影。像是一面镜子，倒映了世间美丽的风景。许多游客在湖边摆出不同的"pose"忙着拍照。蓝君也停住车，在湖边留下了难忘的印记。

刚过高山湖不久，便听到"哗哗"的声音从远处飘来，就像是微风拂过树梢，渐近渐响，最后像潮水般涌过来，盖过了人喧马嘶，天地间就只存下一片喧嚣的水声了。这就是天瀑，大概是"天山瀑布"的简称吧。

瀑布从天而降，高达百米，一块巨石横卧中间，翻滚着白色的浪花，飞溅着似玉如银的水珠，闪烁着五彩缤纷的霞光，迸发出续而不断的春雷般的响声，气势雄浑而磅礴，豪迈而坦荡。激起的水花，如雨雾般腾空而上，随风飘飞，漫天浮游，显得气势非凡，雄伟壮观。飞流直下三千尺，疑是银河落九天。天瀑的气势绝不亚于这句古诗描绘的庐山瀑布。瀑布从岩壁上直泻而下，如雷声轰鸣，山回谷应。峰回路转，车子蜿蜒爬行，或缓缓下行，在不同的路段观之，就像张开的山谷，让瀑布飞流直下，挟来大自然无限的生机。天山瀑布，真是大自然的杰作！

　　行驶在独库公路，你会有"一日四季"的经历。大约中午一点在奎屯吃饭时，我们穿着短袖还嫌热。当进入山区，开始不断添衣。车继续缓缓前行，翻上第一个冰达坂，就到了哈希勒根隧道。哈希勒根，海拔3500米以上，蒙古语是"此路不通"的意思。据说当年唐代玄奘法师西天取经，就准备从这里穿过天山到龟兹国，却在悬崖下牵马而返。传说归传说，我们暂且不去论证它的真实与否，但有一点，无不证明这里千沟万壑的险峻。哈希勒根达坂山高岭峻，终年积雪，四季如冬。哈希勒根隧道和防雪走廊从海拔4003米的达板山中穿过，是独库公路上的一处景观。翻越哈希勒根达坂，能真切体验一天经历四季的感受。哈希勒根达坂风景十分壮观，即使是炎热的8月，山上也是白雪皑皑，地上铺着厚厚的积雪。几个哈萨克族牧民身着防寒服举着驯养的鹰招呼着游人与鹰合影。原本桀骜不驯的鹰，应向往天空的辽阔，有追求速度的激情，追逐太阳的希望，但在哈萨克牧民的驯养下，像个温顺的鸽子。鹰站在游客肩上或头上，在牧民的调教下或摆出"展翅飞翔"的架势，或摆出"毕恭毕敬"的姿态，或摆出"目空一切"的傲视，看到这一幕，真让人心服口服。达坂气候多变，有时上山时还是朗朗晴空，到山顶就乌云蔽日，雪花飘飞了。在这里最能体验唐代边塞诗人岑参描写的"北风卷地白草折，胡天八月即飞雪"的情景。

　　翻过哈希勒根达坂的最高点后，沿着蜿蜒曲折的公路下山，跋山涉水，在崇山峻岭、深川峡谷中穿行，通过了一处险要路段——"老虎嘴"。以这个字眼命名，自然会想到凶险。这个地方好像是被雷劈开一样，一边是危险异常的峭壁，像一堵巨墙一样立在河边，又在这里猛地转弯，形成一个狭小的近似"门"字形，像是一只弯曲的胳膊，把另一边的山揽在怀里，紧紧扼住。山峰，则像一只下山的饿虎。峻峭挺拔的山脊威武，犹如宽阔的虎背一样，几百米高的险峰直泻而下，让人看了心有余悸，形成"天门中断楚江开"的鬼斧神工。在半山腰一块傍山河流右侧平台处，赫然矗立着一块引人注目的巨石，"守望天山"四个鲜红的大字映入眼帘。旁边新立一块巨石，上书"守护天山路"，给人留下难忘的印记。

值得一提的是沿途遇见了一拨拨驴友、骑友。独库公路是新疆集险、峻、奇、美之最的公路，也是骑行爱好者只要有条件都要尝试去骑行的一条公路。骑行爱好者在风中、在雨中、在骄阳中、在冰雪中，体验着色彩的美丽，体验着在峻岭之巅轮印画卷的自豪和快乐。看看不断走过的骑行者，我们都打心眼里钦佩，在心里祝福他们"一路平安"！

在山顶俯瞰谷底，独库公路九曲十八弯，荡气回肠。盘山公路像一条黑色的飘带，飘落在天山深处，在青山、白云、雪峰中若隐若现。一道道达坂，一座座冰山雪峰，山中的流云，山谷的流水，全国海拔最高的隧道，都使这条天路变得非同凡响，意义深远。在转弯处看独库公路，犹如一条蜿蜒爬行的长蛇，越过草原、冰川雪山、湖泊等多种地形地貌，展现出气势磅礴之美；从谷底俯瞰盘旋山谷的公路，如盘龙卧虎，集奇、险、峻于一身；在山顶鸟瞰谷底，硕大的河流犹如一条迎风飘飞的白色哈达，给人以美的视觉冲击。蓝君以诗一般的语言说："这条白色哈达，是独库公路献给过往行人的礼物。也是祈求人民平安、健康的祝福。"

继续前行，看到一道白色的高大建筑物，与山体浑然一色，这，就是著名的高山防雪长廊。长廊上临千尺绝壁，下垂百米深谷，靠着悬崖的混凝土墙体高达8米，临着悬崖排列着一根根钢筋混凝土立柱，每根立柱有两人合抱那么粗，长廊上面是用混凝土搭成的斜坡性廊顶。数百米的廊长，可以并排交会两辆大卡车。不管再大的雪崩，下来顺着廊顶就滚落山谷，而不会对长廊内行驶的汽车造成威胁。这种科学合理的设计，不能不说是人类智慧的结晶。

下午5点，我们来到了乔尔玛。乔尔玛位于新疆尼勒克县30公里处，东临独库公路，连接着南北疆，西依著名的"唐布拉大草原""巩乃斯林场"和"巴音布鲁克草原"，最美中国评选的新疆草原和森林，都集中在这一块风水宝地之上。这里，有号称"小华山"的天山山脉，天蓝草绿，鸟语花香，环境十分的优美 …… 乔尔玛也是横贯天山的独库公路与伊乔公路的交会处，这里地形险要，被誉为"一桥架通南北"。这里山峦耸峙，河谷狭长，云雾缭绕，风景幽深，被称为"美得让人震撼的地方"。

乔尔玛烈士陵园就坐落在独库公路旁的乔尔玛风景区内。独库公路工程宏伟，曾在乔尔玛的冰达坂下挖掘出两个隧道，为我国建筑史上所罕见。为了纪念在修筑独库公路中光荣献身的同志，新疆维吾尔自治区人民政府于1984年在乔尔玛大桥南端，修建了天山独库公路烈士纪念碑，让烈士们的丰功伟绩永垂不朽，永远留在各族人民心中。

在乔尔玛时，正好飘落着小雨。松涛阵阵，流水无言。丝丝雨滴，寄托哀思。仰望天山，恍惚中，那一株株从容挺拔的松柏，仿佛就是没有言语的英雄们，在四季里万古长青，闪耀着璀璨光芒！

参观完乔尔玛纪念馆，在进入老兵驿站时，在门口正好遇到了陈俊贵同志，他1979年从辽宁入伍来到新疆，1984年退伍。2014年2月10日入选中央电视台"感动中国"2013年度人物。我与他握手问好时，细心的蓝君为我们拍下了难忘的合影。陈俊贵是辽宁人，1979年9月参军后，随所在部队到新疆新源县那拉提参加修筑天山深处独库公路的大会战。1980年4月6日，前方部队被暴风雪围困在天山深处，部队面临断炊的危险，他和战友一起从山上向驻守在山下的部队送信求救，因右大腿肌肉被冻死而住院3年，被评为甲级二等残疾军人。1984年，退伍回到辽宁老家，担任电影放映员。1985年10月，他看到《天山行》这部电影时，镜头中的那一幕幕仿如昨日。他想到班长的临终遗言，作出了改变他一辈子命运的决定 —— 重新回到埋葬班长的天山脚下，陪伴班长，成了烈士陵园守护人。这种精神令人肃然起敬，在这里，我们祝福这位"老军人"身体健康，

生活幸福！

　　从老兵驿站出来，我们又沿着平坦的马路前往乔尔玛景区，这条笔直的马路仿佛从脚下直插天边。一路上连绵起伏的山峰，黛青色的山脊，松柏青翠，绿草如茵，野花似锦，尽收眼底。远处，哈萨克牧民毡房升起缕缕炊烟，弥漫在丛林之中，形成丝丝薄薄的雾气，山边马儿在悠闲地吃草，不时甩动一下尾巴……青草和花儿散发出沁人心脾的芳香，使人心旷神怡，不由自主地陶醉了。微风吹拂，细雨沐浴，芳香环绕，我们已经完全忘却了自我，眼前的画面，若隐若现，时而触手可及，时而遥不可及……我们下车，望着彼此幸福的笑脸，那阵风，那阵雨，氤氲在你我温暖的眼神里，仿佛翠润的溪流一般在山涧缓缓流动……

　　　　早听说，独库公路有诗境般的美景

　　　　在你最美的季节

　　　　飞入你的眼帘

　　　　完成一段美好的夙愿

　　　　早听说，独库公路有朝霞般的辉煌

　　　　在秋的硕果缀满枝头

　　　　相约心仪之人步入你的世界

　　　　让幸福的泪花浸染时光的长裙

　　　　早听说，独库公路有一座耸云之碑

　　　　留下时光的印痕留下青春的签名

　　　　在捡起秋的第一片落叶

　　　　写满对英雄的敬仰膜拜

独库公路演绎着破茧成蝶的美丽

躺着是峻岭立着是山峰

在风中，聆听大自然的呼吸

在云中，追溯转身之后的烈火

从此，你的怀抱记录了我们的故事

从指尖流下泪珠化成爱的秋波

倚在季节的转角处细数难忘的时刻

拈一指含香的娇蕊在心谷盛开

夜宿独山子

　　从乔尔玛出来，天空渐渐放晴，太阳的火焰，燃尽了密布的乌云。我们一路意犹未尽，回味着一处处美景，一处处险要，一段段经历。返回独山子，已经是下午8点。独山子区隶属于新疆克拉玛依市。它地处天山北麓，准噶尔盆地西南边缘，南屏天山，北隔312国道与奎屯市毗邻，西邻乌苏市，东与沙湾县接壤，距自治区首府乌鲁木齐市250公里，距克拉玛依中心市区150公里。在维吾尔语和哈萨克语中，称独山子为"玛依塔克"和"玛依套"，意思是"油山"。

　　为了找宾馆，我们开车几乎转遍了独山子的主要街巷。独山子行人不多，车辆稀少，街区显得宽敞、静谧。夕阳的余晖打在远处的一幢高楼上，楼身玻璃窗反射出粼粼金黄的微光。在渐渐沉寂的光亮里，我们目送天边最后一抹斜阳，默默消逝于天边，昼落夜起。

　　我们找到一家宾馆入住。倚窗远望，街区的霓虹灯逐渐亮起，小城如百变少女般披上缤纷绚丽的外衣，灯火摇曳，霓虹闪烁，色彩斑斓，变幻莫测，夜景分外迷人。忙碌了一天的小城市民晚饭后有的悠闲散步，纳凉，有的在林中小坐凝眸，有的在凉亭上远远凝望，有的在石径上伫立沉思。那些爱运动的人们，有的疾步走、有的跑步、有的跳绳。如水的夜色弥漫过来，昏黄的灯光倾泻着，穿过参差不齐的枝枝叶叶投下多变的影子。入住这样的小城，感觉自己只是那些柔柔盈盈的诗句，每一句都那么的自然，轻盈，安逸。自然景色是美丽的，沉醉进去，也能美了情感，在清新的大自然里，慢慢着色，渐渐斑斓。那一夜，晚风轻轻拂面，星星深情眨眼，风吹走了一路的疲劳，黑夜驱跑了险峻的惊吓，月光帮助清零了压力，万籁俱寂里留守了一份宁静，有了最踏实的睡眠，走入了最美的梦境……

早晨起床，拉开窗帘，树叶在晨曦照耀下洒落了一地的斑驳。我们洗漱完走出宾馆，在沿街市场内一家早餐店点了小米粥、小笼包、烧卖等。早餐店不大，吃早餐的人来来往往，一拨又一拨，生意兴隆。我曾经写过这样的话：景美不美，看和谁去；饭香不香，看与谁吃；酒醇不醇，看与谁饮。简简单单的早餐，也能吃出令人回味无穷的味道，同行者至关重要。那首脍炙人口的《与我同行》的旋律情不自禁萦绕耳际，"你是行路人，我也是行路人，一条漫长的路，两颗赤诚的心，只有行路人最理解行路人，脚下的路越长心中的爱越深……"的经典歌词在心里又一次响彻，与山水风光，与蓝天白云，与自然景致一起共鸣……我突然灵机一动，得出了这样的话：笔不重要，关键在于握笔写诗的人；景不重要，关键在于看景的心情和一起看景的人！此刻，别无所求，只想与心仪之人感受生活里的默契，阳光下的依偎，夕阳下的牵手，在人生旅途中，欣赏每一个花开花落，坦然每一个云卷云舒，品味每一次与你同行，时光荏苒，岁月如梭，在一种宁静里去触摸爱的呼吸，在一种幸福里去聆听爱的声音，在一种时光里感受爱的雨露……

当爱的梦呓还在独山子游走

幻想着坐在绿油油的原野上

斟上一壶浊酒

在缀满枝头的金秋与你狂饮

盼待已久的穿越之旅

在心心相印中掀开一个季节的大门

时光清浅，岁月含香

最柔软的爱与最美的幸福在一念中荡漾

微风里，爱情种在了心田

开在了高耸的山上

扎在了厚实的地下

为旅途留下一个甜美的注脚

独山子，走入了我记忆的长河

惊艳了时光

温柔了岁月

只有相思错落有致铺泻在前行的路上

幽静农家小院

　　吃罢早饭，我们从独山子出发，途经石河子，浏览了这座被誉为"花园城市"的市容市貌，感受着城市日新月异的变化。在军垦博物馆广场前停下车，本想参观一下博物馆，不料周一闭馆。我们只好在博物馆广场前拍照留念。广场内树木高大、粗壮，像伸向天空的一排排绿柱子，更像一排排威武不屈的军垦战士屹立其中。大树下是一个个清香的花丛，花丛旁

边坐满了闲暇的市民。在广场树丛两侧分别展放着军垦农机和军垦运输机。石河子，是座年轻的城，这里没有古迹名胜，这里是军垦战士用双手开垦出来的一片片美丽的绿洲，军垦战士用血与火铸造的一座座生命丰碑。一代又一代的军垦人用自己的双手谱写了建设北疆的壮美诗篇，展现了不朽的军垦精神。军垦精神就像广场前的一棵棵大树，带来一片绿荫，造福一方百姓。

上午大约12点，我们从石河子出发，直奔首府乌鲁木齐。之后，我们在蓝君的带领下，在一家特色烧烤店点了几样令人垂涎的烧烤，吃了不油不腻的馕子面。舒舒服服吃完午餐，径自前往天山大峡谷。

进入南山，一下车，新鲜空气扑鼻而来，全身感到无比舒畅，好似自己来到一个神奇的世界。从丝带飘飞形状的大峡谷大门放眼望去，巍巍的群山郁郁苍苍，重重叠叠，犹如一条长龙，沃野千里；高耸云霄的山峰峰峦叠嶂，神态各异，犹如一把把长剑，直入云霄。群山以茫茫绿草为裙，以苍松翠柏为裳，以朵朵白云为巾，用涓涓细流为饰，把自己打扮得婀娜多姿，分外妖娆。

晚上，我们被友人安排住进了板房沟乡的一家农家小院。

秋天里的农家小院，是一幅醉人画卷。艳丽的色彩是流动的秋味，滋润着我们的心扉。

这是个普通的小院，长满了花草树木，还种植了许多青菜。匝密的苹果树与山楂像绿色的屏障林立在院子周围。在这农家小院的园子里，花儿正开得好，黄的萝卜花，白的葱花，紫色的豆花，吸引着蜂蝶流连其间。院子东边的棵棵山楂树，青绿的果实悄悄地变成金黄色，远远望去像悬挂的小灯笼，装点着小院。院子中间的迎春花，经过了春天的雨露，夏天的洗礼，枝条长长的，叶子绿油油的，真是赏心悦目。不时在花草丛林中听到"唧唧唧"的清脆欢快的叫声，蝉鸣林更幽，小院更显得静谧幽深，如同世外桃源。置身于如此美丽的环境，心情舒畅，吸一口空气，沁入肺腑，格外清香。突然想起"采菊东篱下，悠然见南山"的古诗，莫不是写这秀丽的南山？

我们住进了最东头名曰"俄罗斯风情"的小屋，屋内有一个大炕，落地式门窗，与四周景致融为一体，舒适惬意。不是别墅，胜似别墅，既有别墅的大气，又不失小屋的浪漫与温馨。在这里，可以携心仪之人漫步，谈天论地；可以抛开世俗烦恼，任尔驰骋；可以怀着一颗平静的心，豁然开朗……以"无心问取凡尘事，缓步闲庭绿叶中"的安然，与高山对弈，与流水知音，邀明月对饮，与美景相依，悠然自得，随心所欲。一头倒在硬硬的炕上，仿佛拥抱了童年的伙伴，回到了童年时光。太久没有睡童年的大炕了，大大的炕如同满满的爱，激活全身的每一个细胞，锁在相思的文字里，镌刻在记忆的石壁上，烙印在回味的印痕里，只叫我在幸福里咀嚼那份甜蜜，天长地久，似水流年，沧海桑田，亘古不变。

见我们住了进来，小院内一只全身乌黑的大狗摇着尾巴，友好地在我们身边转来转去，蓝君说："把我们从奎屯买的馒头给它吃吧。"我忙走进屋里，拿出馒头给它，它轻轻用嘴叼起馒头，在我们身边转了一圈，摇着尾巴，慢慢离去。

入睡不久，外面下起了雨。雨敲打着板房沟乡辽阔而空寂的夜，敲打着幽深的农家小院。粗大的雨点儿落下来，掉在屋顶上"滴滴答答"，就像奏着打击乐；打在玻璃窗上"叭叭叭叭"，就像敲着架子鼓；落到屋后的积水里"叮叮叮叮"，就像清唱的儿歌。三种声音合奏起来，悦耳动听，怡然自得。聆听雨声飞扬的天籁，埋在内心深处那份绵长、悠远、深厚的相思如同雨滴，充满春雨的清柔、夏雨的热情、秋雨的缠绵、冬雨的洒脱。雨越下越大，我透过玻璃窗向外望去，暮色中，天地间像挂着无比宽大的珠帘，黑蒙蒙的一片。雨水顺着房檐流下来，开始像断了线的珠子，渐渐地连成了一条线。地上的水越来越多，汇合成一条条小溪。

听着诗歌般的夜雨，拥着一床薄柔的棉被，闻着雨水和泥土的清香，

和着这动情的诗词，让思想寻得片刻的憩息，享受那份独特心情，心如水般宁静，那是一种多么幸福的感觉？多么想奢求时光停滞，永远驻足在这温馨浪漫里……

第二天一早，天空竟然放晴，风和日丽，万里无云。每次出行，都能遇到这样的好天气，实属难得。在温馨的小屋吃罢早饭，等着友人带我们去大峡谷。

我们便在小院欣赏花草。一架架战斗机不时发出"轰隆隆"的巨响从头顶风驰电掣般而过，瞬间消失在视野里，十分震撼。这一幕，给我们的旅行带来了别有一番风味的"插曲"。

> 这是一处醉人的小院
> 斑斓的色彩流动着成熟
> 滚烫的秋色
> 染透我的爱恋你的绯红
>
> 昔日的羞涩
> 被轻风催熟
> 芬芳中盛放着心曲
> 奔放在一起看草原的新绿前
>
> 穿过岁月的河畔
> 越过闲暇的梦想
> 用金黄的表白，放牧一场秋雨
> 浇透充满激情的心跳
>
> 南山雨，让诗歌的土壤芳华萋萋

优美的意境是同路的你

前行中映着红彤彤的斜晖

嚼不断的是小屋浪漫的陶醉

神奇天山大峡谷

上午11点，我们在友人的带领下，来到了大峡谷。

天公很是作美。由于昨夜下雨的原因，峡谷水雾缭绕，一边是阳光普照，一边是流水潺潺，给人一种自然，清爽，如临仙境的感觉。

天山大峡谷位于乌鲁木齐南山板房沟乡，隶属于乌鲁木齐县，是国家顶级森林公园，国家级体育运动休闲基地，距乌鲁木齐40公里。

由于昨晚的一场大雨，被雨洗涤过的崇山峻岭、花草树木，山明水秀，焕然一新，山谷间氤氲着丝丝淡淡的幽香，赏心悦目，蔚为大观。高山上弥漫的薄雾，天空中飘浮的白云，与大自然融为一体，完美组合，像一幅瑰丽的油画。这里山峰陡峭险峻、原始森林神秘、山谷草原碧绿、雪岭冰川壮观、湖光山色秀美、山涧峡谷幽深、山中溪流奔腾。囊括了新疆除沙漠之外的所有景观，夏日凉爽舒适，冬季温暖如春，游人称绝，实为天然佳境。

天山大峡谷主要景区有天山坝休闲区、照壁山度假游乐区、加斯达坂观光区、天鹅湖自然风景区、牛牦湖林海松涛观光区、哈萨克民族风情园区、高山草原生态区、雪山冰川观光区，二湖、三瀑、四溪、十八谷相映争辉，尤以"奇松、怪石、云海"受到游客青睐，形成"横看成岭侧成峰，远近高低各不同"的奇观、"泉眼无声惜细流，树阴照水爱晴柔"的幽然，成为集旅游、休闲、度假于一体的户外天堂。在距离首府乌鲁木齐这么近的地方，有一处这样的旅游观光胜地，不能不说是大自然给予这块热土的丰厚的馈赠。

穿越大峡谷，使我感受到了大峡谷的美妙、神奇、幽静、繁茂和勃勃的生机。

大峡谷谷深幽幽、山峰峻峭，白云笼罩山头，云彩飘浮山腰，云山相偎、云峰缠绕，蔚为壮观。峡谷两侧的高山陡峰更是壮观，高山被各种植物覆盖，层林尽染、郁郁葱葱、花红草绿、清新飘香。那一座座拔地而起的雄伟山峰，耸入云端、层峦叠嶂，有的像石门矗立在峡谷两旁，有的像石屏立在谷中，有的像瀑布直流而下，有的像利刃直插山脚，有的像大树高高耸立 …… 有的石峰如人如兽如禽如物，如骆驼跪卧，如牛羊奔跑，如万马奔腾 …… 形态各异，险峻陡立，惟妙惟肖、千姿百态。车辆行驶在蜿蜒曲折的重峦叠嶂，不知不觉中觉得重重山峰挡住了前行的路，似乎无路可行。但走到近前，却在两峰之间突然闪现出通行的路，让人感到惊讶。真是"车到山前必有路"。左前方屹立一石块，上面写的"天门"两个大字赫然入目，颇有"一夫当关万夫莫开"之气势。大峡谷森林茂密、花卉树叶多彩多姿，从谷底到山峰两侧长满了茂密的森林，覆盖了山岗、覆盖了峡谷。苍翠茂密的森林、伟岸挺拔的树木、娇媚多姿的灌木丛给峡谷带来了勃勃生机，峡谷变成了绿的海洋、绿的世界、树的长廊。大峡谷又是花的海洋，各种花卉竞相开放，迎风飘扬。红的似火、白的似雪、黄的似金 …… 赤橙黄绿青蓝紫，样样俱全，像给山谷青黛色的盛装点缀着五彩缤纷的色调，把大峡谷装扮得更加多姿多彩、娇媚绚丽、波澜壮阔。

在大峡谷，常有山间溪流从路旁树丛流过，轻柔缓和，冲出一道道或深或浅或窄或宽的河道。有的河水从高石崖上激流而下，形成一段段飞流的瀑布，水花四溅，水声隆隆。有的河水在密林中奔腾，有的河水在树丛中穿行。河水与峡谷、森林、花草、巨石构成一幅幅美丽的画卷，让人目不暇接，流连忘返，心旷神怡。置身大峡谷中，深深地吸上一口气，你会感觉到空气中既有水的湿润，又有树的清新，既有花草的芬芳，又有山果的清香，真是让人感到浸透心肺，滋润肝肠。蓝君在小溪旁，不顾山水的冰冷，撩起溪水，尽情游玩。在不经意间，我拍下了一张张融入自然，回归自然，释放自我的照片。

沿着峡谷一路向前，在短短的二十公里间，十几处大小瀑布坠落人间。最大的瀑布便是碧龙湾大瀑布，宏大如银河决堤，激越如龙吟虎啸，万马奔腾，从百米的高度垂直下泻，砸落在石壁突出的岩石上，琼浆飞迸，碧玉粉碎，溅出的水花形成大片喷雾，像一团乳白色的轻烟薄云。瀑布山顶的巨石上，"碧龙湾"几个大字格外醒目。有的瀑布奔涌而出，如散珠喷雾，璀璨夺目；有的瀑布如一股水帘，酷似一条巨大的白布带，从峭壁上腾过树梢，直泻山下；有的瀑布轻柔似婀娜晨曦，有的瀑布轻盈似风动草原，有的瀑布溪流似微风拂柳……形态千奇百怪，神奇莫测，我不禁一震，得出了这样的句子："此景只应峡谷有，游人闻知竞相走。"

我们边走边停车，时而在栈道漫步，时而流连观景，时而拍照留念。蓝君等高兴地在瀑布旁的草地上坐着、站着、跳跃着，摆出不同的姿势照相，将自己的美融入大自然的美，拍摄了一幅幅你中有我、我中有你的精美画卷。由于玩得尽兴，蓝君在一处照相，下坡时，由于湿滑不慎摔了一跤，让同行者揪心了一路，心疼了一路。

远处鸟瞰哈萨克民族风情园区，一碧千里，水绿山青。小丘是绿的、平地是绿的、山峦是绿的，羊群一会儿上了小丘，一会儿又下来，像天上的片片白云飘落到大地，又像给无边的绿毯绣上了白色的大花。那些小丘的线条是那么柔美，就像只用绿色渲染，不用墨线勾勒的中国画那样，到处翠色欲流，轻轻流入云际。白蘑菇般的蒙古包点缀在绿草如茵的草原上，格外醒目，与蓝天白云碧草青山构成了一幅无可挑剔的风景美图！

我们游览完了大峡谷所有景区，甚至还到达了加斯达坂观光区，之后沿着平坦的柏油马路返回，这条路，美丽而神圣，令人向往；险峻而神奇，令人吃惊；蓝色与绿色，令人遐想；海天和白云，令人想望；花树和

石头，独成景色；毡房和民俗，焕然一新 …… 大峡谷，你占领了我至高的思想领地，我的脚沾有你青草的绿汁，我的思绪留住了你伟大的脊梁，心中烙下了你的芬芳，眼里留下了你的清秀 …… 我只想说，悠然南山我还会来，秀美板房沟我还会来，难忘的小院我还会来，记忆中的小屋我还会来，神奇大峡谷我还会来 ……

湖泊和大山拥抱在一起
来一次完整而和谐的组合
沃野千里，峰壑争秀
触到一种悠远的意境

千仞壮阔，万纵肌痕
万年的风画卷，亿年的雨雕塑
或是凡·高遗落他乡的山水画
或是灵魂和诗歌的栖息地

青山和绿水之间
灿烂成一幅独特的景致
激情和浪漫相遇
倾注最完美的爱情故事

笑靥在这里定格
美丽成为永恒
涟漪在心湖荡开
于是思念在秋季里泛滥

大峡谷，清清楚楚迷住了我的眼睛

在梦里还留着吮指的笑

积淀的诗情沿着山水的经络

隽永成一幅纤尘不染的风景

后　记

　　这么多年，我放下了许多。唯独没有放下写作。

　　新疆，是个萌生诗情触动情怀的地方。广袤独特的新疆人文地理环境，丰富多彩的历史文化资源，让我成了幸运的新疆文人。新疆有大漠戈壁的壮美，有高山湖泊的秀美，有绿洲草原的隽美，无论走到哪里，展现在面前的都是不同的景观。似乎我身上的每一根汗毛都有跳动的欢畅，我已经不能用自己浅薄的语言来表述感激，爱让许许多多的感动一次次涌上心头，兴奋和激动如同决了堤的塔河水，浩浩荡荡，哗哗啦啦地从心里倾泻了出来，奔跑，奔跑，奔跑！作家是需要幻想的。常常是在夜深人静的时候，浮想如同细细碎碎的波纹，在文字的涟漪里逶迤成波澜的遐思，在灵感的世界里跳跃，在灵性的天地里升华，和着键盘的敲击声，泼墨成一页一页，一篇一篇，一册一册散发着馥郁书香的本册。这也许就是读者看到的一篇篇"美文"。

　　新疆地域辽阔，物产丰富，山川壮丽，景色秀美。既有一泻千里的河流，万顷碧波的草原，又有神秘莫测的沙漠奇观。在新疆最为人称颂的植物当属天山雪松、绿洲白杨、戈壁红柳、沙漠胡杨。除此之外，酷热干旱的新疆戈壁滩上生长着一些不为人知的植物，却以铮铮风骨不屈示人，它们就是芨芨草、骆驼刺、梭梭柴和沙棘树。在新疆，虽然没有江南的柔软煽情，但它也不失江南的温文尔雅，却又多了阳光明媚，风和日丽，没有乌云压顶，让人喘不过气来的拘谨，通常是蔚蓝与乳白色的集合体，是恣意放飞梦想的地方。新疆的天很高，高得你想拥抱这个世界，新疆的云很淡，淡得你也想悠然自在。我曾在已出版的诗集《诗以咏志》里写过这样的诗句："我的人生很幸福/很荣幸与诗歌结缘/从此我的人生富有诗意。"其实，生活在新疆，每一座山，每一条河流，每一棵树，每一株草，每一块石，每一粒沙，都为我提供着源源不断的创作资源，鼓舞着生生不息的人文精神气质。在我的心里，诗和远方都不远，就在身边。

我爱新疆，不只是因为它的美，更重要的是它是我的家乡，让我魂牵梦绕，永远牵挂。新疆季季有景，景景迥异，春有绿夏有花秋有果冬有景，成为它独有的魅力。春天生机盎然，冰雪初融，芳草青青，山花烂漫；夏天火热张扬，烈日炎炎，黄沙漫漫，古树苍天，坚韧不拔；秋天瓜果飘香，秋风飒爽，丰收在望，载歌载舞；冬天寒风冽冽，大雪纷飞，银装素裹，分外妖娆。我不仅爱新疆的四季风景，我更爱这里质朴的人们，他们是我的同胞，我的朋友，我的家人，我们同呼吸共命运心连心，一起欢笑，一起奋斗，一起挥洒汗水，一起收获幸福果实，承载了人生中最美好的时光。

在日复一日的光阴里，凭着一颗心的火热，我始终幻想着以飞翔的姿势来最终完成在新疆大地上诗意的栖居。感受新疆，置身在我的想象里，从不平庸，端庄典雅，雍容华贵；在我心里，一面迎着风浪，一面享受清凉，身心在希望的时空中穿梭，无由地在自己的人生轨迹里自由飞翔。

这部散文集收录的都是讴歌五彩缤纷、深厚神韵大美新疆的纪实文学、散文、游记。新疆浪漫而多情的博大，让不同的季节绽放出不同的光芒。我知道，我的文字在新疆这块色彩斑斓的大地上，只是其中几片不起眼的绿叶而已，远远包含不了它的全部。我只能通过真实纯朴的情感，思绪的自然流淌，用滚烫的文字，抒写对生于斯长于斯的新疆大爱的一丝情感，算是表达一位新疆文人对故乡自然美景的敬畏和对大地万物的厚爱！

在此，衷心感谢每一位在文学道路上支持帮助过我的老师、文友和家人。十分感谢本书各位编辑老师在百忙之中给予宝贵指导。也真诚感谢每一位读者数十年以来一路的陪伴和鼓励。千言万语，难表感激之情，我只能说，我已铭记于心！

赞美新疆，颂扬新疆，祝福祖国明天更美好。

这是我作为新疆文人的一种情怀。

作者

2020年6月于新疆库尔勒